A DAMA E O LUXEMBURGUÊS

A DAMA E O LUXEMBURGUÊS

MARC ANDRÉ MEYERS

1ª edição

EDITORA RECORD
RIO DE JANEIRO • SÃO PAULO
2013

PATROCÍNIO

USIMINAS U

APOIO

INCENTIVO

CIP-BRASIL. CATALOGAÇÃO NA PUBLICAÇÃO
SINDICATO NACIONAL DOS EDITORES DE LIVROS, RJ

Meyers, Marc André
M559d   A dama e o luxemburguês / Marc André Meyers. – 1ª ed.
– Rio de Janeiro: Record, 2013.

352 p.   ISBN 978-85-01-40198-4

1. Romance brasileiro. I. Título.

13-00451   CDD: 869.93
                              CDU: 821.134.3(81)-3

Copyright © by Marc André Meyers, 2013.

Capa: Flavia Castro

Quadro: Mario Mariano

Editoração eletrônica: Abreu's System

Texto revisado segundo o novo Acordo Ortográfico da Língua Portuguesa.
Direitos exclusivos desta edição reservados pela
EDITORA RECORD LTDA.
Rua Argentina, 171 – 20921-380 – Rio de Janeiro, RJ – Tel.: 2585-2000

Impresso no Brasil

ISBN 978-85-01-40198-4

Seja um leitor preferencial Record.
Cadastre-se e receba informações sobre nossos
lançamentos e nossas promoções.

Atendimento e venda direta ao leitor:
mdireto@record.com.br ou (21) 2585-2002.

EDITORA AFILIADA

João Monlevade, Minas Gerais, 1952

A pequena cidade entalhada no fundo de um vale entre as montanhas de Minas está tomada pela multidão da Semana Santa. É quinta-feira. O laminador e o trem de arame da usina já estão parados para a Sexta-Feira da Paixão. Ao invés do familiar zunir da usina, pesa sobre nós um silêncio lúgubre. Já estamos em procissão há dois dias. Os missionários encontram-se na cidade exortando todos à confissão, penitência e comunhão. É tempo de expiar, arrepender-se dos pecados. Judas será malhado e queimado hoje à noite. Silvério e os outros garotos estão excitados. Caminhamos em procissão à margem do rio, cada um carregando uma lamparina feita de um talho de bambu entreaberto, formando um cone, e recoberto de papel translúcido, com uma vela acesa no centro. Observo as luzes piscando, serpenteando pela estrada e estendendo-se ao longo de toda a rua até a ponte. Lá embaixo, o rio, de um negro oleoso, está coberto por uma bruma fina, que aos poucos sobe em direção a nós. Tudo vem transformado pelo drama da noite fatídica, a Última Ceia. A Paixão de Cristo está para começar. Nós a sentimos em nossos pequenos corpos trêmulos. Os cânticos tristes ressoam pela procissão, entoados por todos. À frente, vêm as Filhas de Maria, em seus vestidos brancos, rostos cobertos por véus brancos e faixas azul-claras atravessando o peito. Atrás delas, a congregação do Sagrado Coração de Jesus, as mulheres casadas, de vestidos e véus negros e faixas vermelhas. Do outro lado da rua, homens de terno azul-marinho, a Congregação Mariana.

Sigo Jeanette na procissão. A luz da vela dança em seu belo rosto na noite. Passamos o palco sobre o qual vejo uma cruz enorme e duas menores. Sei que amanhã será aí martirizado o Cristo. Sinto no coração uma ansiedade dolorosa ao imaginar os cravos sendo martelados em sua carne. Fecho minhas mãos e aperto as palmas contra as unhas com toda a força de meus 6 anos até sentir a dor, como me ensinara Alaíde. É a dor que Cristo sentiu. Olho para cima e vejo as escadarias imponentes da igreja, que se ergue diante da floresta. Nós, os meninos, subimos pela direita; as meninas vão pela esquerda. Entramos. As duas naves convergem para o altar. Tudo está coberto de roxo, e uma tristeza imensa pesa em nossos corações.

O padre lava os pés de alguns paroquianos. Saímos. É o início da malhação. Galhos secos e pedras são atirados contra a efígie à medida que vem sendo arrastada na praça. Subitamente, de algum lugar, um dos meninos grita:

— Jeanette é judia! Jeanette é judia!

Vejo o terror em seus gestos. A turba de meninos revoltados a cerca.

— Vi os sinais na sua casa! — grita um dos meninos novamente. — Sete velas acesas pro diabo!

Então, um deles a puxa. O outro a empurra. Ela cai no chão. Por um instante, seus olhos azuis aterrorizados me fitam, pedindo socorro. Quero socorrê-la, mas minhas pernas não se movem. Minha garganta está presa. Vejo o sangue sobre seus joelhos. Falta-me coragem para enfrentar a turba. Eis que vem Silvério.

— Deixa a menina! — grita, ajoelhando-se a seu lado e desabotoando sua blusa. Puxa para fora a medalha de alumínio da Virgem Maria, presa num cordão de algodão azulado. A multidão se aglomera a seu redor enquanto um dos meninos a inspeciona. Silvério dá um empurrão no maior dos garotos, o famigerado Boca de Caçapa, e eles se dispersam. Ele a levanta do chão e a abraça. Eu choro. Sei que Eneidina, a sua devota babá, a havia presenteado com a medalha algumas semanas atrás, e ela a vinha usando secretamente. Sua mãe encontrava-se em um de seus períodos depressivos e Eneidina lhe dava banho, assim ela nunca a viu.

Vasculho minhas lembranças, investigo mais profundamente minha memória em busca de eventos mais antigos em minha vida. Devo ter uns 4 anos. As estradas tinham sido entalhadas no barranco, cortando o musgo com faixas brancas. Os tanques estão em posição, e se movimentam firmemente em direção ao inimigo profundamente entocado na montanha. Jeanette está sentada sobre uma pedra e observa distraidamente enquanto eu desloco com convicção as tropas. Ela me parece uma deusa, sentada ali com toda sua elegância. Os veículos blindados, que ladeiam os tanques, são seguidos por caminhões, e estes, por soldados a pé. Silvério dá ordens em tom enérgico. Eu corro de um lado a outro, movimentando as tropas. Deverá ter a mesma idade que Jeanette, uns 8 anos, mas, por ser baixinho e gárrulo, é apelidado de Marreco. Os veículos estão prestes a entrar na caverna.

— Observe a caverna, Mata Hari. Os nazistas estão entrincheirados — diz ele, voltando-se para Jeanette. Em seguida avança, inspecionando as tropas.

Eu observo a terra sendo atirada para fora de um buraco profundo e anuncio:

— O inimigo continua a cavar, general...

— Montgomery.

— Olha o Rommel saindo da caverna! — grita Silvério. Um cachorro pula fora da toca, um lenço no pescoço com a suástica à vista na ponta.

— Silvério, o almoço está servido! — Acordamos de nossos sonhos sob a voz alta de Dona Bijou. — Jeanette e Marc, vocês estão convidados a almoçar conosco. E pode trazer a Maruja — diz bondosamente, acariciando a cabeça da perdigueira.

À mesa, as quatro irmãs mais velhas de Silvério esperam, olhando-nos com sorrisos condescendentes. Silvério entra orgulhosamente, e eu o sigo.

— Eis o general — diz a sempre agressiva Marina. — Vamos ver se tem apetite de soldado. Este baixinho precisa crescer. — Ela o fita com desprezo.

— Vamos, meninas, deixem os rapazes em paz. — Dona Bijou puxa duas cadeiras para a mesa.

— Rapazes... — grunhe Marina.

Sentamo-nos, com Maruja a nosso lado aguardando as sobras, e nos deleitamos com um lauto almoço.

Passamos o verão inteiro construindo uma intrincada rede de estradas e fortificações no lado do morro. Deve ter sido pouco depois da Segunda Guerra Mundial, 1950. *Monsieur* Demonet, que morava três casas abaixo, fabricava na sua garagem, usando blocos de madeira, tanques, veículos blindados e jipes.

"Foi soldado durante a guerra", disse-me Jeanette um dia. "Guiava uma autometralhadora."

Silvério comandava, eu era o deslocador de tropas e Jeanette nos contava histórias. Jeanette nos contara que, durante a guerra, sua mãe costumava sentar-se ao lado da janela e olhar para o infinito, frequentemente com lágrimas nos olhos. Em outros tempos ela tocava Chopin ao piano. Não falava muito, e sabíamos que estava angustiada sobre sua família em Luxemburgo.

"Os nazistas prenderam toda a família da Jeanette e a enviaram aos campos de concentração", disse meu pai um dia.

Dona Bijou nos levava muitas vezes para sua casa. Eu morava duas casas adiante da dela. Papai trabalhava na usina, quebrando recordes atrás de recordes de produção. Assim que chegava da usina, cansado e poeirento, ia brincar com os cachorros. Depois, sentava-se no caramanchão e tomava sua cerveja. Meu irmãozinho Pedro se achegava a ele, sentava-se em seu colo e tomava um gole.

"Este vai ser cervejeiro", dizia papai, sorrindo e acariciando seu cabelo anelado. Eu achava o gosto amargo e horrível. A espuma quente e pegajosa me sujava o rosto, mas Pedrinho adorava. Não sei se ele gostava mesmo ou se fazia isso para agradar a papai.

O aço representava o progresso, desenvolvimento para os arranha-céus, canhões e trilhos do Brasil. Naqueles dias, o poderio das nações era medido pela produção de aço. Primeiro vinham os Estados Unidos, com 70 milhões. Em seguida a União Soviética, com 50. Nós, no Brasil, éramos anões, com menos de um milhão. Mesmo o pequeno Luxemburgo produzia 2,5 milhões.

Indago, indago na minha memória, além do barranco branco de minha infância, fitando a paisagem coberta de neve de Luxemburgo. Sessenta anos se passaram. Lá fora, o céu está cinzento. Tenho que prosseguir, tenho que saber. Onde estará Jeanette?

Agora me vejo deitado no cimento frio. Deve ser a varanda da casa da Dona Bijou. Devo ter 3, talvez 4 anos. Os pais estão dormindo — é hora da sesta. Marina, Tetê, Glorinha e Márcia têm seus rostos cobertos por lenços. Jeanette está vestida de branco a meu lado. Os instrumentos cirúrgicos do vizinho, Doutor Santeiro, estão alinhados no chão: fórceps, pinças, serras, tesouras. Estou nervoso e receoso, enquanto Marina levanta minhas roupas e examina meu estômago.

— O paciente está pronto, Doutor — diz Tetê.

Márcia e Tetê removem minhas calças, e sinto o cimento ainda mais gelado. Elas inspecionam minhas partes íntimas, e tenho a sensação de que vou chorar. Sinto os instrumentos duros e as mãos frias a me tocar.

Sua mão cálida segura minha mão trêmula.

— Está tudo bem. — Os olhos azuis de Jeanette me olham por trás da máscara, e me sinto reconfortado. A operação prossegue, e o álcool é esfregado na minha barriga. Cortes imaginários são feitos com os instrumentos. Marina lidera a equipe cirúrgica, e a operação chega ao fim com sucesso. Sou coberto por uma manta, e me dão ordens para descansar. Jeanette me acalma.

Em seguida, um dia — terei 8 anos? — , papai chega agitado em casa. O príncipe Charles de Luxemburgo está vindo a Monlevade. A Companhia Siderúrgica Belgo Mineira, ou a Belgo, como todos a chamam, fora construída por luxemburgueses da ARBED, que era propriedade do governo desse país. Duas crianças são escolhidas para oferecer flores ao príncipe Charles e Jacques Esch, o mais importante diretor da Belgo, na recepção. Um brasileiro moreno e um louro europeu. Querem que simbolizemos os dois componentes da Belgo Mineira. Meu coração dispara quando ouço que Silvério e eu somos os escolhidos.

Sou acordado tarde da noite por mamãe e Alaíde, que me vestem de branco. É o meu terno de primeira comunhão comprado no Valentim, na cidade grande de Belo Horizonte. Papai me leva aos Geo. Silvério está lá, de camisa branca, gravata-borboleta e olhos sonolentos. Papai, o Sr. e a Sra. Geo, Silvério e eu nos dirigimos ao Cassino. Não, não era um cassino de jogatina; apenas o chamavam assim. Na entrada, cada um recebe um buquê de flores, e aguardamos por uma eternidade. Lá dentro, ouvimos um discurso; em seguida, aplausos e o trincar de taças. Papai me cutuca, e entramos. O príncipe Charles está lá, nos aguardando. Este é o primeiro desapontamento de que me lembro. Eu o imaginava trajado com roupas principescas e um casaco aveludado com bordados dourados. Ele trajava uma gravata-borboleta vermelha com uma jaqueta branca. Silvério se encaminha em sua direção, e eu o acompanho. Ele se curva, e eu faço a mesura, conforme nos ensinaram. Silvério estende-lhe um buquê, e todos aplaudem. Caminho em direção ao outro homem, papai me empurrando por trás. Ele é alto, tem bigode e usa óculos. Estendo-lhe as minhas flores. Mais aplausos. Sentam-se, e o fotógrafo tira fotos. Sento-me no colo de Esch e Silvério no do príncipe Charles. Lembro-me das palavras gentis do Sr. Esch. Ele conclui, dizendo que tenho de estudar com afinco. A seu lado está uma senhora muito elegante, de cabelos negros brilhantes e com batom muito vermelho. Ela me afaga a cabeça e sorri:

— Lembro de você bem bebezinho.

O Sr. Esch toma minha mão:

— Vai ser engenheiro metalúrgico, igual ao pai. Vejo isso em seu olhar sério.

Não sei se foi bem assim, mas tenho comigo a foto. Há em mim uma seriedade que vem de algum lugar longe, uma curiosidade que me leva a lugares e conhecimentos distantes e que me guiou, por todos estes anos, até desembocar nesta história. Descemos do palco, e lá está Jeanette, como uma princesa, em um vestido de veludo azul com bordados brancos. Ela me cumprimenta e depois dá um longo abraço no Silvério. Vejo seu rosto claro enrubescer. Tive inveja do Silvério. Além do abraço, ele tinha ficado com o príncipe, e eu tinha de me satisfazer com o Sr. Esch. Quem dera tivesse a pele morena e os cabelos negros e brilhantes como Silvério. Quem dera Jeanette me abraçasse com o afeto que deu a Silvério.

Mas este livro não trata de Silvério, nem de Jeanette, ou de mim. Nada disso era para acontecer. Espíritos demais conjuraram contra nós; maus presságios foram espalhados em nosso caminho. Este livro não trata do que poderia ter sido, mas do que de fato aconteceu: do amor entre Jacques Esch e o Brasil, do amor entre Jacques Esch e Maria Leontina Ribeiro. Fascinado, soube da história através dos comentários da mamãe, pelas confissões veladas do papai, através de segredos intercambiados na escola. Prof. Edílio, de coração imenso e alma de fofoqueiro, compartilhou comigo seus segredos, passados cinquenta anos. Conversei com pessoas que os conheciam e reconstituí cada recordação em minha memória. Mas o que realmente me ajudou foi o presente deixado por Jeanette.

Agora, que estes meus dias estão chegando ao fim, uma percepção aos poucos toma conta de mim. A de que todos nós carregamos uma história, um livro. Esta minha história se debateu por muitos anos e lugares. Por mais que fuçasse profundamente em meu íntimo, tal qual Rommel furando a montanha, tentando enxergar além da minha juventude, onde tudo começou, não poderia ter completado esta história. Foi Jeanette, de muito longe. Foi ela quem realmente sentiu a história na alma e a guardou. Eu apenas a relato. Começando bem no começo, em 1894, e bem longe, em Luxemburgo.

1

• • •

Rédange, Luxemburgo, 1894

O ar fresco da manhã acariciou-lhe o rosto ao abrir a janela. Sentiu que trazia promessas. Marguerite inclinou-se sobre o peitoril e observou um melro que entoava sua melodia de beleza infinita. De onde conseguem essa harmonia? Com uma inspiração profunda, ela captou toda a primavera. Lá se foram os dias cinzentos, frios, as horas incertas. Ela sentiu um toque em seu ombro.

— Sabendo que não pode ser tão bonito quanto você, o passarinho usa o canto para louvar sua graça — sussurrou uma voz atrás dela.

— *Monsieur* de Bianey, essas são palavras bonitas!

— *Ah, le printemps apporte l'amour*. Tenho que concorrer com o melro, uma tarefa nada fácil — disse ele, e ela sentiu o calor de seus olhos azuis. Marguerite tocou seu ombro levemente, adentrou o quarto e sacudiu a colcha sobre a cama.

— Como foi o café da manhã, *monsieur*? Tudo estava em ordem?

— Tudo foi perfeito. Virginie saiu para as Oitavas, a romaria da Páscoa em Luxemburgo, e não estará conosco para o almoço.

— Eu sei. Ela vai rezar para a criança que está para nascer.

— É maio. Este dia lindo é um bom presságio.

Marguerite encarou-o com admiração. Ele era um patrão atencioso. Definitivamente um *seigneur*. Pela maneira como se movimentava, ejaculava suas sentenças. Nascido para liderar e bem diferente dos homens em Feulen, sua aldeia.

— Venha, eu a ajudarei com a colcha — disse ele enquanto Marguerite a levava à janela para ser arejada.

Ela sorriu.

— Ah, *monsieur*, o senhor é tão gentil...

Eles sacudiram a colcha algumas vezes até que esta recuperou a consistência. Marguerite inalou o suave perfume da colônia de *monsieur* de Bianey enquanto ele a ajudava. Totalmente diferente dos camponeses de sua aldeia, que cheiravam a *mêcht* — estrume de vaca — e tomavam banho apenas antes da quermesse, a festa do vilarejo. Seu corpo tocou levemente o dela, que sentiu um frisson.

— *Monsieur*, o senhor gostou da maneira como passei a sua camisa? — perguntou ela, aproximando-se dele. — Acrescentei um pouco mais de amido, conforme o senhor pediu.

Ele cobriu sua mão com a dele.

— Está perfeita. Sinta sua textura.

Ela sentiu o calor de seu contato e tentou puxar sua mão da dele, mas sentiu uma pressão firme. A mão era macia, mas forte, totalmente diferente daquelas de Lêk, que eram calosas e ásperas e serviam somente para sua traquinagem. A outra mão dele alcançou seu decote, e ela sentiu a carícia.

— O que temos aqui, dois pequenos passarinhos?

— Oh, *monsieur*, se parecem mais com dois pombos gordos...

A respiração arfante, Marguerite sentiu uma onda de excitação. Tentou se afastar, mas ele a encostou com ímpeto contra a cama. Seus lábios avançaram e beijaram seu pescoço.

— *Monsieur*, o senhor é tão audacioso...

— É primavera, minha querida, e o amor está no ar.

Ao sentir as mãos dele desabotoando o vestido e tocando seus seios, ela se deixou levar, abraçando-o.

— *Monsieur*, o que está fazendo?

Ele a virou, agarrando fortemente suas costas, e a deslizou suavemente sobre a cama. Ela sentiu sua mão quente acariciando suas coxas e depois levantando o vestido.

— Marguerite, eu não posso mais me controlar — disse ele, a voz trêmula pela excitação.

Ela sentiu sua pressão crescente e beijos ardentes atrás de seu pescoço. Curvando-se para a frente, ela agarrou a colcha e entregou-se aos desejos de *monsieur*, ao calor da primavera. Marguerite não sabia ainda, mas esse dia mudaria para sempre sua vida.

— Que viagem cansativa — disse Virginie, ao entrar na casa, deixando cair a bolsa e o casaco no átrio, e sentando-se pesadamente no sofá. Repousou as mãos sobre a barriga intumescida, lançando a cabeça para trás. Marguerite fechou a porta atrás dela e lhe estendeu uma toalha úmida.

— *Madame*, deixe-me sacudir a poeira da estrada de seu casaco. Logo se sentirá melhor.

— Por favor, diga a Lêk para desatrelar o cavalo do tílburi e lavá-lo antes de ir ao café — disse Virginie, virando-se para *monsieur* de Bianey.

Marguerite ainda sentia dentro dela o ardor e a umidade de *monsieur*. Era uma sensação estranha, uma leve irritação, bem diferente daquela quando Lêk trepara nela. Mas naquela ocasião estavam tão bêbados que ela dificilmente se lembrava dos detalhes, além do fato de ela lhe ter dado um tapa na cara depois de terminado. Ainda podia ouvir sua risada de bêbado. Hoje, senti-ra-se diferente. Embelezada, correspondida. Querendo mais.

Madame chamou.

— O que você preparou para nós?

— *Judd a garde bounen*, carne de boi defumada e favas, o prato favorito de *monsieur*.

— Pesado demais para mim. Não lhe disse isso antes?

— Preparei também uma sopa de legumes.

— Leopold, pegue para nós uma garrafa de Elbling da adega — disse Virginie, estirando-se no sofá. — Estou com uma fome daquelas.

Marguerite foi para a cozinha e pegou a terrina, girando-a em suas mãos. Ela leu a marca, Villeroy et Bosch, e admirou o sofisticado padrão azul. Nunca poderei me servir em tal por-celana, pensou. Após enchê-la de sopa, colocou também uma colher de prata, cobriu-a, levando-a até a mesa. *Monsieur* e *ma-dame* se encaravam de lados opostos da mesa. Marguerite ser-viu a sopa fumegante.

—Ainda está fazendo frio de tarde — disse Virginie, fixan-do Marguerite de modo severo. — Não lhe disse para ligar a estufa na sala de jantar?

— Hoje o dia estava tão lindo que eu pedi a ela para nada fazer — disse de Bianey. — Mas você tem razão. — Ele olhou para a esposa e fez uma gracinha: — Logo a manterei quente na cama.

— Oh, Leopold, faça-me o favor! Minhas costas doem, e o bebê está se mexendo.

Marguerite sentiu uma dor cruciante de inveja. *Madame* tinha esse marido maravilhoso, ainda que não o apreciasse muito.

Depois do jantar, de Bianey acendeu um charuto enquanto Virginie foi para a cama. Marguerite lavou os pratos na cozinha. Ele foi gentil comigo, ela pensou, nunca me pedindo para não acender a estufa, embora assim dissesse a *madame* para me proteger. O ardor voltou ao se encostar à pia da cozinha.

Lá fora, o dia ainda estava claro quando Marguerite subiu as escadas. Ela parou por alguns instantes próximo à janela no patamar e olhou para fora. Algumas vacas pastavam placidamente do outro lado da estrada. Repentinamente, um touro aproximou-se e montou sobre uma delas. Ela estava acostumada a essas cenas e normalmente não lhes prestava muita atenção. Hoje, ao entardecer, todavia, observou com fascinação o touro enfiar na vaca seu membro, que mais se parecia com uma espada. Ela sentirá algum prazer? Após alguns frenéticos movimentos, o touro desmontou, e a vaca voltou à sua indiferença, pastando. Eu fui totalmente diferente da vaca, ela pensou. *Monsieur* foi um touro hoje. Marguerite entrou no átrio do segundo andar e foi para seu quarto. *Madame* de Bianey tinha sido gentil com ela, deixando-a dormir na casa principal enquanto estava grávida. Lêk roncava e assobiava durante toda a noite no quarto acima da cocheira, e a catinga de cavalo impregnava o ambiente todo. Aqui não. Ela olhou para o quadro na parede. *A tentação de Santo Antônio*, um quadro bem sacrílego. No crucifixo, o corpo cadavérico do Cristo agonizante dava lugar a uma mulher lasciva. A inscrição INRI tinha sido substituída por EROS. Ela olhou para a mirada convidativa, os seios fartos. Parecerei tão atraente? Depois de retirar os lençóis da cama, tirou suas roupas e se acariciou sozinha por um breve instante. A incandescência da lareira à sua frente aqueceu seu corpo. Deslizou os dedos sobre as letras LB gravadas de maneira cursiva no frontispício de mármore. Leopold de Bianey. Você me deseja? Tocou os seios e acariciou os mamilos. *Monsieur* gostou dos pombinhos. O ardor na sua virilha ainda estava lá quando se deitou na cama gélida e esperou, estática, para se aquecer gradativamente. As imagens do touro e de *monsieur* flutuavam em sua memória ao adormecer.

Uma leve batida na porta e depois uma sombra avançando sobre ela na escuridão despertaram Marguerite.

— *Psst*. Cheguei para esquentar você.

Ela sentiu o cheiro do tabaco caro e recebeu seu abraço. Suas mãos a exploraram na escuridão.

— Você se cansará logo de mim, *monsieur* — sussurrou ela enquanto ele acariciava suas coxas e abria suas pernas.

— Nunca. Você tem a minha palavra.

Ela voltou a arder de prazer quando ele a penetrou. Sentiu que precisava dele tanto quanto ele a desejava. Você será meu, *monsieur*, para sempre. O alvorecer bateu antes do fogo se transformar em âmbar em seu ventre.

De Bianey segurou desajeitadamente o bebê.

— Será um tabelião — disse ele, olhando para Marguerite, que mantinha uma das mãos embaixo da cabeça da criança, segurando-a, para evitar que caísse para trás. — Ele será dono de terras em toda a região, desde as Ardenas até o Minette.

Marguerite podia ver o orgulho em seus olhos. Era um dia quente de verão, e a testa de Bianey estava suada.

— Ele será dono da fábrica Funck — murmurou, olhando para a porta e verificando se Virginie estava nos arredores. — Herdará a cervejaria de *maman*.

Ele farejou o ar.

— A que cheira este bebezinho? — Nesse momento, estendeu as mãos para ela enquanto o bebê começava a choramingar. — Marguerite, limpe-o.

Marguerite pegou o pequeno Leopold no seu peito e o acalmou. De fato, era um garoto deslumbrante. Uma tristeza repentina a invadiu.

— E o meu, nosso pequeno bebê, será um Lêk, um bêbado... ou uma empregada para Leopold.

— O que você está dizendo? — perguntou ele irritado. Marguerite olhou para o chão, arrastando os pés nervosamente.

— Eu... eu acho... que estou grávida, *monsieur*. — Ela olhou para cima. De Bianey empalidecera.

— Mas você... não tomou as devidas precauções?

— Como poderia eu ter tomado? *Monsieur* aproveitou de mim duas vezes por semana nos últimos três meses.

— Mas... você nunca me disse nada.

Perdera sua autoconfiança, todo seu atrevimento. Leopold começou novamente a inquietar-se.

— *Monsieur*, o que devo fazer? O senhor prometeu cuidar de mim.

— Você não poderia ter me alertado? — gritou. Assustado, o bebê caiu em berros. — Leve-o para o quarto dele.

Ao se virar, Marguerite ouviu Virginie subindo as escadas.

— O que está acontecendo aqui? — gritou ela entrando no átrio. — O que vocês dois estão fazendo com a criança?

Ela o arrancou dos braços de Marguerite e o colocou no berço. Marguerite olhou para de Bianey e viu medo em seus olhos. Nesse momento, ela entendeu o que devia fazer.

— Eu estava apenas falando sobre o meu trabalho com *monsieur*. Talvez eu tenha que ir embora.

— E o pequeno Leopold? — perguntou Virginie. — Quem tomará conta dele? O que está acontecendo com vocês dois? Brigando?

— Oh, não, querida. Resolveremos tudo, prometo.

— Espero que sim — disse Virginie, saindo tempestivamente.

A tarde era esplêndida. O cão, um belo *épagneul* bretão, tinha farejado com perfeição as densas cercas vivas entre os campos. Três coelhos já tinham sido expelidos e atravessaram a plantação de batatas em disparada, embora de Bianey tivesse falhado em dois tiros e ferido o terceiro apenas levemente. Agora, o bretão estava amarrando novamente, e de Bianey dirigiu-se para um ponto estratégico, à beira da cerca viva, ordenando:

— Avance.

O cão saltou à frente, e uma lebre se lançou no campo; de Bianey fez mira com a espingarda, dando à lebre alguns metros de dianteira, e atirou. A lebre deu um salto-mortal espetacular e caiu, morta. O bretão já estava sobre a lebre antes mesmo que de Bianey pudesse evitar. Orgulhosamente, puxou o animal morto em sua direção, depois de lhe desferir três vigorosas mordidas.

— Bravo, bravo — disse ele. — Eu começava a perder a esperança. — Acariciou o cão e sentou-se sobre uma rocha. Após agarrar a lebre pelas orelhas, apertou-lhe a barriga e observou sua urina esguichando. A última mijada. Para preservar a carne.

Campos de trigo, alternados com plantações de batatas e pastagens, descortinavam-se em frente de Bianey. O vento da tarde envergava o trigo amarelo já maduro, soprando onda após onda através do campo. De Bianey, com uma respiração profunda, acolheu a magia daquela tarde. Os odores que haviam marcado sua infância o invadiam. A vida é realmente boa, pensou ele. Como posso estar arruinando a minha? Por que não consertá-la, Leopold? Por que não recorrer à legendária artimanha dos de Bianey? Não somos conhecidos como as raposas da lei? Ele olhou para o campo. Seu pai já caçava nessas terras. E, antes dele, seu avô, que viera da Bélgica, justamente através da fronteira. Eles fizeram fortuna nessa cidade pequena, transferindo-a e aumentando-a de geração em geração. Ele abriu a mochila e retirou um sanduíche. O presunto vermelho-escuro das Ardenas exalou um perfume defumado quando ele o desembalou e observou a espessa camada de manteiga sobre o pão preto. Marguerite o preparara com carinho.

— Sim, ganhamos este — disse ele, dividindo-o em dois e colocando uma metade sobre a pedra. Então, ordenou: — Senta, Mupês.

O cão obedeceu mecanicamente. Agora, o que devo fazer? Mordeu o sanduíche e degustou o presunto saboroso. Deu uma segunda ordem:

— Vai.

O cão saltou sobre sua porção da refeição e a engoliu em dois bocados.

De Bianey olhou mais uma vez para os campos ao redor, dourados pelo sol da tarde. Abriu sua mochila, puxou um frasco de prata e tomou um gole. O *mirabelle* queimou sua boca, e ele sentiu seu ardor misturado com os restos do gosto delicado da inigualável fruta da Lorraine. Ele se lembrou da infância, subindo árvores, chupando as saborosas frutas amarelas e vadeando o Attert à procura de peixes e rãs. Um sentimento de saudade, misturado com tristeza, o invadiu. Sim, a vida tinha sido bela. Um pensamento lampejou subitamente na mente. O que você acha... se eu casar ela com alguém? Com a energia infundida pelo álcool, saltou da rocha, agarrou a lebre e chamou o cão.

— Estamos indo para casa, Mupês. Resolvemos nosso dilema.

Monsieur de Bianey abriu a porta no extremo final da sala de estar. Atrás desta havia uma grande porta de aço, que ele destrancou usando três chaves e girando uma grande roda. Penetrou no cofre e olhou as pilhas de documentos bem-arrumadas. Este é o local onde sua fortuna estava guardada: dinheiro, títulos de propriedades, registros. Cada transação na região de Rédange tinha sido registrada, cada empréstimo feito a fazendeiros tinha sido catalogado. Seu pai tinha lhe ensinado isso, e, antes dele, o seu avô tinha ensinado ao seu pai. Os homens na família chamavam-se Leopold ou Félix para preservar a continuidade, a confiança dos fazendeiros. Gradativamente, eles tinham acumulado terras em Luxemburgo. Aqui, um hectare de terra, acolá outros, uma casa numa aldeia, uma fazenda em outra. Quando os camponeses não podiam pagar seus empréstimos, os títulos das terras eram confiscados e a terra revertida aos de Bianey. Não que estivessem procurando essa situação intencionalmente. Acontecia como resultado natural das transações. Ele, *monsieur* de Bianey, administrava isto tão bem quanto podia, arrendando a terra aos fazendeiros, frequentemente não recebendo mais do que algumas galinhas em troca. O dinheiro verdadeiro está na indústria, ele pensou à medida que examinava as notas e os títulos em busca da propriedade certa. Eu deveria ter me tornado um mestre de forja, não um tabelião. A siderurgia representa o futuro, e não a produção de esterco de vaca. Ao pinçar um título de propriedade, cinco hectares perto de Reichling, ouviu o sino e a voz de Virginie vindos da mesa.

— O almoço está servido, Leopold. Sua lebre parece deliciosa.

Antes de fechar a porta de aço, olhou pela última vez o documento. Ele lembrava vagamente de já ter visto o local. Estava certo. Ela não estaria tão perto, nem tão longe. O cheiro forte da caça e do repolho-vermelho o atraíra.

— Vou pegar uma garrafa de Bourgogne — disse ele, correndo para a adega. Desceu cuidadosamente, penetrando na escuridão. A umidade e a friagem do porão subiam pelas escadas escorregadias de pedra. Enquanto seus dedos tateavam através das teias de aranha e nos porta-garrafas, tentando achar um Bourgogne de 1881, ouviu passos na escada.

— *Monsieur*, o senhor encontrou uma solução?

Ele percebeu o nervosismo na voz sussurrada de Marguerite.

— Achei. Como você e o Lêk estão se dando?

— O senhor sabe, ele bebe. Mas é uma boa pessoa.

— Encontre-se comigo no topo da torre, depois do almoço, quando *madame* estará na sua sesta da tarde.

A lebre estava realmente deliciosa. *Monsieur* e *madame* comeram-na, deliciando-se com cada mordida, enquanto expeliam os eventuais resíduos de chumbo. A carne escura tinha um paladar único, e o repolho algo adocicado suavizava o sabor forte. O bretão sentou-se em posição de sentido sob a mesa e pegou alguns ossos.

— Esta carne é muito mais rica do que a do coelho doméstico — disse Virginie enquanto Marguerite enchia seu copo.

— Mais escura e infinitamente mais saborosa — disse *monsieur*, saboreando uma coxa. — Isso se deve à dieta do animal. Ele come uma variedade de folhas, batatas, e raízes e corre por aí o dia inteiro. Mas devemos concluir a refeição com um bom digestivo.

— Traga o Cointreau, Marguerite — ordenou Virginie.

Conversaram por um bom tempo. *Madame* cobriu a boca com a mão e bocejou. Ela se desculpou.

— Vou ver como o pequeno Leopold está indo.

— Tenho que verificar alguns dos papéis, do contrário iria com você — disse de Bianey.

Ele limpou os lábios com o guardanapo bordado, deixando uma nódoa de gordura nas letras LDB, levantou-se e subiu as escadas. Depois de alcançar o átrio do segundo andar, continuou subindo. Sentiu o coração disparando graças ao esforço e à emoção. Esta Marguerite ainda me excita, pensou. No alto, ele ingressou num quarto pequeno com janelas para todos os lados. Seu pai tinha construído a torre como recordação dos velhos dias de glória dos de Bianey. Ele olhou para fora. Daí podia ver a aldeia de um lado, depois a colina do outro lado da estrada e o Attert serpenteando através dos campos. Ouviu um ruído vindo da escadaria. Marguerite entrou, com o mesmo rosto preocupado, de maneira agitada e com as mãos torcendo o avental.

— *Monsieur*, o que vamos fazer?

De Bianey se aproximou dela e a abraçou. Sentiu sua resposta fria ao afastar-se dele em direção à borda.

— Você vê esses campos, lá em cima, além das fileiras de batatas?

— Sim, mas...

— Agora, vire nesta direção. Você vê a estrada de Reichling ali? Pode ver a casa?

De Bianey acercou-se novamente das costas de Margueri-te enquanto ela olhava para fora em direção à colina.

— Tudo é tão mais bonito visto de cima — disse ela.

— O Lêk está interessado em se tornar um fazendeiro?

— Ele fala sobre isso. Mas nenhum de nós dois possui qualquer terra. Nem mesmo uma casa.

— Podemos acertar isso, querida. Se você se casar com ele.

De Bianey sentiu que Marguerite gradualmente recipro-cava sua pressão. Ao senti-la movimentando-se lentamente, deslizou as mãos sobre seus seios e os apertou, pressionando-a por trás. Ela aceitou.

— Falarei com ele. Quantos hectares, *monsieur*?

Ele parou por um instante.

— Cinco. Viu só? Estou mantendo a minha promessa, e você ficará perto de mim.

— Mas o senhor tem que fazer uma segunda promessa — Marguerite disse, esfregando o traseiro e ao mesmo tempo abrindo os botões de sua braguilha. — Que continuará a me amar.

2

• • •

Rédange, Luxemburgo, maio de 1902

Marguerite olhou para seu pequeno garoto vestido de terno cinza com sapatos de couro envernizado enquanto colocava no braço dele uma faixa branca bordada com uma cruz em fio de ouro.

— Você está parecendo um *seigneur*, Jacques. Você será um *seigneur* um dia.

— O que é um *seigneur*, Mami?

— Tudo o que seu pai não é. Alguém que vira as cabeças. Viaja numa carruagem preta. É generoso, gracioso e corajoso. Quando um *seigneur* entra numa sala, as cabeças se viram.

— Como posso fazer isso, Mami?

— Primeiro, você se convence de que é um senhor. Em seguida, você age como tal. Em breve, as pessoas começam a respeitá-lo.

Marguerite desfilou para cima e para baixo na sala, mexendo deliberadamente os ombros e enrijecendo o traseiro. Um casal de frequentadores já se acomodava no boteco, mamando cerveja.

— Entendeu? Desta maneira... Quero que você entre na igreja assim.

Risadas foram percebidas no fundo da sala. Marguerite vituperou os bêbados, prosseguindo em seguida:

— Sua primeira comunhão será sua primeira cerimônia pública. Não se esqueça disso. Você tem de agir com dignidade. — Ela parou por um momento. — Seu padrinho, Moni de Bianey, prometeu vir hoje. É um *seigneur*...

— É um vigarista, isso sim! — berrou um dos bêbados. — Roubou a nossa fazenda.

— Cale-se, idiota, ou o expulsarei daqui — respondeu ela. E, virando-se para Jacques: — Veja se pode andar como ele, olhe para as pessoas como ele o faz... sorria como ele.

— Isso é ótimo! Moni sempre traz chocolate.

— Ele é um homem generoso, Jacques. Totalmente diferente de seu pai. — Ela olhou para o fundo do café, onde Lêk conversava com seus companheiros bêbados.

— Sim, mas será que ele é capaz de beber como eu? — bramiu Lêk.

Os frequentadores rugiram. Lêk puxou uma profunda baforada do cigarro colado no canto da boca, depois tossiu e arranhou o rosto descarnado e a barba de três dias.

— Pelo menos faça a barba e vista seu terno. Seu filho está fazendo a primeira comunhão — disse Marguerite.

Lêk levantou-se e saiu cambaleando.

— Meu filho...

Já era fim de tarde quando de Bianey chegou. Apesar da garoa fria, Jacques correu para fora e apertou suas pernas, quando descia da carruagem coberta. Ele trajava um fraque e usava uma gravata-borboleta, segurando a bengala e o chapéu com a elegância e facilidade de um dândi de Londres. Um menino gorducho estava com ele.

— Aperte a mão dele. Não seja tão tímido.

O menino escondeu-se atrás de de Bianey.

— Oh, venha, Leopold — disse de Bianey, pegando sua mão e estendendo-a a Jacques. — E congratule-o pela primeira comunhão dele. Você fez a sua o ano passado.

— Venha, vou lhe mostrar as ovelhas que criamos no quintal — disse Jacques, apertando a mão do menino.

— Primeiro, troque seu terno e ponha suas roupas de trabalho — disse Marguerite, em pé na porta do café. Ela então virou-se para de Bianey. — *Monsieur*, por favor, entre e tome um cálice de vinho conosco.

Os garotos correram para fora. De Bianey olhou para a casa, onde uma placa — Café Esch — estava afixada, com a marca "Bières Henri Funck" abaixo. Um sentimento de orgulho o invadiu, enquanto enchia seu peito com a brisa fria da tarde. Tinha sido uma boa ideia, depois que o Lêk empenhara a fazenda bebendo. Marguerite estava encarregada dessa vez. Administrava o café como queria, e Lêk era um simples empregado e maior cliente. A cerveja, a melhor no grão-ducado, era fornecida por meio de uma concessão da família de sua mulher. Ele subiu os degraus de ardósia que davam para a entrada. Dentro, a atmosfera estava fumegante e quente. O cheiro de cerveja misturado com a fumaça do tabaco forte impregnava a sala. Tirando o chapéu, cumprimentou os cerca de vinte frequentadores inclinados em redor de suas grandes canecas.

— Boa tarde, senhores. Uma rodada em homenagem a Jacques Esch.

A multidão exultou. Levantaram seus copos, dizendo:

— *Vil mol merci*, muito obrigado.

Ao atravessarem o café em direção ao fundo, Marguerite olhou para ele com orgulho. Lêk, que estava tirando o chope do barril, saudou-o de maneira indiferente. De fato, é um *seigneur*, pensou Marguerite carregando seu chapéu, bengala e casaco. Na cozinha, de Bianey sentou-se a uma mesa de madeira, inspecionando o copo com pé verde que Marguerite serviu numa travessa prateada.

— Um *römer*. Adoro estas taças — disse ele enquanto Marguerite o servia de uma garrafa de gargalo longo. — Você sabia que são chamados assim porque os romanos já os usavam?

— O senhor é tão inteligente, *monsieur* — disse Marguerite. — Não sei dessas coisas, mas quero que nosso Jacques as aprenda. Só sei que este é o nosso melhor Silvaner. Espero que goste.

Ele experimentou, abanou a cabeça e em seguida estalou a língua em sinal de aprovação.

— Como está Lêk? Não muito satisfeito em me ver...

— O senhor sabe, bebendo como sempre. Às vezes para, e depois continua. De vez em quando, faz uma *nengchen*.

— Esses nove dias de bebedeira são a maldição do nosso Grão Ducado. Que triste tradição.

— Quando entra numa, dorme na rua, nos estábulos, nos campos, onde ele desaba. Às vezes, acaba na cadeia, quando se torna muito arruaceiro. Qualquer dia desses ele morrerá congelado.

— Eu notei que estava cambaleando atrás do balcão. O que posso fazer para ajudar?

Marguerite esboçou um sorriso.

— Tenho algumas ideias, *monsieur*. Deixe-me ver Lêk.

Ela voltou alguns minutos depois, dizendo:

— Ele desmaiou no porão. Meu sobrinho Misch está servindo os fregueses.

Margarite sorriu enquanto ele acariciava seu traseiro.

— As crianças estão fora. Vamos subir?

Em alguns minutos, estavam um nos braços do outro. Marguerite levantou o vestido e debruçou-se sobre a cama, soltando um longo suspiro ao ser penetrada. Seu perfume, as carícias e o vigor levaram-na ao ápice do gozo, que se espalhou por seu corpo como onda. Não podendo se conter, gritou de prazer ao sentir os tremores do orgasmo de de Bianey. Depois, acariciou carinhosamente seu corpo suado enquanto ele se recuperava do esforço.

Dentro em pouco, de Bianey estava de novo na cozinha, saboreando seu *vierkelsjelly*, uma geleia feita com pé de porco, engolida com longos goles de Silvaner.

— Está delicioso. Por algum motivo, tenho uma fome de leão.

— O leão trabalhou muito no andar de cima — disse Marguerite enquanto abria uma segunda garrafa e enchia os copos.

— Como vai Jacques na escola?

— Vai muito bem, apesar de toda a confusão em casa. É o primeiro da classe. Tem sua cabeça, *monsieur*.

— Gostaria que Leopold tivesse pelo menos a metade de sua inteligência — disse de Bianey. — Deve ser você.

Logo em seguida, os dois garotos entraram tempestivamente.

— Uma das ovelhas pisoteou o Leopold — gritou Jacques. — Mas consegui salvá-lo.

Leopold mostrou a seu pai os arranhões nas palmas das mãos.

— Vamos botar sulfa nesta ferida — disse Marguerite, aproximando-se do armário. — Mas, primeiro, procure se secar. Esta chuva fina pode atravessar suas roupas de lã.

Os garotos apanharam uma toalha e esfregaram na cabeça.

— Está cheia de lama — disse Marguerite, enxaguando a ferida na pia. Após pulverizar o pó amarelo sobre ela, enrolou um pedaço de pano nas mãos de Leopold.

— Sente-se aqui e coma com seu pai.

Ela foi ao fogão e encheu uma tigela.

— *Judd a garde bounen* — disse ela. — O prato favorito de seu pai.

Eles atacaram seus pratos com gosto. Marguerite percebeu que de Bianey tinha adquirido uma respeitável barriga. No entanto, o ar de *seigneur* estava ali, mais forte ainda. O peso adicional dava-lhe um ar de abundância, o que não o impedia em nada de controlar sua gula e apetite.

— Estou pensando em investir em uma pequena siderurgia, uma forja na Bélgica, do outro lado da fronteira — disse ele. — A demanda por aço vem crescendo continuamente. Aqui em Luxemburgo, três pequenas siderúrgicas, em Burbach, Esch e Dudelange, estão se juntando para formar a ARBED.

— Eu sei, todos nossos homens vão trabalhar nas siderúrgicas de Minette enquanto nossos fazendeiros estão morrendo de fome ou tendo que emigrar para os Estados Unidos.

— Se e quando eu fechar negócio na forja de Habay, você e Jacques irão comigo. Talvez a metalurgia venha despertar algum interesse nele.

— Metalurgia? O que é isso? Gostaria de vê-lo como advogado, ou tabelião.

— O futuro está na indústria, querida. — Voltou-se para Jacques, que cortava uma fatia da torta e a levava para Leopold. — Não dê para ele. Ele come demais. É por isso que está tão gordinho.

Marguerite acariciou as bochechas do menino.

— Ah, deixe-o, hoje é um dia especial, e preparei minha melhor torta de ameixas para vocês dois.

De Bianey voltou-se para Jacques:

— Estude bem sua aritmética. Assim poderá tornar-se um engenheiro. Mostre-me sua caderneta escolar.

Alguns minutos mais tarde, Jacques voltou com a caderneta. De Bianey a analisou com cuidado.

— Março: 54/60, primeiro lugar; Abril: 57/60, primeiro lugar. Bom. — Ele meteu a mão no bolso do casaco e tirou uma moeda de ouro. — Todo mês que tirar o primeiro lugar, você receberá uma destas.

Jacques parecia ter ficado hipnotizado pela moeda cintilante. Aproximou-a de seus olhos e observou a efígie.

— Leia! — ordenou de Bianey.

Jacques a virou, seguindo a escrita.

— Na... po... leão... Ter... cei... ro. Quem é?

De Bianey pôde perceber que não fora a sensação do ouro que o fascinava.

— Trarei um livro para você com figuras de todos os reis da Europa, desde Charlemagne. — Ele parou, e em seguida continuou: — Meu antepassado. Assim como foi Godefroid de Bouillon, o cavaleiro cruzado. — Encheu o peito com orgulho. — Você poderá aprender como eles viviam, o que faziam e o porquê de suas cabeças terem sido cunhadas nas moedas.

— Agora, pegue a moeda e leve-a para seu quarto — disse Marguerite. — Você pode ficar com ela até amanhã.

Jacques agradeceu-lhe e subiu correndo as escadas, seguido por Leopold.

— É bem menor do que minha casa, mas gosto dela — disse Leopold. Ele puxou a cortina de renda e encostou a cabeça na janela. — Você pode olhar as ovelhas daqui. Da próxima vez, vamos fazer uma carrocinha para sermos carregados por todos os lados.

Leopold examinou a mesa de cabeceira de Jacques. Ele puxou um livro de Babar.

— Como você conseguiu este? Ele me pertence — disse, apontando para seu nome.

— Não sei... Moni os trouxe. Você pode tê-los de volta.

Leopold olhou para ele.

— Está bem. Já os li. De qualquer maneira, tenho dois livros de Karl May.

Jacques abriu uma página onde Babar, Celeste e os pequenos elefantes estavam próximos a um lago.

— Você vê o macaquinho na palmeira? Aparece em todas as páginas.

Leopold acenou com a cabeça.

— Deveríamos, algum dia, ir a lugares longínquos como a África e a América. Você me leva junto?

— Você tem a minha palavra.

— Oh, Jacques, da próxima vez, eu lhe trarei os livros de Karl May. Você deveria ver os lugares para onde ele viaja. A América do Norte com tribos de índios selvagens.

3

• • •

Habay-la-Neuve, Bélgica (ao lado da fronteira com Luxemburgo), 1907

A tempestade os alcançou uma meia hora já fora de Habay-la-Neuve.

— Isto é o que ganhamos por não usar a diligência — disse Marguerite enquanto corria em busca de abrigo.

— Cinco horas, Mami, este é o tempo que teríamos de esperar — disse Jacques, abrindo um guarda-chuva e correndo atrás dela.

Eles se refugiaram embaixo de um grande pinheiro, compartilhando o lugar com três vacas.

— Faço tudo isto por você, filho — disse ela, sacudindo as roupas molhadas e abrindo um cesto. Daí tirou dois sanduíches. — O que você prefere? Queijo ou presunto?

Jacques sentou-se e deu uma mordida no sanduíche enquanto sua mãe lhe servia uma xícara de café.

— O melhor café de Luxemburgo — disse ela. — Você pode sentir o gosto da chicória?

Jacques colocou o nariz sobre a xícara, inalou, depois tomou um bom gole. Já sou um homem, ele pensou, fazendo caretas e tentando engolir. Sua mãe colocou dois cubos de açúcar, cortando o gosto amargo.

— Assim é bem melhor — disse ela.

Após uma hora, as nuvens escuras tinham-se ido e o sol surgiu novamente. Voltaram à estrada em direção à Pont d'Oye, a ponte do ganso.

— Onde ficaremos, Mami?

— No castelo da *marquise*, com sua criadagem. Recebe muitos hóspedes no verão, e prestarei ajuda.

— Eu pensei que Moni iria nos dar um quarto de verdade, e não um alojamento para criados.

— Oh, Jacques, não seja tão agitado. Esta pode ser a chance de sua vida. Temos sorte de *monsieur* de Bianey ser coproprietário da forja.

— Vejo uma ponte! — gritou Jacques com a voz em falsete, disparando a passo rápido e deixando a mãe para trás. Ele sentiu que não podia mais correr como uma criança. Suas longas pernas bamboleantes tinham crescido tanto no ano passado que dificilmente podia controlá-las. Todavia, conseguiu chegar e sentou-se à margem da ponte. Daí podia ver, na ladeira da colina, um bonito castelo. A entrada adornada de pedra contrastava com as paredes de cor bege surradas pela idade. Ao sopé da colina, pelo córrego, a forja escura e agourenta, emanando fumaça negra. Jacques observou o arco-íris que acabava de se formar a distância. Sim, isto é um presságio. Meu destino está selado. Saiu novamente em disparada.

— Espere por mim! — berrou sua mãe.

Atravessaram o portão principal, um grande arco de pedra esculpido em esplendor barroco, e penetraram no pátio interior.

— Esta era a maneira como viviam os aristocratas — disse Marguerite, contemplando as longas fileiras de janelas entalhadas em pedra.

— Um, dois, três andares — disse Jacques. — Isto é bem maior do que a casa de Moni.

— Ficaremos em uma das janelas pequeninas lá em cima, bem abaixo do telhado.

— Bem, teremos uma vista melhor — disse Jacques, abraçando a mãe. Virou-se para trás e olhou para a fumaça preta saindo da chaminé próxima à represa, farejando o ar e cheirando o enxofre. Um cheiro estranho emanava da forja, um cheiro bom. O som metálico e forte do martelo ressoava nas paredes do castelo. Subitamente, ele se encheu de alegria.

— Não decepcionarei Moni. Serei um puta aprendiz e o melhor que jamais terão visto.

— Não diga "puta" — não é compatível com a nobreza.

Jacques sorriu e a abraçou com força.

— Oh, Mami...

O chefe da forja, um sujeito astucioso com barriga de cerveja e olhos azuis enterrados profundamente nas pálpebras grossas, avaliou Jacques.

— Então, você diz que tem 12 anos. Você parece ter 10. Olhe essas pernas finas. Mostre seus braços.

Jacques levantou a camisa e flexionou os bíceps.

— Dois palitos. Como você vai conseguir jogar carvão com a pá para dentro do forno? — O chefe esticou a cabeça para o céu e levantou os braços. — O que diacho a *marquise* faz conosco? Mandar este bebê para a forja!

— Se o senhor me der uma oportunidade, eu aprenderei.

Após rasgar a carta que Jacques lhe havia entregado, jogando-a no fogo, o chefe berrou:

— Eu darei uma chance a você, garoto. Mas um erro seu e lhe darei um pontapé no rabo com tanta força que você vai parar lá na sua terra.

Ele apontou para a pilha de carvão e lhe passou a pá.

— Comece já a encher as cestas.

Já era quase noite quando Jacques arrastou-se pelos três lances de escada.

— Filho, você se parece com o *Houseker*, o limpador de chaminés de São Nicolas — disse Marguerite, levando as mãos ao rosto em sinal de choque.

— Foi um dia duro, Mami. Os operários estão gozando com a minha cara. Eles riram quando não consegui levantar a tenaz para agarrar a barra de aço quente e arrastá-la para baixo do martelo da forja.

— Deixe que riam, aqueles ignorantes. Você será o chefe deles um dia. É bom que você aprenda todos os truques deles. — Ela pediu que ele se despisse e ficasse em pé na bacia cheia de água. — E não fique envergonhado — ela ralhou com ele.

Então, começou a esfregá-lo com a escova e sabão, limpando-o, até que o garoto lentamente recuperasse a cor normal.

— Mami, não me lave aqui — disse ele, colocando uma toalha na frente. — Agora já sou crescido.

— Ah, eu lavei sua bunda e peruzinho mil vezes — disse ela. — Só porque você tem alguns pelos aí embaixo, isso não o faz um homem.

Ela apertou os braços dele.

— Vou me certificar de que o alimentem bem na cozinha. Você precisa melhorar a musculatura. — Ignorando os argumentos dele, ela esfregou suas partes íntimas.

— Eles têm um intervalo às dez na parte da manhã e tomam um gole de *Quetsch*. Eles querem que eu faça o mesmo.

— Se você quiser acabar como seu pai, vá em frente.

— O troço me queimou a garganta. Tudo que consegui foi ficar com sono e preguiçoso.

— É isso mesmo. Luxemburgo é um país de bêbados. Pessoas sóbrias como *monsieur* são raras. — Ela parou por um instante, em seguida esfregou seu rosto com força. Jacques sentiu o ardor e soltou um resmungo silencioso. — Lembre-se disto: nunca se torne um bêbado — ela vociferou no seu ouvido.

Ele sentiu dor na voz dela. Eu nunca a decepcionarei, Mami, pensou.

O verão passou rápido demais, e Jacques tinha sido um ótimo aprendiz. Em um mês, ele dominara todos os aspectos técnicos da fabricação de aço. Como fazer carvão com a madeira de baixa qualidade abundante na região. Como o minério de ferro era extraído do solo, britado, lavado e refinado. Como o alto-forno deveria ser abastecido, camadas alternadas de carvão, minério e calcário. Como vazar o fundo do forno e deixar o ferro-gusa escorrer nos canais cavados na areia. Como operar o martelo da forja gigante movido pela queda da água no córrego represado. Ele aprendeu que o impacto do martelo sobre o metal quente quebrava a estrutura do ferro-gusa e o tornava mais resistente. Ele aprendera que cor a barra de aço tinha de ter antes de ser forjada: vermelho profundo com tons brilhantes. Durante as paradas e refeições ele assediava os operários com perguntas, enquanto eles comiam ou bebiam sentados pelos cantos da forja. Inicialmente aborrecidos com isso, os operários começaram a gostar do garoto implicante. No fim, ele os desafiava a fazer qualquer tipo de pergunta. Um dia, o chefe olhou para ele com seus olhos azuis penetrantes, já com certo respeito mesclado com receio.

— Por que você não brinca com as outras crianças? Vá atrás de garotas! O que o preocupa?

À noite ele subia as escadas para o sótão após um dia de 12 horas. Antes de se atirar na cama, ele às vezes observava as recepções organizadas no jardim pela *marquise* de Pont d'Oye. O murmúrio de vozes misturado com o estalido de copos subia até sua janela. Os sons eram tão diferentes, as gargalhadas altamente refinadas, mas Jacques sabia que o dinheiro se fazia lá embaixo na represa, pelos ásperos operários na poeirenta e preta forja.

— Ela não é uma *marquise* de verdade — sua mãe lhe disse uma noitinha enquanto se lavava na bacia. — O avô dela era um sujeito como seu mestre de forja. Ele ganhou muito dinheiro forjando espadas e armaduras, fazendo com que o rei da França lhe desse ou vendesse o título.

— Mas isto é a Bélgica, Mami.

— Costumava ser a França. De qualquer maneira, eles transferem o título de pai para filho e todo mundo a chama por esse nome.

— Caras astutos.

— Daqui a pouco, vou lhe dar o banho. Você se sentirá bem melhor. Mas, primeiro, esfregue minhas costas, aqui.

Jacques pegou a esponja. Notou as costas largas e nádegas generosas. A pele de Mami era quente e rósea e tinha um brilho especial à luz do fim de tarde que penetrava no quarto vindo do sol poente. Tudo era firme em seu corpo.

— Mami, as bebedeiras, os bailes e as cavalgadas deles não me interessam. Acho a forja mais interessante.

— Filho, virá um tempo em sua vida em que essas coisas serão muito importantes. Nessas ocasiões, negócios são fechados e se concebem planos. Mas pare de me olhar assim e me passe a toalha.

Jacques foi para a cama, agarrou a toalha e ajudou a mãe a se cobrir.

— Posso perceber a sua musculatura mais desenvolvida. Definitivamente você está se tornando homem.

Jacques flexionou o torso, exibindo algumas fibras de músculos. Marguerite tocou seus braços enquanto examinava seu rosto.

— Os bigodes estão nascendo. Não posso mais me despir na sua frente. Daqui em diante você deve dormir na sua própria cama.

Uma noitinha, quando Jacques voltou do serviço, viu o tílburi de Moni lá fora. Ele subiu correndo as escadas para comunicar o fato à mãe. Ao se aproximar do quarto dela, ouviu seus gemidos. Os mesmos gemidos que ouvia de vez em quando, em Rédange. Mami está doente de novo? Alguém a está machucando? A porta estava trancada. Ao espiar pelo buraco da fechadura, ele viu sua mãe com as pernas para o ar, o corpo coberto pelo traseiro róseo de um homem. Então, viu o rosto, contorcido em um prazer animalesco. Moni. Enojado, afastou os olhos, depois espiou novamente, fascinado. Então, isso é que é trepar. Relembrou as grosseiras piadas feitas pelos operários da forja. O *marquis* transa com todas as empregadas. Um aumento no volume da virilha deu-lhe uma triste sensação de excitação e nojo. Como num transe, ele olhou para os movimentos de Moni em aceleração enquanto os gemidos de sua mãe se tornavam mais altos e agudos. Moni grunhiu alto algumas vezes, enterrando a cabeça nos peitos de sua mãe. Então, quando acabaram, rolaram pela cama, rindo. Os porcos, ele pensou, os porcos sujos, enquanto descia as escadas para dentro da noite. Acabou parando somente perto do lago, onde sentou-se e contemplou a lua, as estrelas e a fumaça do alto-forno. Sua confiança em Moni tinha sido destruída? O amor pela sua mãe ficara abalado? Finalmente, respirou profundamente e se pôs de pé. Precisava esquecer, enterrar tudo isso. São apenas imperfeitos. No entanto, a imagem dos corpos obesos se acoplando num prazer frenético o atormentava. Dois animais alheios a tudo exceto a seu próprio prazer. Nada melhor do que os porcos que ele tinha observado na fazenda. A mesma fixidez nos olhos, os mesmos movimentos convulsivos. Pensamentos corriam por sua mente enquanto voltava ao castelo. Será esse o motivo pelo qual Moni me presenteia tanto?

4

• • •

Colégio dos Jesuítas, Luxemburgo, 1915

— Senhor Esch, entre, por favor.

Jacques levantou-se e caminhou em direção à porta. Estava apreensivo. Será que fiz algo errado? Foi o Alfred, e não eu, quem lançou o garfo pelo refeitório dos estudantes.

O jovem padre sentado na entrada da porta apontou para seu lado.

— Deixe sua pasta aqui.

Jacques girou a maçaneta e entrou. Sou culpado por tudo que acontece aqui. Espero que não seja uma suspensão.

Padre Jayme estava atrás de uma grande mesa de carvalho. A sala era fria e espartana. Um crucifixo e um quadro de Inácio de Loiola eram a única decoração.

— Venha aqui, Jacques — ordenou.

Jacques permaneceu em pé em frente da mesa, segurando sua boina.

— Eu o estive observando nestes últimos anos. — Jacques percebeu a sobrancelha direita levantada e o franzido profundo na testa. Padre Jayme levantou-se. O rosto sério estava marcado por rugas profundas. O nariz de águia acentuava a expressão severa. Era um disciplinador, administrando o colégio jesuíta como se fosse um quartel de militares. Acordar às 6 horas. Missa às 6h30. Café da manhã às 7h30. Aulas das 8 horas às 12 horas e, em seguida, da 1 hora às 5 horas. De segunda a sábado. Jacques estava autorizado a ir para casa a cada duas semanas. De vez em quando, dava uma fugida até os cafés com seus companheiros.

— Você possui qualidades de liderança.

Jacques deixou escapar um profundo suspiro. Isto não ia ser uma advertência.

— Precisamos de soldados como você aqui na Companhia de Jesus.

Jacques surpreendeu-se.

— Mas, Padre, não sou o tipo religioso. Faço as minhas orações e cumpro com as obrigações, mas não me sinto atraído pela vida religiosa.

— Precisamos de pessoas práticas com liderança, não apenas qualidades místicas. Você sabe, temos escolas, hospitais, universidades, pelo mundo todo.

Jacques se sentiu orgulhoso. Por que estou sendo escolhido?

— Posso enviá-lo ao seminário em Roma. Em seguida, pode até conseguir um doutorado em teologia se demonstrar talento e determinação.

As rugas na testa do padre Jayme se aprofundaram.

— Empreendemos uma luta ferrenha. Derrotamos os jansenistas, na França. Mas existe um outro inimigo: os comunistas.

Jacques tinha ouvido vagamente algo a respeito deles.

— Eles são anarquistas?

— Muito pior, filho. Querem matar Deus para sempre.

Jacques comoveu-se. Precisava lançar-se nas lutas da vida. Essa era uma causa justa.

— Não podemos lhe dar a riqueza, e seus prazeres serão poucos. Nossas vitórias não nos trarão ouro. Apenas almas para Deus.

Jacques podia perceber a vida ascética de Santo Inácio através do corpo seco e olhos sofridos de padre Jayme.

— Padre, não posso. Já me matriculei no Cours Supérieur.

O desapontamento no rosto de padre Jayme era evidente.

— E o que você vai ser? Um advogado? Um médico?

— Um engenheiro. Um engenheiro metalúrgico.

— O que é isso, meu filho? Você é muito precioso para se perder em fábricas fétidas que despejam fumaça negra e alimentam os militares com cada vez mais armas de destruição. Veja o que está acontecendo em Verdun. Essas usinas parecem... — Ele parou por um instante, buscando palavras, continuando em seguida — as forjas de Vulcano.

— Já tomei minha decisão cinco anos atrás. Meu futuro está na indústria.

Padre Jayme levantou-se. Jacques podia sentir sua frustração enquanto caminhava através da sala, os braços gesticulando no ar. Subitamente, ele se virou.

— Vá, procure seu destino, filho. É um dia triste para a Companhia. Mas talvez seja um bom dia. Faça o bem. Seja confiante. Proteja as mulheres e crianças. Eu sei que você é corajoso. Leve consigo o nome de Deus.

Jacques sentiu o tapa suave de sua mão aberta sobre o rosto.

— Isto é para que você nunca se esqueça deste momento. — A seguir, fez o sinal da cruz sobre sua testa.

— Quero ir a países distantes, padre. China, África, América, quero construir fábricas, mudar vidas.

— Existem mundos lá fora a serem descobertos. Não importa o que você faça, nunca abandone seu sonho. Nem a Deus.

5

• • •

Em direção a Aachen, Alemanha, 1917

A paisagem branca passava rapidamente. Esqueletos de árvores de choupo se enfileiravam ao lado do córrego que margeava os trilhos. Mais longe, as colinas cobertas com florestas cortavam uma linha rígida contra o céu. A única forma de vida era o gralhar de corvos espalhados pelo trem. Cansado de ler o livro sobre fabricação de aço e repousando-o no colo, Jacques Esch esfregou os olhos, irritados pela fumaça forte do tabaco misturado com a do carvão da locomotiva. Bem ao longe apareciam as chaminés das siderúrgicas da Krupp. O céu cinzento tornara-se preto ao redor da usina. Sentiu uma emoção estranha, a mesma que o invadira em Pont d'Oye. A paisagem irregular de chaminés, altos-fornos, poeira e vagões carregados com escória continha uma beleza que não sabia definir. Ao longe, via alguns operários, vestidos de roupas de couro e carregando hastes de aço, dirigindo-se para um alto-forno. Sabia que estavam se preparando para uma corrida de gusa, um ritual estranho e poderoso que anunciava uma nova era. Ele pesquisou em sua memória para achar uma descrição. Finalmente surgiu uma frase, um conceito. Este aço, nascido desta paisagem dantesca, deste inferno moderno, tem o poder para aniquilar a ordem das coisas. Para o bem ou para o mal. Isto será determinado por nós.

Uma voz alegre o despertou de seus sonhos.

— Oi, Chaminé, tome um gole de cerveja conosco e pare de olhar assim, com essa cara melancólica — disse um jovem usando uma boina forrada com uma fita com as cores azul-branco-vermelho de Luxemburgo.

Jacques tomou um gole, riu e passou a cerveja.

— Agora, fume um cigarro, Chaminé. O melhor tabaco de Luxemburgo: Africaines — disse o Lingote, passando-lhe um cilindro de papel e batendo na parte posterior até alguns cigarros aflorarem. Tomou outro gole e cochichou no ouvido de Jacques. — Olhe para eles. Lá na frente deve ser terrível.

Jacques olhou para os assentos atrás dele, cheios de soldados. Muitos estavam feridos. Duas macas entupiam o caminho do corredor, do outro lado do vagão. Alguns deles não tinham braços, uns sem pernas, um deles tinha o rosto todo enfaixado, como se tivesse sido desfigurado por uma explosão. O sangue vazava através da gaze, e o homem emitia um lamento abafado de cansaço e dor. Um deles puxou uma garrafa de um licor branco e passou-a adiante enquanto assobiava uma canção. Logo os outros começaram a cantar.

Sing, sing, Brüderlein sing
Dan geht die Schmerz forbei,
Sing sing Brüderlein sing...

Era uma canção sobre a fraternidade e a dor. Os estudantes juntaram-se e lhes ofereceram suas cervejas. Estavam voltando a Aachen de Luxemburgo depois de uma curta folga escolar. Os soldados estavam voltando de Verdun.

— Sente-se aqui — um deles disse a Jacques, agarrando-o pelo braço.

Jacques sentou-se ao lado dele e lhe ofereceu um cigarro.

— Estamos voltando do inferno. Não é o que vocês leem nesses livros — disse ele, batendo levemente no livro de Jacques com um dedo deformado. — Não existem heróis. Apenas carne, retalhada em pedaços pelos canhões. Dia e noite. — Parou por um momento, deu uma tragada funda no cigarro e continuou: — Você já esteve em um abatedouro? O cheiro ainda é pior: carne podre e bosta.

Havia uma fixidez vazia em seus olhos, como se estes não estivessem lá. Jacques sentiu que estava olhando para cavidades ocas da órbita de olhos.

— Como podem viver nas trincheiras com todo este frio e neve?

— É melhor do que no outono, quando estão inundadas. Andamos, comemos, dormimos e cagamos na lama misturada com merda.

Ele tirou uma das botas dos pés, e uma catinga de carne decomposta invadiu as narinas de Jacques.

— Os pés começam a apodrecer. Dois dos meus companheiros tiveram os dedos dos pés amputados. — Ele brincou com um dos dedões. Estava preto, a unha caindo. — Isso poderá acontecer, se eu tiver sorte.

— Se você tiver sorte? — Jacques perguntou, chocado.

— Se eles os amputarem, terei alguns meses de folga. O cirurgião na frente de batalha não queria cortar fora. "Continue lutando", disse ele. — Deslizou a bota de volta, resmungando *Scheisse*. — Nossa única esperança é que a linha francesa está prestes a ser rompida. Estaremos em Paris nesta primavera e será o fim.

— Não tenha tanta certeza — disse Lingote, que permanecia em pé ao lado deles e tinha acabado sua cerveja. — Dois verões atrás, um *Hauptmann*, que requisitou nossa casa em Diekirch para sua companhia, disse à minha avó que em quarenta dias estaria em Paris. Adivinhe o que lhe aconteceu?

— Oh, conhecemos a sua história — disse Gusa, um outro luxemburguês em pé atrás de Pistão e que obviamente sentia o efeito da cerveja. — Em quarenta dias, ele estava morto e enterrado em Verdun.

— Vamos parar, camaradas — disse Jacques, dirigindo-lhes um olhar severo. — Mas ouvi dizer que os ianques estão chegando.

— Oh, *Scheisse* — disse o soldado. — O que um bando de caubóis pode fazer? Uma vez derrotados os russos, estaremos em cima dos franceses. Não ouviu falar da batalha de Tannewald? Demos uma surra neles.

O soldado se levantou, segurando Jacques pelo braço, agarrou a cerveja de Pistão e tomou um longo gole.

— Diga-me, por que todo mundo odeia os alemães?

— Não me pergunte. Sou luxemburguês. Tudo que posso dizer é que vocês nos enviaram este *Prinz* Félix, que está perdendo todo o nosso dinheiro na jogatina.

Eles riram.

— Pelo menos, não está mais vadiando nos arredores de Baden-Baden — disse o soldado. — Eles fecharam o cassino.

— Somos todos reféns desta guerra — disse Jacques. — Vocês, caras, passaram pelo nosso minúsculo país a caminho de Paris.

Tenho que manter minha boca fechada, Jacques pensou. Nada de bom sairá disto. É inútil discutir com soldados bêbados. Ele conhecia a política, que lhe havia sido explicada um pouco por Moni. Lembrava-se bem de suas palavras. "É um grande jogo de xadrez. Nem a França nem a Inglaterra podem aceitar uma Alemanha poderosa. Querem todas as colônias para si." Jacques lembrou que tinha contra-argumentado, usando seu entusiasmo de jovem e conhecimento acumulado em longas leituras e incontáveis debates. A complexidade de nações interagindo, tratados e agressões passadas era uma confusão infinita, da qual este conflito emergira. Ele lembrou quão furioso se sentiu quando Moni apenas repetiu seu argumento: "Nem a França nem a Inglaterra podem vencer sozinhas a Alemanha. Ainda estão perdendo, mesmo sendo aliadas. Esta é a razão pela qual estão solicitando a ajuda dos Estados Unidos." Jacques percebeu agora que ele estava certo.

A extensão do horror se abateu sobre eles ao chegarem à estação de Aachen, um edifício soberbo de pedra cheio de estátuas louvando as virtudes da alma alemã e enaltecendo a pujança da orgulhosa nova nação. Numa sinistra troca de guarda, tropas descansadas entraram no trem à medida que os sobreviventes desgastados se retiravam. Uma banda tocava tons marciais.

— *Scheisse* — disse o soldado, enquanto Jacques o ajudava a se levantar e descer do trem. — Tudo isso é *Scheisse*.

— Esses estão indo para a máquina de moer carne de Verdun — Gusa cochichou no ouvido do Pistão, enquanto eles entravam na estação. Jacques permaneceu ali, contemplando, por um instante, a impressionante estrutura de aço que se estendia em toda a largura da estação. O aço, pensou ele. O aço constrói e destrói.

Eles saíram em silêncio, passando pelas construções imponentes e monumentos soberbos enquanto se dirigiam para o *Dom*, a catedral de Aachen. Jacques olhou para cima. O grande edifício escuro erguia-se na direção do céu cinzento como se lamentasse o retorno para casa dos soldados feridos. Ele sentiu uma pressa súbita para entrar.

— Até breve, vejo vocês na *Stammtisch*, na nossa mesa de cerveja — disse ele, acenando para Lingote, Gusa e para a gangue de luxemburgueses. Ele sabia que estariam na *Stammtisch* pelas próximas horas, até que tivessem afogado seus medos e demônios com porções copiosas da boa cerveja alemã. Ele, Jacques, não estava com vontade de beber. Tinha vindo de casa e visto o estado lastimável de seu pai, rosto inchado, corpo fedorento e, pior de tudo, o espírito em frangalhos. Sua mãe estava também num estado de desespero. Teria sido a decisão de Moni de alistar-se no exército belga?

A escuridão solene da catedral trouxe de volta seus sonhos. Deus não estava pedindo pelos membros dos corpos de alemães e franceses. Não era Deus quem guiava suas ações, mas o seu orgulho extremo. Não fora Deus quem inspirara os criadores das novas metralhadoras, dos poderosos canhões Krupp, do gás mostarda. Ele se sentou e olhou para o movimento da rosácea, que lá de cima enviava uma luz mística sobre o altar da igreja. Formas geométricas perfeitas que ele havia aprendido a desenhar com compasso. Em seguida, caminhou para os fundos, para o túmulo de Charlemagne. Você também fez a guerra no decorrer de sua vida, pensou, ajoelhando-se. Mas a guerra naqueles tempos era mais curta, as batalhas com duração de um dia, lutadas por participantes voluntários, eram um esporte cruel. Ao pôr do sol, uma parte se retirava, lambendo suas feridas, enquanto a outra celebrava. Atualmente, milhões caminham para o matadouro para serem desintegrados pelas máquinas enquanto políticos e governantes fracos tomam decisões em palácios bem protegidos. Ele se ajoelhou e rezou. Prometeu que utilizaria seus conhecimentos para construir escolas, curar os doentes e alimentar famintos. Produziria aço para enriquecer vidas, não para triturá-las.

Ele caminhou em volta do túmulo de Charlemagne, uma estrutura imponente no centro da capela. Você também sonhou com uma Europa unida. Você, apesar de analfabeto, incentivou a educação. Você, que tentou criar um novo Império Romano sob a égide de Cristo. Mais de mil anos já se passaram, e ainda estamos nos abatendo uns aos outros. Jacques sorriu por um breve momento. Moni costumava dizer que era descendente de Charlemagne. Os belgas o reivindicavam como sendo belga; os alemães, como alemão. E, ainda assim, ele vagou por toda a Europa depois de ter nascido em algum lugar entre Aachen e Liège. Poderia mesmo ter sido um luxemburguês. Repentinamente, uma súbita explosão de orgulho tomou conta dele. Olhou para a estátua e sussurrou:

— Eu posso também ser seu descendente, meu velho.

Sentado no banco da igreja, refletiu sobre sua viagem penosa a Luxemburgo. Ela o havia esgotado emocional e fisicamente. Além dos problemas de seus pais, sua relação com Simone se havia desfeito. Ela lhe tinha dito, gentilmente, mas com firmeza, que não foram feitos um para o outro. E, mesmo assim, ele a havia assediado implacavelmente, desde aquela tarde em que se conheceram no baile do Clube dos Engenheiros. Ele usara todos os truques de sedução, de flores a poemas de amor que um de seus colegas havia redigido para ele. Quando finalmente a beijou numa noite, durante um baile, sob uma pérgula coberta de rosas, ele sentira apenas frio. Ela se atirara sobre ele com toda a paixão contida de seus 18 anos. Ele não podia entender o que tinha acontecido; visões de sua mãe na cama com algum cliente atormentavam sua memória todas as vezes que tocava Simone. Talvez padre Jayme estivesse certo quanto ao seu destino com os jesuítas. Quanto mais ela o beijava e se apertava nele, mais ele sentia aquele frio estranho, mesclado com asco. Não podendo mais suportar o constrangimento, ele se desculpara e saíra correndo. Mas ele sabia que era normal, pelo fato de, em seus momentos de solidão, se sentir estimulado e excitado. Mais tarde, ele tentara se explicar para Simone, sem sucesso. Ele era fascinado e atraído por sua vida, exuberância, e pelo que ela representava: a mais alta burguesia de Luxemburgo, na qual poderia ter ingressado através dela.

Não existia ninguém com quem pudesse compartilhar esse seu segredo. Seguramente não seus amigos. Não, eles o ridicularizariam, provavelmente adotariam um novo apelido, tal como Pneu Furado. Nem mesmo sua mãe. Ela piorava a cada dia. Somente desejava que ele se tornasse um homem poderoso. Conhecimentos, felicidade, gentileza, ela era indiferente a tudo isso. Tudo que contava para que ele pudesse se tornar um *seigneur*. Ele pensou por um momento, então decidiu: iria-se colocar à prova com as garotas de Aachen. Estavam ansiosas para se oferecer aos estudantes de engenharia. Havia falta de homens devido à guerra. Jacques sabia que era popular entre elas, que gostavam de sua autoconfiança, sua boa aparência. Abanando a cabeça, como se quisesse espantar os maus pensamentos, ele se levantou, cumprimentou Charlemagne com uma saudação e, arremessando a boina ao ar, disse:

— Boa noite, Moni Charli. Durma bem.

Depois de sair para a rua, ele se dirigiu diretamente a seu quarto. Tinha de se preparar para a palestra do Prof. Durrer sobre a produção de aço na segunda-feira, pela manhã. A nova técnica que ele estava desenvolvendo fascinava Jacques. Ao insuflar oxigênio no metal fundido, ele tinha conseguido queimar silício, enxofre e fósforo. Estes eram os piores inimigos de um bom aço. O novo aço era duas vezes mais resistente.

* * *

— Tira a roupa, benzinho — disse ela, colocando o cigarro aceso na quina da penteadeira e desabotoando a roupa. Após soltar os sapatos, deixou cair o vestido de seda vermelha e negra sobre o chão e deu um passo.

Ele olhou para as cortinas de veludo grená, para o papel de parede de flores desbotado. Havia no ar uma morrinha azeda de sêmen velho. Ele a havia sentido antes nos lençóis sujos.

— Aqui, menino, me ajuda a tirar isto — disse ela, dando uma tragada profunda no cigarro.

Esch desabotoou seu espartilho. Era muito tarde para desistir e escapar. Ele tinha entrado no bordel após beber uma cerveja a mais do que deveria com seus colegas luxemburgueses da *Stammtisch*, a mesa onde se reuniam à noite. Fora uma mistura de curiosidade e excitação.

— Nós não temos toda a noite. Manda brasa — disse ela, subindo na cama e abrindo as pernas.

Esch olhou para aquele corte profundo na carne branca, circundado por pelos ruivos. Sentiu uma mescla de prazer e nojo ao baixar as calças e subir na cama. O bafo de dentes estragados invadiu-lhe as narinas ao deitar-se sobre ela. A mão guiou seu membro para dentro dela.

— Bombeia! — ordenou ela, flexionando a pélvis para cima e agarrando-lhe as costas. Subitamente, imagens de sua mãe e de Bianey em Habay-la-Neuve afloraram. Ele continuou bombeando, e um suor frio brotou-lhe na fronte. A visão de porcos fornicando. Ele não pôde mais.

— Que é isso, rapaz? Você tem apenas mais dez minutos. Apressa isso.

A polca vinda de baixo era mais alta agora, misturada aos gritos de soldados embriagados.

— Eu... não posso — disse ele, rolando para o lado e procurando as calças.

A mulher se levantou e pediu-lhe para apertar o espartilho. A pele dela era branca e fria como a de um peixe.

— Você tem que pagar de qualquer jeito — disse ela, estendendo a mão.

Ele olhou uma vez mais para a sua face, para os dentes ausentes, antes de dar-lhe dez marcos. Ela pegou a chave embaixo do vaso sobre a penteadeira e disse:

— Da próxima vez vai ser melhor.

Ao descer correndo as escadas, completamente destroçado, ainda ouviu atrás de si:

— *Ein Impotent, der arme Student.*

Este segredo, ele jamais o revelaria, estas palavras queimariam para sempre. Na rua fria uma chuva fina perolou seu sobretudo. Passou as mãos sobre a face e o cabelo. A água fria o purificou, lavou a náusea da noite. Fitou o céu onde um halo de uma fatia fina de lua cortava a escuridão. Afastando os pensamentos nefastos, concentrou-se no Prof. Durrer e em sua última aula de fabricação de aço, na quinta-feira. Seria mesmo possível melhorar o processo insuflando oxigênio no aço líquido? *Monsieur* Bosseler, amigo de Moni de Bianey, estava fazendo uns ensaios em Luxemburgo.

6

• • •

Vale do Somme,
Norte da França, primavera de 1918

Alguns poucos flocos de neve fora tudo o que sobrara do inverno. Mesmo assim, a morte havia deixado sua marca nos campos. Nas árvores mutiladas. No solo, revolvido por crateras. No céu, que havia se tornado cinza como os sobretudos alemães. *Colonel* Barbançon baixou o periscópio e virou-se para dois oficiais a seu lado.

— Senhores, temos ordens para atacar. No início da madrugada. A terra ainda está dura, e não atolaremos na lama, como no outono.

— Isso é loucura — disse um deles, um capitão do exército belga. Tinha uma longa cicatriz na bochecha. — Os boches estão bem protegidos de nossos bombardeios. Tiveram todo o inverno para cavar.

— Ordens são ordens, *capitaine* de Bianey. Os *américains* vieram à guerra e querem alguma ação.

Ele se virou para o outro oficial que portava a insígnia dos 5th Leathernecks na lapela.

— Certo, *capitaine* Wright?

— *Okay, colonel*. Queremos dar uma lição a esses *Krauts*. Chega de passos de gatinhos por aí.

De Bianey balançou a cabeça.

— Eles nos dizimaram várias vezes no ano passado.

Wright o interrompeu:

— Vocês verão desta vez. Nós os pegaremos antes que possam se recuperar dos bombardeios desta noite. Serão golpeados com os obuses 105 mais destruidores que jamais viram.

— Eles são raposas astutas — disse de Bianey, pousando instintivamente o dedo sobre a cicatriz. — Eles se fingirão de mortos até que vocês estejam em cima deles. Então, rá-tá-tá-tá, eles os dizimarão completamente.

Wright olhou fixamente de Bianey com desprezo.

— Vamos mostrar-lhes do que somos feitos. Esta noite.

Virou-se e caminhou pela trincheira, mastigando furiosamente sua goma de mascar.

— Você não deveria ter agido assim, *mon ami* — disse Barbançon.

— Ele é muito ignorante. Você sabe no que eles estão se metendo.

Barbançon puxou o relógio do bolso de peito.

— Bem, o bombardeio deve começar em algumas horas. Vamos bater em retirada para nosso *bunker* e tomar um copo de vinho. Será uma noite agitada.

Eles caminharam pela trincheira, onde os soldados estavam fixando escadas para a força expedicionária americana.

— Eles atacarão às 2 horas da manhã — disse Barbançon. — Seguiremos logo cedo pela manhã. Nesse momento eles já deverão ter tomado a primeira linha de trincheiras alemãs.

— Quem deu as ordens?

— O próprio rei Albert. Ele quer que proporcionemos apoio total aos *américains*. General Pershing quer atacar imediatamente.

De Bianey sentiu um aperto no coração, um pressentimento que essa seria uma noite fatídica.

— Mas isso é suicídio! Ele já se esqueceu do último outono? Não podemos atravessar as linhas deles... não sabem que os boches põem suas defesas em zigue-zague? Provavelmente estão escondidos nas vertentes arenosas do Somme.

— *À la guerre comme à la guerre, mon cher cousin* — disse Barbançon, segurando de Bianey pelos ombros. — Quantos dos nossos ancestrais enfrentaram isto antes? — Ele o olhou com afeto e lhe deu um leve tapa na bochecha. — Quantos sentiram suas entranhas revirarem-se antes da batalha?

De Bianey balançou a cabeça e se afastou.

— Não sou Godefroid de Bouillon, mas apenas um tabelião.

Eles entraram no *bunker*, um pequeno quarto com uma mesa no centro e camas de campanha cortadas nos barrancos dos lados. O ajudante de ordens acendeu um lampião a querosene. Barbançon enrolou os mapas sobre a mesa e os guardou.

— Não vamos precisar deles agora.

Virando-se para o ajudante de ordens, ordenou:

— Traga-nos uma garrafa desse Bourgogne fino que o general francês nos deu. Ainda devemos ter a metade de uma caixa sobrando.

Após alguns minutos, o ajudante de ordens apareceu com a garrafa e dois copos de cristal.

— Se os *américains* nos vissem... — disse de Bianey enquanto o ajudante de ordens enchia seus copos. Tomou um leve gole. O vinho tinha um aroma bom e sabor complexo, somente presente nas uvas Pinot da região de Beaune. De Bianey sentiu-se revigorado. Os fantasmas que o assombravam sumiram. Ele tinha se alistado no exército belga. Agora, tinha de arcar com as consequências. Por que tinha vindo? Ele poderia ter ficado quieto durante a guerra, no conforto da sua propriedade em Rédange, curtindo as crianças e uma eventual escapada ao café de Marguerite. Mas alguma coisa o sacudira. Eventos importantes davam nova forma à Europa. Sua hora tinha chegado. Ele poderia viver uma vida tranquila e inconsequente à margem das Ardenas ou poderia lançar-se na violência fortuita dos acontecimentos. Finalmente, o velho sangue dos de Bianey prevalecera. *Noblesse oblige*. Tal como seus ancestrais, Charlemagne e Godefroid de Bouillon, ele pegara nas armas e se atirara na batalha. Escolhera a Bélgica porque daí vinha seu sangue. Nada pessoal contra os alemães. Eles eram pessoas educadas e honestas, excelentes engenheiros e músicos talentosos. Agora eles estavam do outro lado, e ele tinha aprendido a odiá-los no campo de batalha, através das histórias de horror relatadas pelos soldados. "Suas baionetas têm lâminas em forma de serra para que possam nos estripar." A máquina de propaganda continuava divulgando que eles eram descendentes dos hunos, verdadeiros bárbaros, que haviam massacrado civis belgas. De Bianey sabia que essas eram mentiras na sua maior parte. Ele tinha visto seus rostos aterrorizados e tinham a mesma aparência que os belgas. Alguns vinham de Eiffel e falavam algo semelhante ao luxemburguês.

— Mas, diga-me, o que você acha deste vinho, Leopold?

De Bianey sorriu.

— É magnífico, *mon Colonel*. Apropriado para dois heróis.
— Subitamente, sua expressão mudou. — Se algo acontecer esta noite, tenho um pedido.

— Ah, pare por aí. Você se torna melodramático antes de cada ataque. A quantos você sobreviveu? Seis?

De Bianey passou a mão sobre sua cicatriz.

— Cinco e meio. Você se lembra do incidente do arame farpado?

De Bianey chamou o ajudante, e este encheu novamente os copos.

— Então, à vitória, *mon cher*.

— De volta ao assunto de hoje à noite, Gaston. Tenho um segredo para compartilhar com você.

— Ah, não, outra amante? De quantas você precisa?

— Bem, isso depende... tenho um filho, um filho bem inteligente. — De Bianey enfiou a mão no bolso, puxou um envelope e o passou a Barbançon. — Por favor, leia — pediu ele.

Jacques Esch, 24, Heiliger Johanstrasse, Aachen.

— Meu filho. É um estudante em Aix-la-Chapelle. Escrevi hoje para ele.

— Você não para de me surpreender. Não me diga que ele é filho da dona do café...

De Bianey confirmou:

— Um garoto muito brilhante, que irá longe, se lhe forem dadas as oportunidades corretas. — Por um momento, seus olhos ficaram vagando. — Será um engenheiro metalúrgico em alguns anos. Se algo me acontecer, gostaria que você o protegesse. Sempre.

— Não se preocupe, ele será meu protegido na ARBED. Prometo-lhe isso solenemente, sobre a tumba de nossos ancestrais.

— Meus dois outros filhos já estão encaminhados. Félix será tabelião como eu. Leopold será... não sei o quê. É um bom menino. Mas Jacques é o mais brilhante. JACQUES ESCH. Não se esqueça. Os pais dele são donos do café descendo a rua da minha casa. O Café Esch.

Uma explosão distante anunciou o início do bombardeio. Logo, um estrondo infernal se espalhou pelo ar, estremecendo o *bunker*, e poeira despencou do teto. O lampião de querosene vibrou, e as sombras dançaram nas paredes. De Bianey deitou-se no catre, lembrou de seus filhos e de Marguerite por um momento e, em seguida, adormeceu.

Quando acordou, o bombardeio tinha parado, substituído por disparos de armas distantes. Saiu do *bunker*. O céu ficara branco.

— Os *américains* estão enfrentando os alemães — disse Barbançon do alto da escada. — Os pobres garotos. Levaram uma bola alongada consigo. O *capitaine* disse que a passariam de trás para a frente.

— Todos serão massacrados — disse de Bianey. — Olhe para as luzes de fósforo que os boches dispararam. Podem ver tudo. — Colocou as mãos em concha e as pôs atrás das orelhas. — Aha! Você pode escutar as metralhadoras?

De Bianey voltou para o *bunker*, agarrou um bule de café e serviu-se de uma xícara. Em seguida, deitou-se novamente na cama, escutando o ruído distante de metralhadoras e rifles e lembrando-se de Rédange. Tudo que posso fazer é esperar, pensou ele, puxando o cobertor seboso e fedorento sobre a cabeça para abafar o ruído.

O silêncio estranho o acordou pela segunda vez. O céu já estava ficando cinzento. Barbançon entrou e fez um leve barulho.

— É nossa vez agora. Ordens diretas do rei. Daremos apoio, garantindo-lhes as linhas de frente.

De Bianey olhou para a luz pálida atravessando a fresta da porta. Delineava um quadrado no chão e, por um momento, a imagem de um caixão cruzou sua mente.

— Isso tem cheiro de morte — disse ele enquanto levantava da cama e penteava o cabelo.

— Junte seus homens, *mon Capitaine*. Vocês atacarão em vinte minutos.

Depois de sair de seu buraco, de Bianey caminhou ao longo da trincheira, enfiando a cabeça nos *bunkers* e bramindo ordens. Ele observava os soldados à medida que saíam de seus *bunkers* com caras sonolentas e gestos cambaleantes.

— Verifiquem as armas — comandou ele enquanto outro grupo colocava as escadas. — Correremos direto para a Trincheira Um dos boches. Os *américains* já a ocupam.

Em vinte minutos ele corria com seus homens. O chão estava endurecido pelo gelo da noite, e ele se sentiu confiante. Adiante dele reinava o silêncio absoluto. Espero que os *américains* tenham tomado a trincheira, pensou ele. Mas a trincheira estava vazia. Os boches haviam se retirado para as encostas. Estamos perdidos. Eles avançaram além da trincheira e correram em direção à colina esbranquiçada, cem metros adiante deles.

Temos de ajudar os *américains*, pensou ele. Devem estar cercados nesta terra de ninguém. Foi aí que ele viu o primeiro corpo, enquanto ziguezagueava entre as crateras. Observou seus soldados atrás dele à medida que pulavam dentro de uma cratera e procuravam proteção, prevendo fogo.

— Estão todos mortos! — gritou seu tenente, cinquenta metros à frente. — Corpos por todos os lados.

Comecem a atirar, seus filhos da puta, não esperem até que estejamos em cima de vocês, de Bianey pensou, aguçando seu olhar à frente e passando por outro americano morto. Ele se voltou. A maioria de sua companhia havia procurado abrigo.

— Continuem correndo! — berrou, acenando o braço direito e segurando um revólver. Em seguida, o fogo de metralhadoras irrompeu subitamente, e ele mergulhou para dentro de uma cratera. Ouviu um grito e, a seguir, gemidos baixos. O fogo diminuiu. Subindo até o topo da cratera, olhou para a esquerda. Tudo que podia ver eram corpos de americanos. Um movimento à sua direita, seguido por um lamento em luxemburguês, chamou a sua atenção. É Alfred. De Feulen, não muito distante de Rédange. Tenho de pegá-lo. De Bianey olhou para a frente, em direção à colina. Silêncio medonho. Os boches estão nos aguardando.

Ele decidiu rapidamente. Pulando fora da cratera, correu em direção a Alfred, berrando para seu tenente:

— Retirem-se. Todo mundo. É uma cilada.

— Vá, capitão, estou ferrado — disse Alfred, a mão ensanguentada segurando a barriga. De Bianey o agarrou de lado, ergueu-o e caminhou em direção à primeira cratera. As metralhadoras pipocaram novamente, e ele sentiu que algo o havia atingido nas costas. Em seguida, uma sensação de queimadura enquanto as pernas cambaleavam. Caiu mais adiante, desabando sobre o corpo de Alfred, e mordeu a terra fria, congelada.

7

• • •

Belo Horizonte, Brasil, 1920

Barbançon olhou para a fileira de edifícios, alguns em construção, outros tendo apenas recebido uma demão fresca de tinta: Secretaria da Justiça, Secretaria da Fazenda, Secretaria da Educação, e assim por diante. Do gramado do Palácio do Governo, a pequena esplanada lhe relembrava uma cópia ingênua dos majestosos edifícios públicos da França. O plano da cidade também imitava Paris. As ruas, as rotatórias, mesmo a praça Sete de Setembro, no centro, para a qual convergiam todas as avenidas. Um obelisco fajuto, menor e menos adornado que o da Place de l'Étoile, falava do sonho que estas pessoas abrigaram, nestes lugares distantes, de serem parisienses. Belo Horizonte exalava uma mistura exótica de interior e *kitsch* cosmopolita feito de imitações de obras plásticas, literárias e musicais da Europa.

As autoridades políticas, bem como aquelas militares e eclesiásticas, estavam todas ali reunidas. As portas do Palácio da Liberdade abriram-se enquanto a banda da Polícia Militar tocava a *Barbançonne*, o hino nacional belga. Uma sensação de emoção correu por sua espinha. O hino solene que tinha marcado suas horas mais tenebrosas nos campos de batalha da Meuse e Somme, onde tantos de seus compatriotas tinham sidos despedaçados, soava agora com vigor renovado. A emoção ressoava em seu peito, o amor pela pequena Bélgica, seus múltiplos problemas e sua glória nascente. A música estava transformada, refrescada pelas cores brilhantes do sol, sons rítmicos e cheiros fortes. A triste dor daqueles dias cinzentos já pertencia ao passado. Deixou o hino fluir em sua alma.

— Sigam atrás do rei — disse o *maréchal de la Cour*, coordenando a procissão.

Barbançon se posicionou atrás do rei Albert I. Ao saírem do frescor do palácio, recebendo no rosto e no corpo o sol escaldante, a multidão irrompeu em gritos e aplausos. Um homem negro, carregando uma bandeira, dançava ao lado, ladeado por tamborileiros. Tão diferente do aplauso educado da Bélgica, pensou. O presidente de Minas Gerais, Arthur Bernardes, caminhava ao lado do rei. Barbançon olhou para trás. Seguindo-o vinham o arcebispo de Mariana, o comandante da Polícia Militar com todas as insígnias e o prefeito de Belo Horizonte. Em seguida, alguns oficiais do exército, freiras e meia dúzia de convidados ilustres, vestindo ternos escuros.

— Nunca vi uma multidão tão festiva — sussurrou o *maréchal de la Cour*.

— É o primeiro rei a visitar Belo Horizonte — disse Barbançon. — Aparentemente, algumas dessas pessoas vieram de muitos quilômetros de distância. Esses brasileiros são mesmo interessantes e simpáticos.

— *Ce sont les tropiques*. O senhor se lembra do título de Doutor *honoris causa* outorgado no Rio para nosso rei? Essa foi muito boa.

Um sorriso fino aflorou nos lábios de Barbançon.

— Só no Brasil mesmo. Criaram a Universidade do Brasil só para a ocasião. Mas prestemos atenção à cerimônia.

De fato, uma multidão de todas as classes aglomerara-se em torno deles. Os soldados da Polícia Militar formavam cordões nos lados, mas Barbançon podia ver os rostos, uma mistura à qual não estava acostumado. Embora as autoridades fossem na sua maioria constituídas por brancos, com alguns graus de morenos, a polícia era composta principalmente por mulatos. Os espectadores formavam uma paleta de cores e biótipos que confundiriam o observador mais arguto. Brancos, negros, com todas as gradações de morenos e todas as combinações de cabelos e cor de olhos se aglomeravam dos lados do tapete vermelho. Barbançon os analisava com interesse ao avançar com o grupo.

— Miscigenação — sussurrou o *maréchal*, levantando sua sobrancelha soberba. — Posso até mesmo sentir seu cheiro.

Depois de atravessar a rua e ultrapassar um poste do qual tremulava a bandeira belga, pararam sob um palanque instalado em cima de uma plataforma de madeira. Agora, os discursos, pensou Barbançon, transpirando abundantemente sob o terno de lã. Oxalá sejam curtos.

Duas horas se passaram antes que o rei Albert pudesse se pronunciar. Barbançon compreendera apenas algumas palavras, uma vez que tinha adquirido apenas noções de português em preparação para a primeira missão governamental belga ao Brasil. Ele assimilava uma palavra aqui e outras acolá, principalmente as que soavam francês. Todavia, pelo tom ele podia entender que grandes elegias estavam sendo proferidas ao *roi soldat*, o rei soldado.

O rei foi breve. Ele disse algumas palavras enfatizando a cooperação futura entre as duas nações, deu um passo à frente, cortou a fita com uma tesoura e retirou a bandeira que cobria o busto. A banda atacou novamente o quase irreconhecível hino nacional belga. A multidão ovacionou e cantou, e por um momento Barbançon pensou que tivessem memorizado as palavras. Ao observar mais cuidadosamente, percebeu que a maioria das pessoas segurava e lia um pedaço de papel. Entretanto, foi uma homenagem emocionante. Em seguida, veio o hino brasileiro. Ele tinha esperanças de que as negociações se desenvolvessem tranquilamente. A Bélgica tinha saído da guerra ensanguentada, mas com sua unidade ilesa. A glória estava à frente. O Congo do rei Leopold tinha riquezas incalculáveis, que seriam exploradas no futuro. O minério de ferro do Brasil poderia proporcionar a glória à ARBED.

Maria tinha se esgueirado pela multidão, segurando seu guarda-chuva como um escudo. Em várias ocasiões, advertira seu marido atrás dela.

"João Francisco, não solte Leontina. Segure-a com firmeza." Ela finalmente alcançara a fileira de soldados da Polícia Militar que circundava o palanque.

— Oh, que catinga. O cheiro desses negros é insuportável — disse ela, olhando ao seu redor com desdém, enquanto João Francisco permanecia pacientemente em pé atrás dela. Esperaram por cerca de uma hora até que a procissão deixasse o palácio e se encaminharam ao palanque.

— Coloque Leontina nos ombros para que ela possa ver o rei — comandou, abanando seu rosto.

— Taí o rei — disse um dos espectadores do seu lado. — Mas onde tão a coroa, as roupa brilhante, o cetro?

— Você é mesmo um mulato ignorante — disse Maria, contraindo a boca com desdém. — É um rei moderno, e não um conto de fadas.

— Não importa, madame. Ainda assim esse rei das Europa tá muito mixuruco — disse o mulato, mostrando os dentes podres e rindo. A multidão ao seu redor concordou.

— Nós tem fantasias mais bonitas no congado — disse uma mulher ao seu lado. — Se eles tivessem avisado que era apenas mais um bando de gringo, eu tinha ficado em casa.

Maria ergueu a cabeça em sinal de desprezo enquanto as autoridades subiam no palanque e o rosário de discursos se iniciava.

— O rei está anunciando investimentos futuros no Brasil — disse o marido, que traduzia o discurso para Maria.

— Por que você não pode conseguir um emprego com os gringos? — disse ela, voltando-se para ele. — Você sabe francês. Estaríamos agora lá em cima no palanque, não aqui com os capiaus.

— Como você sabe, sou professor de piano.

— Você poderia aprender algo mais, algo de útil. Como, por exemplo, a fabricação de aço. Quero a nossa Leontina viajando muito, encontrando pessoas interessantes.

A pequena garota olhava fascinada para os soldados em seus trajes de gala. Um oficial de cavalaria trotava, espada desembainhada. Leontina aplaudia, deslumbrada com o blá-blá-blá dos discursos e com a medalha sendo colocada no peito do rei pelo presidente de Minas.

8

• • •

Minas Gerais, 1925

A mula olhou para o atalho e parou por um instante, sondando-o com a pata dianteira. Em seguida, cuidadosamente, adiantou-se e seguiu a trilha estreita entalhada no lado da montanha. Barbançon olhou para baixo do precipício rochoso e instintivamente puxou as rédeas.

— Não puxe, Doutor — disse o cavaleiro atrás dele, um sujeito durão com uma pele com aspecto de couro, resultado de anos de exposição ao sol. — Deixe a mula escolher a trilha. Nunca caem da montanha. Cavalos, por outro lado...

Barbançon olhou para trás, reanimado. Ele tinha captado a mensagem. As mulas são espertas, e os cavalos, idiotas.

— Os cascos das patas traseiras da mula pisam exatamente na pegada das patas dianteiras — disse Sebastião, o intérprete.

Embora Barbançon tivesse cavalgado algumas vezes quando jovem, nas propriedades de seus ricos amigos belgas, essa era uma sensação diferente. Os trinta quilos que ele tinha adquirido desde então exigiam demais da pequena mula, e ele olhava para suas pernas, com receio de que elas se envergassem. Um escorregão, e rolariam morro abaixo. A vegetação rala revelava pedras pontiagudas, e eles seriam despedaçados.

Deixou a rédea solta e acalmou seu espírito por conta da passagem caprichosa escolhida pelo animal.

— Estamos quase chegando, Doutor — disse o guia. Barbançon já sabia como era o "quase lá" brasileiro. Significava mais algumas horas de subida penosa.

Tinham ziguezagueado através do estado de Minas Gerais procurando a mina perfeita. Seguindo os passos de Gorceix, o geólogo francês que tinha mapeado o "quadrilátero ferrífero" após inaugurar a primeira escola de mineração no Brasil, na velha cidade de Ouro Preto. Fundara a Escola de Minas de Ouro Preto, de fama em todo o país. Os engenheiros recebiam uma educação francesa, com grande ênfase na matemática. Um dos famosos professores de matemática era um padre. Assim, Ouro Preto tinha um cunho surreal. Velhos casarões da época colonial e jovens estudantes passando as noites estudando ciência e lendo artigos dos *Comptes Rendus*. Dali saíam os melhores engenheiros do Brasil. Mas não era isto que interessava a Barbançon, mas o minério mais rico do mundo.

Eles continuaram pela encosta da montanha, subindo gradativamente. Barbançon olhou para o vale ao longo do qual corria um rio de água escura: o Piracicaba. O outro lado estava coberto por uma floresta densa. Além do vale, outras montanhas, em toda a extensão até o oceano Atlântico, a centenas de quilômetros de distância. Tão diferentes das colinas amenas de Luxemburgo, pensou ele. Eram mais monótonas e menos dramáticas do que os Alpes, semelhantes às corcundas redondas de almas penadas. Velhas, secas e duras. E, ainda assim, prenhes de aço.

Um dos geólogos adiantou-se ao alcançarem um trecho onde a trilha se alargava.

— Vamos parar aqui. Vou retirar uma amostra.

Desceu da mula, pegou um martelo de seu embornal e agarrou uma rocha avermelhada. Depois de analisá-la, segurou-a com firmeza com uma das mãos e a golpeou com o martelo. A rocha partiu-se em duas. A fratura tinha uma coloração cinza-claro. Ele a levou até Barbançon.

— Vê sua cor? Pura hematita, exatamente como Gorceix a descreveu.

Barbançon pegou a rocha, girando-a em todos os lados. A superfície era vermelha. A parte quebrada era brilhante e metálica exposta ao sol. Inacreditável, pensou ele. Em Luxemburgo, brigavam com minas subterrâneas que tinham 35% de minério de ferro. Esta era pura, quase 70% de ferro.

— Muito bom — disse ele, tentando esconder o entusiasmo. A montanha inteira era hematita pura. Tudo o que ele precisava fazer era queimar o oxigênio. Olhou através do vale. A madeira necessária encontrava-se exatamente ali. Nós levaremos este minério de ferro no estado em que se encontra para alimentar os nossos altos-fornos na Minette, em Luxemburgo, pensou ele, olhando para o vale Piracicaba abaixo, onde o governador tinha prometido construir a estrada de ferro, estendendo-a até Vitória, na costa.

Barbançon olhou para sua mão, que cintilava com milhões de pontos brilhantes de minério.

— Que diferença em relação ao nosso minério de ferro — disse ele aos geólogos. — Temos que cavar cada vez mais profundamente para extrair algum minério de ferro sujo, cheio de fósforo e enxofre.

— Doutor, vamos dar uma parada para o almoço — disse o guia. — Trouxemos alguma comida da fazenda.

Sentaram-se sobre alguns matacões redondos, e o guia estendeu uma toalha no chão depois de amarrar as mulas. Em seguida, trouxe dois sacos de sela, abriu-os e retirou um recipiente de metal, passando-o entre os demais. Com uma colher,

Barbançon extraiu uma substância em pó, de consistência semelhante a lascas de madeira. Procurou achar pedaços de carne. A coisa tinha gosto de serragem e porco. O guia lhe serviu café em uma xícara esmaltada. Ele tinha se acostumado a essa dieta durante suas viagens de exploração dos últimos meses. Todavia, quase se engasgou e teve que tomar um longo gole de café adocicado para engolir a comida. Ele sentiu a bola na garganta descendo penosamente.

— Farofa, Doutor — disse Sebastião. — O senhor já sabe como engoli-la com café. É feita de mandioca ralada e de porco frito. É o que nós usamos nas viagens. Dura três, quatro dias.

É por isso que vocês parecem desidratados, pensou Barbançon. A farofa não pôde suavizar seu apetite. Seu avolumado estômago rosnou. Mas consolou-se com a certeza de que os empregados na fazenda já estavam providenciando um farto jantar.

Sebastião passou-lhe uma vasilha. Barbançon provou o estranho legume, uma mistura de folhas e ramos.

— Que verdura é esta? — perguntou, experimentando sua estranha consistência e paladar.

— Oraprobó, Doutor. É o amargo que tem o melhor gosto.

A seu lado, Sebastião sorriu.

— O nome correto é ora-pro-nóbis, bem religioso.

Barbançon abriu seu pequeno *carnet* e anotou o nome. Fascinava-o a variedade de verduras que tinha encontrado em suas andanças, tão diversa dos legumes luxemburgueses: taioba, almeirão, broto de samambaia, broto de bambu, chuchu, couve, uma infinidade de abóboras, mostarda e, agora, o ora-pro-nóbis.

Ele olhou para a sucessão infinita de topos de montanhas redondos que se repetiam continuamente em direção ao horizonte. Esta era a mina mais rica que jamais tinha descoberto. Sim, estou sentado sobre uma fortuna. Mas como levarei isto a Luxemburgo? Como vou salvar a ARBED? Tenho que negociar com astúcia.

Eles já estavam na sala de reunião por seis horas. Os mineiros estavam arrastando os pés, e Barbançon entendeu agora que aquilo que ouvira a respeito deles era verdadeiro. Os mais duros negociadores no Brasil, raposas a quem ninguém poderia iludir. Ele entendeu que a ARBED não seria capaz de comprar a mina de Andrade imediatamente. Guimarães liderava os negociadores mineiros, sempre gentil e sem nunca usar uma palavra ofensiva. Sujeito magricela e alto, de hábitos simples e esquivo. Mas quão dissimulado ele era, cansando os belgas com horas e horas de conversas, de diversões e distrações. As rodadas de cafezinho se sucediam pelas horas afora, e a sala estava completamente enfumaçada pelos cigarros. E esse era o terceiro dia de negociações. Barbançon estava a ponto de perder a paciência, de mandá-los para o inferno, junto com o minério de ferro. Mas voltou-se para a profundez de seu íntimo em busca de paciência. Eu também sou uma velha raposa, pensou, bem mais sofrida que vocês. Posso ler seus truques.

Já era hora do jantar, e sua roupa estava encharcada graças ao calor vespertino. Ele sabia que Guimarães sabia, e não iria cair na sua armadilha. Esses mineiros eram descendentes de judeus portugueses expulsos pelas ações zelosas do marquês de Pombal. Eles tiveram a opção de conversão e expulsão para o Brasil ou de serem decapitados, e os sobreviventes se tornaram os novos cristãos, aqueles que praticavam seus ritos em segredo até que estes se perderam através dos anos. Seus descendentes tornaram-se a classe dominante dos negócios em Minas. Tinham sobrenomes de flores, árvores e frutos. O ouro, a prata e as minas de diamantes, porém, tinham-se esgotado havia muito tempo, e o estado estava praticamente paralisado havia uns cem anos. Barbançon sabia que os sujeitos magricelas, de nariz comprido e de pele clara sentados na frente dele em ternos de linho percebiam que essa era uma oportunidade única e queriam tirar o máximo proveito dela.

Mais cedo, nesse dia, um dos colegas belgas tinha sido ansioso demais e elogiara o minério de ferro de Minas Gerais. "O melhor do mundo", ele tinha dito, exaltado, enquanto o outro o tinha descrito como "ferro puro". Isso havia aguçado ainda mais a vontade dos mineiros. Se pelo menos eles me dissessem o que querem, Barbançon pensou. Seria um começo.

Barbançon observou Cristiano Guimarães longamente do outro lado da mesa enquanto puxava a metade de um cigarro de palha já usado de trás da sua orelha, acendendo-o pacientemente e dando algumas baforadas. Escorregadio como um peixe. Barbançon sabia que ele possuía uma pequena usina siderúrgica em Sabará. Também sabia que estava praticamente falido. Guimarães era um negociador astuto, mas nada sabia a respeito da fabricação de aço. Nem tampouco seus camaradas. Tenho uma carta de sobra na manga, seus miseráveis sovinas. Eu os pegarei. Barbançon tinha aprendido os truques. Sempre esconda suas intenções. Sempre ressalte o bem comum do país. Deixou a carta cair na mesa.

— Poderíamos estar interessados em uma sociedade na Companhia Siderúrgica Mineira. — Percebeu uma chispa súbita nos olhos de Guimarães, um leve movimento do corpo antes que voltasse à sua passividade preguiçosa. — Mas precisamos comprar a mina Andrade se nos dedicarmos a uma nova empresa para produzir aço visando ao progresso e desenvolvimento de Minas.

Barbançon reconheceu instantaneamente que o tinha convencido. Ele sabia que Guimarães conduziria as negociações nessa direção. Tudo que restava era decidir sobre o preço. Este não era o problema, uma vez que a ARBED dispunha de amplos recursos junto aos grandes bancos belgas e luxemburgueses, a Banque Générale e a Banque Internationale.

Quando Barbançon acordou, o sol matutino já tinha invadido seu quarto e a rua da Bahia fervilhava com buzinas soando, vendedores apregoando suas mercadorias, garotos vendendo jornais, mulheres cantando. Ele olhou para fora da janela e foi surpreendido pela luz da manhã. Tão diferente de Luxemburgo, onde o cinza era a cor que cobria tudo: casas, roupas, céu e memórias. Foi invadido pela explosão de cores e sons enquanto se barbeava, vestiu seu terno de linho e se olhou no espelho. O chapéu Panamá encobria a calvície, e ele se sentiu como um dândi. Nada mal. Já estou me sentindo brasileiro.

Tomou o elevador, que parecia uma gaiola com barras de ferro fundido, e foi cumprimentado no *lobby* do Grande Hotel pelo sorriso generoso do mensageiro.

— Bom dia, Doutor.

Garçons corteses apressaram-se em atendê-lo quando ele entrou no restaurante. Em pouco tempo, sua mesa estava servida com frutas tropicais, manteiga enrolada em conchinhas, leite e café preto em jarras de prata. O *maître* lhe trouxe o jornal. Logo na primeira página, a manchete sob o nome *Estado de Minas*: Companhia Siderúrgica Mineira se associa a Grupo Belga. A foto de Guimarães apertando sua mão com legenda embaixo. Sebastião, seu intérprete, tinha acabado de entrar e iniciou a tradução do artigo:

— "Nosso líder na fabricação de aço, Doutor Cristiano Guimarães, convidou o grupo belgo-luxemburguês ARBED para participar da CSM, companhia pioneira na fabricação de aço. Este novo empreendimento, a ser chamado de Companhia Siderúrgica Belgo Mineira, será presidido pelo Doutor Cristiano Guimarães e receberá o apoio de engenheiros e técnicos europeus. A usina de Sabará será expandida, com capacidade projetada de 25.000 toneladas por ano, tornando-se uma das maiores companhias siderúrgicas do mundo."

Barbançon sorriu. A usina de Sabará era uma pequena cabana. Mal conseguiria produzir 5.000 toneladas por ano. Guimarães seria o presidente honorário, um cargo meramente simbólico. A ARBED teria uma participação majoritária e o controle total da operação. E a usina não chegaria nem perto dos gigantes norte-americanos e europeus.

Nesse momento, um brasileiro esguio achegou-se à mesa.

— Doutor Barbançon, posso juntar-me ao senhor?

Barbançon riu. Era engraçado como os brasileiros chamavam todo mundo de doutor. Desde que tivessem algum título insignificante. No entanto, ele gostava disso.

— Por favor, junte-se a nós, Doutor Vespasiano.

Vespasiano Galhardo era um advogado arguto do Rio de Janeiro. Já estava incluído na folha de pagamento da ARBED, defendendo os interesses da empresa junto aos mineiros astutos. Tinham feito bem em não contratar um advogado de Minas. Após poucas semanas em Belo Horizonte, aprendera a não confiar neles. Vespasiano leu o jornal matutino com interesse, em seguida o largou e acendeu um cigarro.

— Perfeito, Doutor Barbançon. Para os políticos e autoridades, Guimarães é o líder. Ele recebeu uma boa quantia em dinheiro e espera obter mais. Isto deverá manter sua lealdade. Tudo o que ele tem a fazer é ficar calado e manter-se fora dos negócios.

— Acho que ele é esperto o bastante para isso — disse Barbançon.

— Ele espera que nossos negócios sejam realizados através do banco que possui junto com seus irmãos.

— Desde que nos deixe comprar a mina Andrade e defenda nossos interesses.

O garçom serviu uma pequena xícara. Vespasiano colocou três colheres de açúcar e fez um sinal ao garçom para que a enchesse com café. Ele engoliu a mistura xaroposa de um gole só. Barbançon olhou para seus olhos vermelhos cercados por olheiras profundas. O homem tem um problema com tabagismo e bebida, pensou ele. Ótimo. Ninguém mais o contratará. Dessa maneira, você será sempre leal à ARBED.

— Você gosta de seu terno de linho? — perguntou Vespasiano. — Bem mais fresco que os de lã trazidos da Europa.

— Já me sinto brasileiro.

— Então, esta noite poderemos visitar algumas garotas... Barbançon sorriu.

— O que lhe agradar, meu amigo. Mas primeiro precisamos visitar a usina de Sabará. Temos muito trabalho a fazer.

— O carro está aguardando lá fora. Mas espere um momento. Pegarei os guarda-pós.

Alguns minutos mais tarde, Vespasiano voltou com dois longos aventais brancos.

— Devemos vesti-los no carro. Para evitar que nossos ternos se sujem.

Barbançon já tinha experimentado a poeira vermelha de Minas. Ela aderia à roupa, ao corpo e ao cabelo como se fosse cola. Tratava-se de hematita, óxido de ferro. O produto que os tornaria mais ricos e poderosos. A nova Europa precisava de aço. Para modernizar os exércitos. Para construir carros e navios. E ele o entregaria. Em quantidades jamais vistas antes.

À medida que subiam pela montanha que separava Belo Horizonte de Sabará, ele olhava para trás. Belo Horizonte significava o futuro. Vou precisar de bons engenheiros e técnicos. Temos os melhores em Minette, Luxemburgo. Um estampido ruidoso. O carro guinou à direita enquanto o motorista lutava para controlá-lo.

— Um pneu furado — anunciou o motorista. — Vai gastar uns dez minutos pra trocar.

Uma lembrança cruzou a memória de Barbançon. Explosões, sangue, membros voando pelos ares. O cheiro horrível de carniça. Ele tentou desvencilhar-se dos pensamentos, mas estes voltavam. Ali, bem na frente dele, jazia o corpo do *capitaine* de Bianey, os intestinos brancos saindo do abdômen dilacerado, as costas despedaçadas, o corpo contorcido em um ângulo cruel. "Ajude meu filho. Guie-o."

— Você está bem? — perguntou Vespasiano, após pular para fora.

Barbançon saiu penosamente e apoiou-se no carro, prestes a vomitar.

— Passe-me sua garrafinha. Memórias de guerra...

Vespasiano enfiou a mão no bolso do peito e lhe passou um recipiente de prata.

— É o melhor *scotch*.

Barbançon tomou um gole, em seguida respirou profundamente.

— Estou melhor. — Endireitou as costas, sentindo um ardor fortalecendo seu ser. Fitou o vale embaixo e sorriu. — Achei o nosso novo líder: jovem, dinâmico, inteligente... Jacques Esch.

Vespasiano olhou para Barbançon, intrigado.

— Jaquis Echi?

9

• • •

Belo Horizonte, 1927

Os chinelos de João Francisco arrastavam-se no assoalho ao entrar em casa com o jornal embaixo do braço. O ar estava impregnado com o cheiro de carne de porco frita. Ele se serviu de um cafezinho do bule sobre o fogão. Colocou três colheres de açúcar na xícara e o tomou num único gole. Em seguida, acendeu um cigarro e deu uma tragada profunda. O piano ocupava metade da sala de estar. Ele acomodou-se à mesa da sala de jantar, já posta para o almoço, e abriu o jornal sobre os pratos.

Maria entrou.

— São quase onze horas e você ainda está de pijama.

— Hoje não tenho aulas no conservatório — disse, soprando algumas cinzas de cima do jornal. — Apenas uma aula particular às três.

— Por que não procura um segundo emprego?

João Francisco não respondeu. Depois de alguns segundos, ele leu:

— Belgo Mineira expande operações em Sabará. Meta de 25.000 toneladas por ano a ser alcançada brevemente.

— Por que não procura um emprego lá?

— Eles produzem aço, querida, não música.

— Ixe, jogue esse cigarro no quintal. Deveria ter casado com um engenheiro.

João Francisco levantou-se, arrastou os chinelos até a porta e jogou o cigarro para fora.

— Querida, essa carne de porco está com um cheiro delicioso. O que Amélia está esperando?

— A chegada de sua filha em casa. Será que você não pode esperar?

Uma menina de 10 anos entrou, alta e desajeitada. Trajava um uniforme escolar de cor branca e azul. Ela desabou sobre a cadeira da sala de jantar, o rosto suarento e vermelho.

— Que dia quente, mamãe. Estou toda queimada do sol.

Maria olhou para o marido.

— Se seu pai tivesse um carro...

A empregada trouxe uma travessa com fatias de carne de porco e batatas, e tigelas com arroz e feijão.

— Batatas! Meu prato favorito — exclamou Leontina. — Concluirei o primário em três meses. O professor disse que eu deveria ir para o Instituto de Aplicação.

— É muito caro — disse João Francisco.

— Leontina precisa ter a melhor educação — disse Maria. — Assim ela poderá se casar com um engenheiro ou com um doutor.

Leontina olhou para o pai.

— Quero ser professora. Dizem que o Instituto de Aplicação é o melhor.

João Francisco parou de comer, pensou por um momento e, em seguida, disse:

— Gastamos todas as nossas economias nesta casa. O dinheiro da terra que vendemos em Caratinga pagou menos do que vinte por cento deste lugar.

— É tão pequena... — disse Maria, contraindo a boca, revoltada.

— Mas está localizada em Lourdes, no melhor bairro — interrompeu João Francisco. — Como você queria, Maria. — Ele olhou para o prato e resmungou: — Tive que tomar emprestado dinheiro de meus irmãos. Somente pude devolver a metade.

— Eles herdaram a fazenda em Caratinga. Você não deveria dever mais nada a eles — disse Maria, desafiadora.

Leontina implorou:

— Mas, papai...

— Existe apenas uma maneira de aceitar isso — disse João Francisco, cochichando. — Amélia terá que ir embora.

A expressão de Maria endureceu. Olhou severamente para João Francisco.

— Se for necessário, nós o faremos. Eu serei a empregada.

Ela saiu. Em alguns minutos, ouvia-se música saindo do quarto de dormir.

— Edith Piaf, a favorita de sua mãe. Gostaria de poder levá-la a Paris — disse João Francisco, acariciando a cabeça de Leontina. — Você irá para o Instituto de Aplicação. Talvez eu possa achar outro emprego.

Leontina segurou a cabeça do pai e o beijou nas bochechas.

— Oh, papai, você é o melhor. Ser uma normalista... esse é meu sonho. Elas têm os uniformes mais bonitos. E a escola, como um local de sonhos. Próximo à avenida Afonso Pena, no coração de Belo Horizonte.

— Sob uma condição, Leontina. Continuarei ensinando a você francês e piano. Assim, um dia, você poderá ser uma dama.

10

• • •

Rio de Janeiro, 1927

A sirene do navio soou majestosamente três vezes ao entrar na baía. Esch estava em pé na proa, o vento salgado batendo no rosto, curtindo toda a gloriosa beleza. As vibrações do som despertaram nele um turbilhão de emoções, vindas do fundo da alma, de sua tenra infância. Grandes aventuras e viagens sonhadas junto com Leopold, tudo isso aflorou com o brado de saudação do grande transatlântico. As rochas altas formando a entrada da baía já tinham ficado para trás, e ele agora estava cercado por montanhas cobertas com florestas verdes. O céu azul e o mar de um verde profundo emolduravam a paisagem. O odor de mar e sal lhe penetrava as narinas. Inspirou profundamente. Uma nova vida começava, e para trás ficavam todas suas tristes lembranças, seus secretos sofrimentos.

A certa distância, ele podia ver uma fileira de edifícios ao longo da praia. Tudo era diferente de Luxemburgo: a luz, o ar, o cheiro das coisas. Que surpresas o esperavam? Sentiu, com emoção, um princípio de amor forte por esta terra.

Tudo começara com um memorando de Barbançon, havia pouco mais de dois meses, quando ele era engenheiro de altos-fornos na usina da ARBED em Dudelange. Barbançon tinha sempre demonstrado um interesse nele em virtude de sua amizade com Moni, e Esch pensou que ele quisesse verificar seu progresso na companhia. Após tomar o trem para a cidade de Luxemburgo, ele tinha saído da estação, passando uma fileira de pedintes, muitos sem braços, pernas ou ambos. Uma lembrança cruel da carnificina da guerra. O cheiro de urina e cerveja choca batera nas suas narinas ao passar por um grupo de bêbados na frente da estação. Uma tristeza súbita o invadira quando caminhava pelo bulevar, fugindo do sofrimento e desespero desse povo. Quando levantara a cabeça, já estava diante do edifício da ARBED. Ao admirar a fachada imponente e a arquitetura barroca decorada com inúmeras estátuas, os sentimentos sombrios o deixaram.

Ele verificou a gravata e o terno antes de subir as escadas de mármore. Trajava um dos ternos herdados de Moni. Lembrou da expressão de Barbançon quando adentrou o escritório.

— *Mon Dieu*, você me faz lembrar... — tinha dito. Em seguida, parou. Esch corou por um minuto, desconcertado pela surpresa de Barbançon.

— Como você sabe, eu estava com seu padrinho na Somme, onde perdeu a vida. — Por um momento, Barbançon ficou pensativo. — "*Un brave entre les braves.*"

Barbançon o tinha convidado a sentar-se no sofá da antessala de seu vasto escritório. Tocou uma campainha, e um garçom uniformizado e usando luvas brancas apareceu. Ele pediu uma garrafa de Málaga, que foi prontamente trazida com dois copos de cristal.

— Um dos favoritos de Moni. Ao meu primo *capitaine* de Bianey, tombado pela Bélgica! — brindou Barbançon. — Mas este não é o motivo pelo qual o trouxe aqui. Pelo futuro. Pelo Brasil.

Esch emocionou-se. A memória de seu Moni querido voltara de repente. A cor dourada do Málaga tinha mudado os momentos confusos, o frio que sentira na caminhada chuvosa desde a estação de trem.

Barbançon continuou descrevendo-lhe o projeto Brasil:

— Quero que você seja o responsável pela siderúrgica de Sabará. Contratamos um francês no Rio, quando lá estive, para dar início ao projeto. Mas ele está desesperado por voltar para casa.

Uma emoção súbita o invadiu. Sairia desta imundície. Por um instante, a imagem da nauseabunda puta de Aachen queimou em sua memória. Seguiu-se um desejo forte. De deixar para trás tudo de triste. De recomeçar.

— Mas sou tão jovem, tenho apenas 30 anos.

— *Aux âmes bien nées, la valeur n'attend pas le nombre d'années* — disse Barbançon, tocando sua bochecha.

— Racine, no *Cid*.

— Excelente, Jacques. Não se preocupe. Eu cuidarei de você. Você tem coragem e entusiasmo. Vanhoeck, o presidente, permanecerá no Rio. É o homem das finanças. Não entende nada sobre fabricação de aço. Ele se certificará de que tenhamos um bom retorno do nosso investimento. A ARBED deve um monte de dinheiro aos bancos.

Barbançon tocou a campainha de novo. O garçom reapareceu e encheu novamente os copos. Esch seguiu Barbançon, levantando seu copo.

— Ao Brasil — disse Barbançon. Tocou a campainha novamente, duas vezes desta feita, e um secretário apareceu. — Vá para a garagem e apronte um Jaguar para *monsieur* Esch. — Voltando-se para Esch, ele disse: — Você deve se acostumar a viajar em grande estilo. Partirá de Le Havre em seis semanas com Vanhoeck e a equipe técnica: dois engenheiros e seis contramestres.

Esch nunca esqueceria sua primeira viagem no banco traseiro do Jaguar preto. O couro marrom, as portas com painéis de madeira e o ronco do motor de 12 cilindros exalavam um ar aristocrático que não podia ser imitado por qualquer outro carro, nem mesmo um Mercedes.

Ele olhou para a chaminé do navio onde as sirenes tocavam. Mais além, albatrozes voavam nas alturas. Alguém lhe deu um tapinha no ombro. Era um garçom.

— *Monsieur* Vanhoeck deseja sua presença.

Esch dirigiu-se ao convés. Os luxemburgueses estavam reunidos ao redor de uma mesa. Um garçom abriu duas garrafas de champanha e encheu as taças.

— Ah, finalmente você chegou, Jacques. Esqueceu este compromisso?

Ele se dirigiu a Esch em francês, uma vez que era belga e não falava luxemburguês.

— O Chaminé está sempre atrasado, *monsieur* Vanhoeck — disse um dos engenheiros. — Talvez sonhando com as garotas brasileiras?

Todos riram, exceto Esch e Vanhoeck. Eu sonho sim, mas não com garotas, pensou ele. Com siderúrgicas modernas, com as melhores máquinas. Com tudo aquilo que se torna possível através do aço: ferrovias, pontes, escolas, automóveis, navios e, acima de tudo, glória.

11

• • •

Sabará, 1930

Esch sentou-se no seu escritório, do qual podia descortinar toda a usina, o rio mais adiante e a estrada levando para Sabará, margeada por casas novas que ele havia construído para os operários. Era uma cidade letárgica, com mais de duzentos anos. Quando os gloriosos dias do ouro se foram, havia uns cem anos, os empreendedores tinham ido embora, ficando tão somente os descendentes de escravos, as solteironas, os beberrões e os dorminhocos. Pessoas boas, tementes a Deus, enchiam as igrejas barrocas em dias de semana e aos domingos. Durante os dias áureos da corrida do ouro, os portugueses haviam construído igrejas grandiosas com altares cobertos de ouro, sólidos edifícios públicos e apoiado os artistas. Portanto, quando o ouro tinha se esgotado, as construções permaneceram, testemunhas silenciosas de sua fé e orgulho. Esch tinha se acostumado a desfrutar das visitas às igrejas locais, cada uma delas única no projeto e construção: Nossa Senhora do Ó, Nossa Senhora do Carmo, Nossa Senhora do Perpétuo Socorro. Todas dedicadas à Virgem Maria. Havia também uma igreja construída pelos escravos. Nossa Senhora das Dores.

Esch jamais esqueceria a primeira visita à usina com Cristiano Guimarães. Guimarães era um bom banqueiro, mas definitivamente um sofrível fabricante de aço. Havia pilhas de material sucateado em toda a usina, testemunha de inúmeras produções malsucedidas. Mesmo as apologéticas observações do engenheiro francês não o consolaram, nem o fato de ter tido toda a usina varrida. As imperfeições da usina eram bem mais profundas do que as sujeiras superficiais. A melhor vassoura do mundo não conseguiria removê-las.

Os últimos três anos tinham sido marcados por trabalho árduo. A usina estava operando normalmente, e a produção tinha crescido de 5.000 para 15.000 toneladas por ano. Isso tinha se tornado possível graças à nova tecnologia trazida pelos luxemburgueses. Gusa, um de seus colegas de Aachen, Stromhenger, havia reconstruído o alto-forno e Forman colocara em operação o novo laminador Krupp, que estava inoperante e abandonado havia alguns anos. Os técnicos tinham filtrado os melhores trabalhadores, demitindo os preguiçosos, promovendo os mais inteligentes a contramestres e contratando os melhores candidatos de Sabará e redondezas. Todo dia havia uma fila de pessoas procurando emprego diante do escritório. As coisas estavam se ajeitando.

Assim, a carta de Vanhoeck chegou como uma total surpresa. Segundo seu conteúdo, a usina deveria ser fechada até que a situação de mercado melhorasse. A carta também descrevia a recessão mundial e a queda nas vendas. Esch a leu e releu enquanto atravessava o escritório. Deu um chute na cesta de lixo e gritou:

— Ele não vai fechar a minha usina!

A secretária entrou correndo.

— Algo errado, Doutor?

— Por favor, ligue para o presidente! — berrou Esch.

— Doutor Guimarães?

— Não, Vanhoeck, no Rio. Imediatamente!

Foi em direção à janela e olhou para a usina. O ruído do laminador da usina, o barulho do metal, o zunido profundo dos altos-fornos eram música para seus ouvidos. Parar isso? Nunca.

A secretária entrou na sala.

— Doutor Vanhoeck está na linha. Mas a ligação está bem ruim. Muita estática.

Esch pegou o fone e foi ao ataque:

— Isto é impossível... temos trezentos e cinquenta operários... É sua responsabilidade vender o aço... Que recessão?... Tudo está bem em Minas... Os folgazões?...

Ele parou. A voz de Vanhoeck era fria e indiferente a todos os seus problemas. Por um momento, a ligação melhorou e a voz dele chegou nítida:

— Repito que não geramos vendas suficientes para enviar-lhe o dinheiro da folha de pagamento. A usina de Barão de Cocais também está fechando as portas. A demanda por aço despencou.

Esch não podia acreditar nisso.

— Ou você me manda o dinheiro ou entrarei imediatamente em contato com Barbançon — respondeu, de maneira irreverente.

— Estas são as ordens de Barbançon — disse Vanhoeck.

— Entrarei em contato com ele diretamente — respondeu Esch.

Ele desligou o telefone e virou-se para a secretária, que o olhava com terror nos olhos. Recuperando a compostura instantaneamente, disse:

— Tudo se resolverá. Agora, me ponha na linha com o *outro* presidente, Cristiano Guimarães.

Calculou rapidamente quanto dinheiro precisaria para pagar seus homens por três meses. Assim, quando a voz afável de Guimarães surgiu no telefone, a raiva de Esch já tinha desaparecido. Ele precisava de um empréstimo em troca de aço, a ser vendido por um preço especial a um dos primos de Guimarães, Fernando Nogueira.

— Podemos vender pela metade do preço no Rio. Esse dinheiro é para uma expansão de nossa siderúrgica de Sabará.

Guimarães negociou a taxa de juros, mas Esch manteve sua posição. Reduziu o preço do aço por um adicional de 10%. Quando desligou, após aceitar um convite de Guimarães para passar o fim de semana na fazenda dele, sorriu. Doravante, esse Vanhoeck não existe mais para mim. Deixe o veado do flamengo apodrecer no Rio. Eu negociarei diretamente com as autoridades brasileiras.

Depois de aproximar-se do gabinete atrás de sua mesa e de se servir um uísque, chamou a secretária:

— O Arcendino está aí? Peça-lhe para entrar.

Alguns minutos depois a porta se abriu, e um negro alto entrou, segurando o chapéu nas mãos. Esch sorriu, olhando para seu relógio.

— Já são mais de cinco horas. Ainda trabalhando?

— Enquanto o senhor tiver aqui, Doutor.

— Vamos dar uma volta pela usina. Em seguida, verificaremos a construção do hotel e do estádio. Vamos começar pelo alto-forno.

Esch começava a gostar de Arcendino. Ele o levava para todos os lados. A estatura privilegiada, mãos grandes e ombros largos contrastavam com as maneiras gentis de Arcendino.

Eles saíram. O zunido que escutara lá do escritório tornou-se um ruído ensurdecedor misturado aos tinidos metálicos. O segundo turno já estava bem adiantado, e trabalhadores suados corriam rapidamente por todos os lados, aprontando o alto-forno para outra corrida.

Esch postou-se a uma certa distância, observando as atividades. O contramestre berrava ordens cada vez mais freneticamente. Um operário, coberto por roupas de couro e com uma máscara, se aproximou da boca do forno. Com movimento forte, puxou uma haste de aço, que arrancou a tampa lateral. O metal líquido saiu em jato e coleou sobre a areia. Como em um transe, Esch fitou aquele rio de metal. Sobre as curvas movendo-se languidamente dançavam chamas vermelhas. O calor queimava sua face e aquecia-lhe o corpo. Seus olhos se fixaram sobre a serpente que o carregava em um sonho a outras curvas que se juntaram, o envolveram e abraçaram. As curvas agora se moviam dentro dele. As mãos cálidas de Mami lavavam seu corpo, acariciando-o. A criança havia regressado, e as primeiras emoções da adolescência que ela havia despertado nele. O desejo estava lá, forte como a primeira vez em que Mami o descobrira.

— Parece água, Doutor.

Esch se virou. Os grandes olhos esbugalhados de Arcendino refletiam o vermelho do rio de metal.

Ele continuou:

— Parece que em Barão de Cocais...

— Aí vem uma dessas histórias suas. Barão de Cocais, aquela usininha de nada. Um monte de sucata. Mas continua.

— Eles estavam fazendo uma corrida de gusa no alto-forno quando apareceu lá um homem. Ninguém tinha visto ele antes. Disse: "Tô com uma sede danada. Aí, se ajoelhou, enfiou as mãos na corrida e lavou o rosto."

— E ele era...

— O capeta, Doutor, o próprio demo.

Esch soltou uma boa risada, dobrando o corpo para trás.

— Essa é boa, Arcendino. Agora deixa eu te contar uma. Em Luxemburgo, um operário caiu na panela de gusa.

— E como é que eles enterraram o coitado?

— Cortaram um pedaço de gusa, mais ou menos de setenta quilos, e o puseram no caixão.

— Boa ideia, Doutor.

— Vamos para o laminador, Arcendino — disse Esch. Seguiram adiante, observando os operários.

— Eles me veem e aceleram o passo — disse Esch, com um sorriso no rosto.

— O senhor tem olho esperto, Doutor. Logo vão tá de volta pro normal.

Esch entrou no laminador e o *staccato* infernal de sons o impressionou. Parou por um momento e observou a cena. Uma barra de aço incandescente movimentava-se através de uma cadeira de laminador. No fim da linha encontrava-se um homem escuro, a testa encharcada de suor, as mãos segurando linguetas poderosas. Num movimento felino, ele agarrou o fim da barra e a girou, inserindo-a em outro laminador. Ao passar por ele, Esch levantou seu chapéu e exclamou:

— BRAVO!

O homem sorriu, e seus dentes brancos brilharam no reflexo do aço.

— Boa tarde, Doutor.

— Eu gosto deste ruído — disse Esch enquanto eles caminhavam.

— É o barulho do porgresso, Doutor — disse Arcendino.

Esch parou ao lado de um contramestre.

— Como está a produção, Eusébio?

Um sorriso largo iluminou o rosto suarento de Eusébio.

— Vamo quebrá outro recorde este mês.

Esch caminhou através do laminador para o departamento de expedição. Parou subitamente. Pelo canto do olho, ele o percebeu. O homem estava deitado inerte sobre o topo de uma pilha de estopa macia para embalagem. Foi tomado por uma raiva súbita. Mostrar-lhe-ei uma coisa, seu vadio preguiçoso. Esch investiu para a frente e desferiu um forte pontapé no traseiro. Ele instantaneamente se levantou, os olhos bem arregalados.

— Não se cochila nesta usina! Volte para o trabalho! — berrou Esch.

— Estava apenas descansando, Doutor. Tivemos um treino de futebol duríssimo esta tarde.

— Não me interessa saber se você é jogador de futebol ou não. Na hora do trabalho, você deve trabalhar.

Esch saiu tempestivamente da sala, o sangue ainda fervendo. Passou por Eusébio.

— Não quero ver mais ninguém dormindo por aqui — disse sem parar de andar.

Eusébio correu atrás de Esch, explicando:

— Contratamos quatro jogadores de futebol, Doutor. Estes são profissionais. Para o novo time da siderúrgica. Conforme suas ordens.

— Eles têm que trabalhar como todos os outros — disse Esch enquanto deixava o prédio. — Eles têm tempo livre para treinar. E ponto final.

Desceram a colina. Esch respirou mais profundamente algumas vezes, espantando o aperto que sentia no peito.

— Muito bem, Doutor. Eta chutão forte.

— Eu não deveria ter feito isso, Arcendino.

— O boato vai se espalhar e o turno da noite vai dar mais duro.

Passaram por uma área onde aproximadamente trinta mulas estavam amarradas. Portavam nas costas grandes cestas de taquara trançada. Uma delas tinha as rédeas cobertas com sinos e faixas coloridas.

— Essa é a madrinha da tropa — disse Arcendino. — As outras seguem ela. Eu já fui tropeiro, guiando mulas por todo esse sertão brabo, de cidadezinha em cidadezinha, dois meses na estrada.

— Logo teremos caminhões entregando o carvão — disse Esch. — Um caminhão pode carregar a carga de quarenta mulas.

— Isso é o porgresso, Doutor. Eu queria bem aprender a guiar um desses... como são chamados?

— Caminhões, Arcendino — disse Esch gargalhando e já se sentindo melhor. Ele percebeu uma preocupação repentina na expressão de Arcendino.

— Mas eu não sei ler ou escrever...

— Não se preocupe. Metade dos meus operários também não sabe. E ainda assim eles fazem um bom trabalho. — Franziu a testa por um instante. — Exceto esses pestes jogadores de futebol.

Esch olhou para o céu. Estava em brasa. Mesmo após o pôr do sol, a luz remanescente se refletia através das nuvens e criava uma aquarela alaranjada com pinceladas brancas e azuis. Por um instante, ele pensou nos céus cinzentos de Luxemburgo. E também em Simone. Sentia falta dela. A dor da rejeição ainda estava presente, mesmo depois de todos esses anos. Ela havia conhecido o seu segredo. Ele ainda podia se lembrar do olhar que a prostituta lhe tinha dado enquanto estava na cama, o suor frio cobrindo seu corpo, profundamente envergonhado.

Então ele se entregara completamente ao trabalho. Um dia, talvez, estarei pronto, pensou ele enquanto se aproximavam do canteiro de obras. Não existe nada em Luxemburgo para mim. Somente lembranças tristes. Ele olhou para o céu, agora lilás-escuro. Minha vida está aqui. Lutarei pela Belgo Mineira. Com todas as minhas forças.

Os operários estavam cavando as fundações ativamente.

— Dando duro, Geraldo — disse Esch ao se aproximar do contramestre.

— Conforme suas instruções. De sol a sol. Temos alguns raios ainda sobrando.

Esch gostava de visitar os canteiros de obras. Essas visitas após o expediente lhe eram prazerosas, depois de um dia estressante no escritório. Ele olhou para as trincheiras das fundações, estimando seu comprimento através dos passos. Arcendino o seguia.

— Quatorze metros — disse ele. — Esta é a sala de jantar.

— Seguimos exatamente os seus desenhos — disse o contramestre. Avançou alguns passos para a frente, abrindo os braços. — As escadas serão construídas aqui. No fim do corredor. O andar de cima terá quarenta quartos.

— Excelente — disse Esch. — Certifique-se de que os degraus tenham dois metros de largura. — Ele tinha medido o hotel de hóspedes em Esch sur Alzette e o tinha utilizado para seu projeto básico, modificando-o para atender às necessidades da usina de Sabará.

— Esta ampla sala de jantar e corredor serão excelentes para grandes recepções — disse ele, voltando-se para Arcendino. — Capacidade para até trezentas pessoas.

— Adequado para um rei, Doutor.

Esch sorriu.

— É maior do que aquele em Luxemburgo. Engraçado, nós o chamamos de Cassino por lá.

— Chama de Cassino aqui também, Doutor.

Por que não? Esch sorriu novamente.

— Vamos verificar o estádio, do outro lado do rio. Nossos operários precisam de entretenimento e esportes.

Atravessaram uma pequena ponte de pedestres que ele havia construído sobre o rio das Velhas. As arquibancadas estavam em construção na praia. Esch subiu as escadas e ingressou no camarote central, reservado às autoridades. Abaixo dele situava-se o campo e as balizas do gol. Ao redor do campo ficava a pista.

— Agora vou lhe contar um segredo, Arcendino. Você sabe por que esta praia se chama do Ó?

— Deve ser pela igreja da Nossa Senhora do Ó...

— Certo. Mas de onde vem esse nome?

— Essa é boa, Doutor, só um homem inteligente como o senhor.

— A igreja se chamava Nossa Senhora da Expectação de Parto. O povo cantava ladainhas que sempre começavam por "Ó Nossa...", aí o apelido pegou.

Arcendino deu uma boa risada, mostrando os fortes dentes brancos.

— Essa é boa, Doutor. Nós gosta de pôr apelido em tudo, até igreja.

— E você, tem apelido?

Arcendino ficou meio sem jeito.

— Na nossa terra todo mundo tem.

Esch não insistiu, não querendo constrangê-lo. Voltou-se para a usina.

— Transformaremos essas pessoas sonolentas de Sabará em indivíduos vibrantes.

— Preguiçoso eles são, Doutor — disse Arcendino. — Posso começar a verificar o turno da noite, das onze da noite às sete da manhã, para descobrir mais uns dorminhoco.

— Faça-o com cuidado, de outra maneira eles pensarão que você é meu espião.

— Não preocupa, Doutor. Ninguém vai suspeitar deste negão burro.

Esch riu. Abriu os braços como se pudesse abraçar o estádio.

— Os melhores times de Minas jogarão aqui. Muito em breve.

Então um pensamento lhe ocorreu. Precisarei de ajuda com todo este trabalho.

— Alguém terá que coordenar todas essas atividades sociais da companhia.

— Um diretor social? — perguntou Arcendino.

Esch olhou para Arcendino. Por trás daquele rosto negro e de traços primitivos havia uma mente inteligente e perspicaz. Ele sorriu.

— Sim, um diretor social.

Ele olhou para o estádio novamente. As torcidas exultavam. O time do Siderúrgica, de camisas brancas com duas faixas azuis horizontais, o escudo da Belgo Mineira representado por um martelo e uma tenaz no meio, crescia em campo. À sua direita, o governador do estado. À esquerda, o ministro da Indústria. Não, talvez mesmo Getúlio Vargas, o presidente. Ele estava no centro, o grande *seigneur*. Quem coordenaria tudo isso? Uma figura rechonchuda se materializou em sua mente. Leopold.

— Encontrei o nosso diretor social. Eu confio nele como um irmão: Leopold de Bianey.

— Parabéns, Doutor.

Já estava quase escuro quando atravessaram o rio. O Cadillac preto esperava próximo à ponte. De repente, Esch sentiu sede. O motorista estava à espera, segurando a porta aberta.

— Ao Cravo Vermelho, Mano. Preciso de uma cerveja bem gelada. — Voltou-se para Arcendino, que estava esperando fora: — Tome um copo comigo.

Prontamente, Arcendino entrou atrás.

— Que poltrona bonita, Doutor — disse ele, acariciando o assento vermelho de couro com suas grandes mãos. O motorista o olhou com desdém indisfarçado. — Agora precisa de um cavalo.

Esch pensou por um momento. Imagens de Moni cavalgando seu garanhão por toda a Rédange atravessaram sua mente.

— Sim, vou arrumar um. Um grande cavalo negro. Talvez o Guimarães possa me ajudar.

— Chama ele de Petróleo, Doutor. Dizem que é isso o que estes carros bebem.

Naquela mesma noite, depois do jantar, Esch escreveu uma longa carta para Leopold, descrevendo o país em termos vivos e entusiásticos, citando as oportunidades e mencionando o novo time de futebol profissional. No fim, fez-lhe um convite. "Por favor, dirija-se imediatamente ao presidente da ARBED, Sr. Antoine Reinisch. Vou escrever para ele, recomendando sua indicação para diretor social da Companhia Siderúrgica Belgo Mineira."

12

• • •

Rio de Janeiro, 1931

Eles ingressaram no hotel. Empregados prestimosos aglomeraram-se ao redor deles, retirando as malas do carro, carregando-as para dentro e orientando-os. De Bianey tirou um lenço do bolso do peito e enxugou o rosto suado, que, por causa do sol, havia passado de róseo a vermelho. Seu corpo gorducho estava ensopado.

— Jacques, você não me falou sobre o calor.

— Belo Horizonte é bem mais fresca. Não se esqueça de que estamos no meio do verão, nosso inverno em Luxemburgo. — Esch apontou para suas roupas. — Vamos arranjar-lhe imediatamente um chapéu-Panamá e um terno de linho mais leve. Você abandonará todas as roupas de lã.

Abrindo amplamente os braços, Esch dirigiu-se a de Bianey em francês. Ele sabia que isso impressionava os brasileiros, que sempre admiraram a cultura francesa.

— Este é o lugar onde os astros de Hollywood se encontram. O lendário Copacabana Palace. Não se esqueça: você é um aristocrata — disse Esch. Em seguida, dirigiu-se à recepção: — Por favor, as chaves da suíte presidencial.

— Já está pronta, Doutor Esch. Devo mandar-lhe o champanha?

— Sim, certifique-se de que esteja bem gelado. Dom Pérignon.

O mensageiro puxou as cortinas e abriu as persianas. O sol intenso invadiu o quarto. Esch e de Bianey saíram para a varanda. Abaixo se via a avenida Atlântica e, mais além, a praia sobre a qual as ondas se fechavam e batiam em sintonia ao longo da orla, transformando-se em espuma em perfeita harmonia. A baía era rodeada por altas montanhas. A brisa trazia um frescor que amainava a canícula.

— Isto é fantástico — disse de Bianey. — Olhe para as garotas na praia.

— Muito cuidado com a insolação. Certa vez, Stromhenger teve de ser internado no hospital por isso. Tomara muitas cervejas e adormecera de bruços sobre a areia. Seus rins quase cozinharam. O médico lhe disse que uma hora a mais e teria falecido.

O garçom trouxe duas taças numa travessa de prata. O *maître* sacou a rolha e as encheu.

Esch levantou sua taça e brindou:

— Leopold, a seu futuro no Brasil.

— Obrigado. Você não precisava vir de Belo Horizonte... a quatrocentos quilômetros de distância.

— Isso servirá como uma mensagem aos brasileiros. Você será uma pessoa importante entre nós.

De Bianey sorriu. O fracassado. Isso é o que ele era. Nunca tinha concluído o segundo grau no Colégio dos Jesuítas. Expulso por vários motivos, tornou-se uma figurinha fácil dos cafés luxemburgueses, com frequência garantida em todas as noites. Apesar disso, todo mundo gostava dele. Sua mais importante realização tinha sido coordenar as atividades da Jeunesse Esch, o clube de futebol da ARBED. Futebol. Esta é a minha paixão. Futebol, cerveja e garotas. De Bianey olhou para Esch. Não tinha inveja dele. Esch era diferente, especial. Sempre tinha sido. Predestinado a ser um líder. Foi sempre assim, desde sua infância em Rédange.

— Leopold, eu preciso de muita ajuda. Os repórteres. Os eventos sociais. As festividades para os operários. Inaugurações e funerais.

— Você tinha mencionado o time de futebol...

— Acabamos de construir um estádio novo. Mas os vadios preguiçosos não conseguem vencer um jogo. Vivem dormindo pela usina.

O rosto de Bianey revigorou-se, abrindo um sorriso brilhante. Estendeu a taça e observou com satisfação o garçom que a enchia.

— Deixe isso comigo. Seremos campeões. Primeiramente, eles precisam de um bom treinador. Leopold.

Brindaram novamente e, em seguida, se sentaram à mesa montada na antecâmara.

— Canja de frango — disse o garçom, levantando a tampa da sopeira de prata. — O melhor manjar para viajantes.

Esch e de Bianey entraram no hotel de hóspedes de Sabará. Esch olhou à sua direita, em seguida, à sua esquerda.

— Eu gosto disto, gosto muito — disse ele, estendendo os braços. — É amplo. — Apontou para a direita. — Aqui, teremos uma variedade de sofás e mesas. Ali — disse ele, apontando à esquerda —, teremos espaço para vinte mesas. Isto aqui será importante para os engenheiros e visitantes. Vamos subir.

Eles visitaram os apartamentos. De uma das janelas, Esch podia ver o estádio. Já tinha sido concluído, e um muro alto o cercava, tal como um castelo antigo.

— Ali estão, os pernas de pau preguiçosos. Aprontando-se para uma outra grande derrota — disse Esch, observando o treino de futebol em andamento. Os jogadores estavam sentados à sombra enquanto um deles dava alguns chutes e um outro fazia malabarismos com a bola.

Os olhos de de Bianey brilharam.

— Ouvi dizer que os negros são grandes jogadores de futebol.

— Você sabe dessas coisas melhor do que eu. Seria melhor ganhar alguns jogos. Negros, morenos ou brancos.

Ao se dirigirem para o Clube Cravo Vermelho, Esch se virou e deu um tapa na perna de de Bianey.

— Em duas semanas os móveis estarão na casa de hóspedes. Chamo-a de Cassino, exatamente como em Esch. Em algumas semanas, estou planejando uma recepção na qual pretendo apresentá-lo aos quadros da companhia. E não se esqueça de que você é uma pessoa importante. É muito importante agir como pessoa importante no Brasil.

De Bianey sorriu.

— Obrigado. Estou tentando melhorar meu português. Estarei pronto para um pequeno discurso, algumas palavras.

Eles se sentaram à mesa. De Bianey sorveu três cervejas grandes enquanto Esch bebericava um uísque.

— Agora, estou me preparando para a Fase 2 no Brasil — disse Esch.

— O que é isso?

— Estamos vendendo a totalidade das vinte mil toneladas que produzimos por ano. Este país precisa de dez, cem vezes mais aço. — Ele olhou para seu meio-irmão com entusiasmo. — Isto ainda é um segredo. Vou construir uma usina dez vezes maior do que a de Sabará.

De Bianey puxou o lenço e secou o rosto. Sua camisa estava empapada.

— Estou com uma sede, meu Deus! Preciso de outra. — Virou-se para o garçom. — Uma... cerveja ..., por favor. — Em seguida, voltou-se para Esch. — Mas isto é do tamanho de nossa usina de Esch em Lêtzeburg. Como vai fazer para conseguir o dinheiro?

— Será muito difícil. A Europa está no meio de uma recessão, assim como os Estados Unidos.

— E onde vamos construí-la? Não existe espaço em Sabará.

Esch olhou enigmaticamente para de Bianey.

— Na fazenda de Monlevade, que compramos há alguns anos, exatamente ao lado da mina de Andrade.

— Mas isso fica a cem quilômetros daqui, a extensão de nosso Lêtzeburg — disse de Bianey.

— Venha ao meu escritório amanhã, pela manhã. Mostrar-lhe-ei meus planos.

Esch trancou a porta do escritório. Abriu um armário de jacarandá, retirou um rolo de papéis e os espalhou sobre uma mesa grande.

—- Aqui. A usina siderúrgica de Monlevade. Estive trabalhando no *layout* nos últimos dois meses. — Olhou para de Bianey com orgulho. — Quatro altos-fornos médios, com uma capacidade de oitocentas toneladas por corrida. Um conversor Siemens-Martin. — Seus dedos se movimentaram apontando para um edifício amplo. — Um trem desbastador, um laminador moderno, uma trefilaria e uma fábrica de tubos.

Ele parou por um momento.

— Temos tudo em Monlevade: o minério de ferro de Andrade, a água do rio Piracicaba, a madeira da floresta. Construiremos uma represa para gerar energia elétrica.

— A estrada é péssima. Levamos cinco horas na semana passada — disse de Bianey.

— Agora, vamos à minha carta na manga — disse Esch. — Pedirei ao governo de Minas Gerais para construir uma estrada de ferro para lá.

— Como irá conseguir isso?

— Leopold, sua presença aqui é muito importante. Devemos nos fazer conhecer pelos políticos de Minas. Pelo governador, pelos senadores, todos eles. Como conseguiremos isso? Jornais, recepções, cerimônias. Em seguida, iniciarei as negociações.

— Eu o ajudarei no que puder. Existe um bom luxemburguês que conheço muito bem, Debortoly. É o homem certo para esse assunto.

— Vamos chamá-lo. — A expressão de Esch tornou-se maliciosa por um instante. — Tenho muitos pedidos de aço dos políticos. Fiquei sabendo que o revendem por duas vezes mais.

De Bianey sorriu.

— Podemos criar um sistema de cotas. Nós os controlaremos em pouquíssimo tempo.

— Não posso fazer isso. Essa será sua tarefa.

Esch enrolou a planta e a escondeu no gabinete.

— Ninguém pode saber disto enquanto não for oficializado.

— E quanto ao nosso presidente, Vanhoeck?

— Ah, bem, ele está no Rio, quatrocentos quilômetros daqui. Desde que possa remeter alguns lucros de volta para a ARBED, ele estará feliz... e, acima de tudo, ele é belga.

— Nosso pai também era.

— Bem, ele é flamengo, e Moni era um valão. De qualquer maneira, a ARBED, agora, é uma empresa luxemburguesa.

Mal de Bianey havia saído do escritório, Esch já se sentia revigorado por sua presença. A Fase 2 tinha começado.

13

• • •

Belo Horizonte, 1932

Ela fechou os punhos e o atingiu nos lados do rosto. Entre os braços dele, ela podia ver os grandes dentes brancos, o sorriso largo e fácil.

— Calma, Lelê, você vai se machucar — disse ele enquanto se recuperava.

Ela sabia que não poderia enfrentar os braços fortes dele, seu peito largo e pernas musculosas.

— Somente a deixarei ir embora se você me beijar. — Ele aproximou sua boca.

— Nunca, seu PM estúpido, seu macaco ignorante.

Ribeiro pegou nos remos, e a embarcação se afastou da margem.

— Você sabe, eu a deixarei ir embora somente se me der um beijo.

— Pularei na água e me afogarei. Então você terá que se explicar ao diretor do Instituto de Aplicação. — Ela parou por um instante, levantou-se no barco e, em seguida, entoou dramaticamente: — O *Estado de Minas* publicará esta manchete: "Normalista comete suicídio para escapar da Polícia Militar."

As belas feições dele ficaram sérias por um instante. Ela pulou para a frente, agarrando seu quepe.

— Esta será a prova. Eu o levarei junto comigo para as profundezas do lago. — Leontina olhou para ele, o coração batendo loucamente. Ela nunca fora beijada antes. Os braços fortes do sargento Ribeiro a tinham envolvido, fazendo com que sentisse algo indescritível, uma mistura de pavor e paixão que corria sem controle pelo seu corpo.

— Um pequeno beijo, então. Aqui, na bochecha direita.

Ela olhou para Ribeiro de soslaio.

— Bem, até mesmo Jesus beijou mulheres. O beijo da paz.

Numa ação reflexa rápida, Leontina se arremessou para a frente, tal qual uma serpente desenrolando o corpo e atacando a vítima. Em seguida, ela pulou para trás, seus lábios sentindo a barba dura contra sua bochecha.

— Assim já está melhor, Lelê. Agora, posso remar para sempre.

Sargento Ribeiro era o responsável pelo pequeno destacamento de Polícia Militar que patrulhava a avenida Afonso Pena e o Parque Municipal. Os olhos de Leontina e do sargento tinham se cruzado várias vezes no ano passado, com paixão crescente. Sua estatura alta e arrogância machista a impressionaram. Ele era um pouco escuro, uma gota de sangue de negro. Isso o tornava mais atraente a seus olhos, o fruto proibido. Leontina lembrava bem as constantes tiradas de sua mãe contra os negros. "Preto, se não caga na entrada, caga na saída" era uma de suas favoritas. Todas as meninas da escola concordavam que o sargento era gostoso. Ele olhava para todas as garotas quando passavam por ele depois das aulas, mas Leontina percebia que a fitava de uma maneira especial. Era alta e magra, pernas angulosas, sem peitos, e tinha espinhas por todo o rosto. E, ainda assim, esse homem belo e imponente — um sargento! — a admirava. Ela havia começado a fantasiar a seu respeito nos sonhos, e o simples pensamento sobre ele a excitava, um calor que se transformava em fogo quando esfregava seus peitos contra os lençóis até que os mamilos ficassem doloridos. Depois das primeiras olhadelas, eles tinham trocado palavras, e, nessa tarde, Leontina estava matando aula. Combinaram de se encontrar no parque. Ele estava de folga e a convenceu a ir remar no lago, depois do passeio nos arredores e de terem tomado sorvete, visitado as gaiolas de macacos e admirado os veados. Agora, ela o enfrentava no seu barco a remo.

Eles se aproximaram da rampa de barcos.

— Agora, deixe-me compensá-la. Uma bicada no outro lado — disse Ribeiro, a autoconfiança reconquistada.

Leontina olhou para ele de lado, fingindo raiva.

— Um pequeno beijo e *pronto*.

Ele se aproximou dela e a beijou. Só que saiu mais para o lado da boca de Leontina. Ela sentiu o veludo de seus lábios e retrocedeu.

— Não é de surpreender que todo mundo odeia a PM. Vocês são todos um bando de ladrões.

— Eu roubarei seu coração, Lelê — disse ele com o maior dos sorrisos. — Isto eu prometo.

Ao abrir a porta da entrada de casa, Leontina foi interpelada pela mãe. O olhar furioso que lançou contra ela não deixava qualquer dúvida de que havia problemas no ar.

— Você anda se encontrando com um PM, um miserável Polícia Militar.

— Não sei do que a senhora está falando — disse Leontina, tentando se esquivar.

— Não negue. Vocês estavam no parque de mãos dadas. Você está matando aula na parte da tarde.

Leontina sentiu o coração paralisar.

— Como... o que a senhora está dizendo?

— Eu a vi com meus próprios olhos. Você estava beijando aquele mulato safado.

Leontina entrou em pânico. "Tenho que fugir de casa."

João Francisco, sentado à mesa, tentou contornar a situação.

— Maria, não fique tão zangada.

— Nenhuma filha minha vai casar com um PM. — Ela levantou as mãos e levou-as até o rosto de Leontina.

— Olhe para elas. Olhe para estes calos. Eu estou fazendo tudo isto por você, para que você se case com alguém decente.

— Maria, controle-se — implorou João Francisco. — Lelê provavelmente é apenas amiga dele.

— Ele a agarrou contra uma árvore e a beijou por uma meia hora! — berrou Maria, puxando seus cabelos.

Ela correu para o quarto e voltou com um cinto.

— Sabe, o que você precisa é de uma grande surra. Seus pais estão sacrificando tudo o que possuem para que você possa crescer na vida — disse Maria, perdendo o controle e açoitando Leontina.

Leontina protegeu o rosto com os braços enquanto sua mãe batia repetidas vezes. Ela sentiu a fivela rasgando sua bochecha. Sangue escorreu entre seus dedos.

Seu pai interveio:

— Em nome de Deus, pare com isso. É a nossa filha.

— Não será minha filha se continuar a se encontrar com esse PM safado.

Chocada e ferida, Leontina correu para o quarto, gritando:

— Ele é gostoso mesmo, e eu o amo. Você vai ver, mãe.

Trancou-se no quarto e atirou-se sobre a cama, agarrando o travesseiro. Ao chorar convulsivamente, jurou que ficaria com o sargento Ribeiro para sempre. Ele poderia tocá-la onde quer que desejasse. Ele podia fazer o que quisesse com ela. Ela seria dele, toda dele.

— Vamos fugir juntos — ordenou Leontina, severa. Sua cabeça bateu na dele enquanto o abraçava desesperadamente. — Podemos ir para o Rio de Janeiro, São Paulo.

— Oh, Lelê, o que eles lhe fizeram? — Ele beijou o corte de seu rosto. — Diga-me, eu o surrarei.

— Foi minha mãe. Ela descobriu tudo a nosso respeito. — Leontina apertou Ribeiro com força. Ela podia sentir sua pujança nos braços duros, seu poder no peito largo.

— Como posso conseguir um emprego na polícia de lá? Eu consegui este por causa do meu tio de Curvelo. É um grande fazendeiro. — Havia relutância em sua voz, o que deixou Leontina furiosa.

— Então, o nosso amor não representa nada para você? Todos os beijos? Todas as promessas?

Ribeiro levantou o quepe e sorriu, mostrando seus dentes brancos.

— Ah, Lelê, você tem o temperamento de sua mãe! Acalme-se. Vamos achar uma saída.

Ele a tomou nos braços e a beijou, de início com delicadeza, em seguida com mais força. Leontina sentiu o movimento do peito dele acariciando seus seios. Ela o apertou inteiramente contra si. Eu te quero, eu te quero inteiro. Agora e para sempre. Eu te terei, aconteça o que acontecer.

A mão dele deslizou sob a saia do uniforme azul de Lelê, que sentiu as carícias fortes nas coxas. Ela encostou-se à árvore e ficou na ponta dos pés. Sua língua penetrou-lhe a boca com fúria. Lelê sentiu a força viril dele entre suas pernas. Dessa vez, ela não lhe resistiu. Baixou as calcinhas e se deixou possuir. Ela sentiu todo seu vigor. Houve uma sensação de puxões fortes em suas entranhas, um ardor que se misturou com prazer. Então ela se sentiu toda tomada, penetrada. Gritou de dor, prazer, raiva.

— Eu sou sua, Ribeiro, quer você queira ou não. Para sempre.

Ambos sentaram-se num banco. Ribeiro segurou a cabeça entre as mãos.

— O que fizemos, Lelê?

— Agora é tarde demais para voltar atrás. Acharemos uma saída.

Às vezes, ela sentia que era mais forte do que ele. Que todos seus músculos e bazófia escondiam fraquezas. Isto, apesar do fato de que tinha apenas 17 anos e ele tinha 26.

— Posso trabalhar. Você esqueceu?

Ele levantou a cabeça e olhou para ela por um longo tempo.

— Estava pensando em algo... meu tio de Curvelo. — O sorriso brilhante reapareceu. — Talvez ele possa conseguir um emprego para você. Na Polícia Militar.

— Você pode me imaginar uniformizada? Olhe para meus braços finos.

— Temos secretárias, assistentes, temos de tudo. A Polícia Militar é como o Exército. Na verdade, somos mais antigos que o Exército. Somos o Exército de Minas Gerais. — Estufou o peito com orgulho. — Éramos o Batalhão de Cavalaria antes do Império.

Ele segurou o rosto dela e beijou sua ferida.

— Vamos conseguir, Lelê. Desde que nos amemos.

Lágrimas escorreram pelo rosto de Leontina. É disto que preciso. Tudo de que preciso. A força do seu amor.

14

• • •

Rio de Janeiro, 1935

As crianças corriam como loucas pela rua. As mulheres saíram de suas casas e olhavam para o céu. O zunido aumentava cada vez mais.

— O *Zeppelin* está chegando! Vai descer! — berrou um dos garotos enquanto corria em direção ao Campo dos Afonsos.

Esch saiu no convés. Estavam passando do oceano para terra. As montanhas da região do Atlântico os cercavam. Ao norte situava-se Copacabana, Urca, Tijuca, todos os bairros exclusivos do Rio de Janeiro. Em algumas horas, estarei no meu querido Copacabana Palace, pensou.

— Que experiência — disse Esch, voltando-se para um senhor uniformizado. — A tecnologia alemã está dominando o mundo.

— *Am Deutschen Wesen wert die Welt genesen*. Como gostamos de dizer, o mundo deverá se deliciar com os modos alemães — respondeu o capitão.

— Três dias de Berlim ao Rio de Janeiro. Isto é impensável.

— Brevemente, teremos linhas de dirigíveis de Berlim para o mundo inteiro. É um meio de transporte rápido, seguro e confortável. Veja que o Doutor Eckener deu a volta ao mundo.

— Escutei falar que existirá uma linha nova de Friederichshafen a Nova York. Mas muito cara, capitão.

— Em alguns anos, teremos dirigíveis de tamanho três vezes maior que o atual, com uma capacidade de até quinhentos passageiros. E não é tão caro assim, pois a sustentação no ar é garantida pelo hidrogênio, e não por um grande consumo de combustível. Se os norte-americanos não fizessem política suja, poderíamos usar hélio, bem mais seguro.

— Posso ver os motores antes de chegarmos ao Rio? — perguntou Esch.

— O senhor deve ser engenheiro — disse o capitão, sorrindo. — Venha, siga-me.

Depois de passar por uma porta dupla, caminharam ao longo de uma passarela estreita dentro do corpo monumental. Esch observou o interior composto de estruturas de alumínio. Nos interstícios, entre as vigas treliçadas, havia uma série de enormes balões, os compartimentos para o armazenamento de hidrogênio.

— É movido por quatro motores de mil HPs, de dezesseis cilindros cada um — disse o capitão, sobrepondo-se ao ruído. — Fabricados pela Daimler Benz.

Esch estava maravilhado pela complexidade tecnológica da máquina. Ao penetrar na seção de motores, ele percebeu a cruz suástica na cauda, um fato que lhe tinha escapado olhando da cabine.

O capitão riu.

— Na verdade, Doutor Eckener queria dar ao dirigível o nome de "Hitler" mas o conselho achou que seria muito puxa-saquismo. Então, chamaram-no *Hindenburg*. — Caminharam de volta para a aeronave. No salão amplo, alguém tocava o piano de alumínio.

— *Tico-tico no fubá* — disse Esch, ensaiando alguns passos rápidos de dança. O capitão riu.

Os passageiros sentaram-se ao longo das janelas, admirando o cenário.

— Gostaria de agradecer-lhe por muito gentilmente nos levar através do Atlântico de uma maneira tão elegante e sem acidentes — disse Esch. — Este aqui é bem mais confortável do que o *Zeppelin*. Muito mais parecido com um navio.

— Realmente, é tão comprido quanto o *Titanic* — disse o capitão orgulhosamente. — Um navio levaria dez dias. Parece que atingimos um tempo recorde de 73 horas. — Pausou por um momento. — Agora, vocês terão que me desculpar. Tenho que coordenar a aterrissagem.

Esch observou a longa sombra que o *Hindenburg* produzia sobre o oceano. Sim, os alemães são os melhores engenheiros do mundo. Eles têm isso no sangue. Os luxemburgueses são bons, mas tímidos demais. Pensam pequeno e são muito apegados a seus pequenos confortos.

O garçom serviu o champanha enquanto a tripulação corria pelo trilho externo, jogando as amarras, puxando e solecando os cabos, aprontando a embarcação com forma de charuto para a aterrissagem. A cápsula tocou o chão com uma leve pancada. De seu interior, Esch olhou para a multidão ao redor da aeronave. Foram necessários alguns minutos até que a polícia pudesse formar um cordão e corredor. Eles desembarcaram em meio aos urros da multidão. Esch podia sentir a receptividade dos brasileiros naqueles aplausos. Uma horda de fotógrafos tirava fotos. Uma das autoridades subiu na tribuna e fez um discurso. E essa era a primeira chegada do *Hindenburg* ao Brasil. Os alemães tinham inaugurado uma linha com o *Zeppelin* alguns anos atrás, e Esch já tinha cruzado o Atlântico duas vezes no *Zeppelin*.

O solo parecia incerto após três dias no ar, como se ele tivesse viajado a bordo de um navio. Ao se embrenhar na multidão, tentou encontrar rostos familiares. Vanhoeck o receberia? Sebastião estaria por lá? Ou algum dos engenheiros de Sabará? Lá estava ele! O leal de Bianey. Com braços abertos, Esch se aproximou dele e abraçou seu imenso corpo encharcado de suor.

— Leopold! Você não deveria ter vindo.

— Eu tinha que vir. Você é muito importante.

Eles riram. O chofer os esperava.

— Jacques, você não precisará viajar de trem desta vez. O seu Cadillac foi trazido de Belo Horizonte exatamente para esta ocasião.

Esch sorriu e juntou-se a Bianey no banco traseiro. Bianey deu-lhe um tapinha na perna.

— Então, como foi em Luxemburgo?

— Sucesso, meu caro, sucesso.

Esch fez um relato das reuniões realizadas com Antoine Reinisch, o novo presidente da ARBED. A Europa lutava com todas as medidas contra a depressão, que tinha sido iniciada pela queda da Bolsa de Valores nos Estados Unidos e que tinha afetado as regiões mais longínquas do mundo.

— Eu lhes disse que tinha um compromisso do governo de Minas Gerais de construir uma ferrovia indo até o porto de Vitória. Isso assegurará um fluxo ágil de minério de ferro de nossa mina de Andrade para a Europa.

— Então, por que a ARBED precisaria construir uma usina siderúrgica em Monlevade?

Esch olhou para de Bianey por um instante. Em seguida, um leve sorriso se esboçou em seus lábios.

— Porque eu disse a eles que o governo de Minas Gerais somente construiria a ferrovia se a ARBED criasse uma usina siderúrgica de cem mil toneladas em Monlevade.

De Bianey sorriu espontaneamente.

— E você disse ao governador de Minas Gerais que a AR-BED investiria em Monlevade *somente* se fosse construída uma ferrovia. Muito bem!

O champanha tomado tão cedo o tinha colocado em estado de euforia acentuado pelo sol, calor e odores do Brasil. Esch se sentiu novamente em casa.

— Como vai o Vanhoeck?

— Eu ouvi dizer que ele não andava muito feliz com toda a glória que você está conquistando.

— Sabe como é, ele se sente de certa forma isolado no Rio. Ele percebe que muitas decisões estão sendo tomadas à sua revelia.

Esch olhou para fora, admirando o cenário verdejante. Passaram por uma mulata carregando uma lata d'água na cabeça. Ela lhes sorriu.

— Você vê isso? — disse de Bianey, fixando o olhar naquela bunda que rebolava. — Essa é a alma do Brasil. Ela possui beleza, ritmo e força.

— E como vão as coisas em Sabará?

— Ótimas notícias. O time melhorou bem, e estamos disputando o campeonato estadual. Fizemos algumas contratações excelentes...

— Espero que sejam também melhores operários que os vagabundos que encontrei na usina.

— O goleiro Princesa é uma dama. Além disto, é muito responsável no almoxarifado. O ponta-esquerda, Mascote, é um pedreiro de primeira. E o Chico Preto é pintor!

— Como está Arcendino? — perguntou Esch.

De Bianey sorriu.

— Ele anda lá por Sabará e pela usina trajando o velho terno que você lhe deu. Parece que está aprendendo a dirigir. As pessoas falam que ele se comporta igual a você.

— Bom para ele. Amanhã visitarei Vanhoeck em seu escritório da Nilo Peçanha. Em seguida, a ideia é voltar para Sabará e depois seguir para Monlevade.

— O programa para a cerimônia de inauguração em Monlevade está pronto — disse Bianey. — Adivinhe quem vem: o Presidente Vargas em pessoa!

— Leopold, você é o maior! — exclamou Esch, agarrando seu joelho por brincadeira. — Nada conseguirá nos impedir.

Sabará, 1937

A final do Campeonato Mineiro já estava no quadragésimo segundo minuto do primeiro tempo, e nada de gols. De Bianey estava todo suado, e o sol entrava no camarote de autoridades com toda a força das quatro da tarde. O Vila Nova, campeão de 1936, atacava com ardor. As coisas não estavam indo bem, e o goleiro já tinha salvado dois gols. Esch, a seu lado, já estava decepcionado.

— Cadê nossos grandes craques? Só vejo o pessoal de Nova Lima atacando.

— Calma, Jacques — disse de Bianey. — Você vai ver...

Ao lado deles estava o radialista da Rádio Inconfidência, rodando a língua na boca e emitindo frenéticos sons:

— Espaaaaalma, Princesa! O Esquadrão de Aço resiste aos ataques do poderoso Vila Nova. O esférico já está com o elegante Mascote, que passa a pelota para Paulo Florêncio. Vislumbra o campo, minha gente, e passa de calcanhar para Chico

Preto, que avança para a área e disparaaaaaara. Goooooooooo-ol goooooool do Siderúúúúúúrgica. Inaugurado o placar no fabuloso Estádio da Praia do ÓÓÓÓ... — Parou por um instante, lambeu os grossos e flácidos lábios habituados a vibrar em ressonância, e completou: — Este time vai ser campeão. Hoje vai ter carnaval em Sabará!

A seu lado, de Bianey saltou como louco, gorduras vibrando no ar, abraçando Esch. Este não pôde se conter e, vendo o foguetório que cobria de fumaça o estádio, levantou-se e lançou as mãos para o alto, gritando forte:

— Siderúrgica!

A seu lado, o radialista continuava, com as bochechas trêmulas e uma voz de tom inigualável:

— A tartaruga demorou mas não falhou! Tem a carapaça de aço, meus senhores!

15

• • •

São Domingos do Prata
(16 quilômetros de Monlevade), 1938

O caminhão estava estacionado no meio da praça. Alguns metros adiante havia uma grande mangueira, à qual umas duas dezenas de cavalos e burros estavam amarradas. A velha igreja recém-caiada dominava um lado da praça poeirenta. Os três outros lados tinham casas de um andar, com lojas na frente. As altas portas duplas estavam escancaradas enquanto seus donos esperavam o povo. Era um domingo tranquilo em São Domingos do Prata, mas a pequena cidade não ficaria calma por muito tempo. Depois da missa, os homens entrariam nas lojas e tomariam o primeiro gole de cachaça. Manoel estava sentado no interior de uma das vendas, observando a chegada dos primeiros fregueses. Eles pediam uma purinha, uma "braba" ou simplesmente um gole. O dono enchia um pequeno copo até a borda. Os homens a fixavam por um instante, levantavam o copo e a engoliam de um só trago. Com a boca aberta, deixavam-na deslizar goela abaixo. Então, seus corpos magros ressecados pelo sol tremiam por alguns segundos, os rostos se contorciam em caretas, e as últimas gotas do copo eram derramadas no chão como uma oferenda aos santos. Eles resmungavam algumas palavras ininteligíveis. Manoel sabia que logo eles se transformariam de indivíduos tímidos e calmos em arrogantes filhos da puta. Manoel sabia que antes de o dia terminar haveria algumas brigas e umas facadas num domingo dos bons. De vez em quando, uma troca de tiros de garrucha. Assim, ele se mantinha quieto no fundo da venda, onde a luz dificilmente penetrava. Mas ele, tinha uma tarefa para executar, e o quanto mais cedo começasse, melhor.

Manoel deu uma última mordida no pastel, jogou o resto aos dois vira-latas que estavam esperando na porta da venda e dirigiu-se a passos resolutos para o meio da praça. Subiu no caminhão e ligou o alto-falante.

— Senhores de São Domingos, por favor, poderia ter vossa atenção? Gostaria de estender-lhes um convite. Uma nova e fabulosa companhia está iniciando suas atividades na fazenda Monlevade, no rio Piracicaba, abaixo de Piracicaba.

Ele parou por um instante e observou as portas das vendas. Umas duas figuras apareceram e, em seguida, várias outras. Manoel se inclinou e disse ao motorista:

— Coloque o hino nacional no toca-discos.

Dentro de um minuto, as cadências gloriosas se espalhavam pelo ar. A multidão curiosa aglomerara-se em redor do caminhão. A música parou, e Manoel continuou:

— Uma nova companhia, a Belgo Mineira, está construindo uma usina em Monlevade. Precisamos de pessoas fortes e trabalhadoras para construí-la. Estou aqui para convidá-los. Se vocês se inscreverem para o trabalho hoje... — ele se inclinou e apanhou um par de botinas — ... receberão um par de botinas imediatamente. Pelica verdadeira, com solado de borracha de pneu. Mas vocês têm que fazer suas fichas hoje.

Um homem se adiantou, Manoel lhe estendeu o pedaço de papel e uma caneta. O homem olhou para o papel de forma esquisita.

— Qual é o seu nome? — perguntou Manoel.

— Onésimo dos Anjos.

Manoel pegou a ficha e escreveu esse nome. Em seguida, devolveu o papel, mostrando-lhe um local na folha.

— Marque aqui.

O homem apanhou a caneta com esforço, usando seus cinco dedos. Tocou o papel e com dificuldade fez um rabisco.

— O... A — disse, vitorioso. — O senhor pode ver?

Manoel apertou sua mão e lhe passou uma botina, após avaliar qual seria o tamanho do pé. O homem lutou para calçá-la. Pelo fato de ter andado descalço a vida toda, aquele pé grande e duro, com os dedos bem espalhados, resistia à nova estrutura.

— Tudo o que você tem que fazer é cortar um quadrado aqui — disse Manoel, provando a bota e pressionando sobre o ponto, marcando o dedão do homem. — Amanhã, ao meio-dia, você receberá o outro pé. E traga seus pertences.

— E a minha mulher, seu? — perguntou o homem, entretido com a bota no pé.

— Só mais tarde. Todo mundo ficará nos alojamentos pelos próximos seis meses.

Já era noite quando voltaram para Monlevade. Manoel estava feliz. Ele havia inscrito 43 trabalhadores. À medida que os faróis do caminhão iluminavam a estrada batida pelo vento, ele podia ver os caboclos voltando para casa. Os homens iam na frente, montados em seus cavalos, carregando as mercadorias compradas. As mulheres e crianças seguiam atrás, a pé. Manoel sorria quando o caminhão passava por eles, levantando uma nuvem de poeira que tudo engolia. Os cavalos se assustavam e se metiam pelos lados. Em certo momento, tiveram de parar e carregar um homem bêbado fora da estrada. Ele havia desmaiado, e o cavalo aguardava pacientemente que seu patrão se recuperasse. Os gringos terão suas mãos cheias em Monlevade, Manoel pensou, ao chegarem.

Eram apenas 6h30 da manhã quando Henri Meyers e Jocki Tesch deixaram o recentemente construído Cassino de Monlevade. Eles subiram o morro do Geo, que levava ao local da futura usina. Mal podiam ver a trilha através da neblina densa. Meyers tinha acabado de se graduar em Aachen e havia chegado com o grupo de engenheiros e técnicos enviados pela ARBED para construir Monlevade. Tesch já era um veterano de Sabará. Ovelha negra dos proeminentes Tesch, uma família altamente respeitada de Luxemburgo, ele tinha passado os anos de juventude dirigindo carros de corrida e correndo atrás de mulheres. Agora, como penitência, estava no Brasil. Meyers, por outro lado, tinha sido um estudante exemplar desde a escola primária. Tesch era um tipo sociável e vistoso. Meyers era tímido e trabalhador. Rapidamente tornaram-se amigos, visto que suas personalidades se complementavam.

— O primeiro grupo de trabalhadores deve estar chegando esta tarde — disse Meyers. — Temos que construir dormitórios para eles.

— Você não acha que Schmitz deveria ter pensado nisso antes?

— Sim, nosso gerente de usina parece estar um pouco perdido.

— E veja a maneira como ele nos dá ordens — disse Tesch. — Mas tive uma ideia brilhante. Vamos transformar os nossos dissabores do passado em diversão no fim de semana.

— Joki, temos que tomar cuidado. O homem está à beira de uma crise de nervos.

Eles riram baixinho como dois estudantes ao caminharem pela trilha cm direção ao local da usina, chegando a uma grande plataforma. Uma fila de mulas puxava carroças cheias de terra. Em uma ponta, aproximadamente duzentos operários cavavam o chão duro com picaretas enquanto outro grupo enchia as carroças com pás. Meyers e Tesch observavam as mulas puxando as carroças para o fundo do aterro, manobrando-as para virá-los, dando uma pequena marcha à ré, e aguardando os operários para virar a caçamba e descarregar a terra. Ao voltarem, davam coices e tentavam morder os operários. Em seguida, regressavam ao local de carregamento, cada mula consciente de seu lugar na fila.

— Quem poderia pensar que isso seria possível? — disse Meyers. — Seis meses atrás, havia um grande morro aqui.

— É um método primitivo, mas é barato e funciona — comentou Tesch. — O que é certo é que as mulas sabem fazer seu trabalho muito bem. Vamos torcer para que nossos homens sejam pelo menos cinquenta por cento tão inteligentes.

Rindo, eles chegaram ao topo do morro do Geo. Olhando para a frente, descortinaram a grande extensão de terra plana que se estendia em todo o caminho até a fazenda, a antiga propriedade construída por Jean de Monlevade no século XIX.

— Aproximadamente seiscentos metros foram desobstruídos — disse Meyers. — Já estamos iniciando as fundações para os altos-fornos.

— Sendo assim, ainda temos uns dois meses de paz até que a construção do laminador se inicie.

— Foi isso o que Esch falou na semana passada — disse Meyers. — Tão logo a ferrovia esteja pronta, as máquinas pesadas começarão a chegar. Já se encontram no porto de Vitória.

— Um dia, você será o diretor da usina. Você sabe disso?

Meyers corou.

— Ah, existem muitos bons engenheiros aqui, Joki.

Tesch olhou para Meyers.

— Esch gosta de você. Eu percebo isso nos olhos dele. Quando Esch gosta de alguém, ele realmente gosta. Também ajuda que ambos são de Aachen. Qual é seu apelido de estudante?

— Pistão. Precisei de meia hora e três explicações do professor para entender que o pistão deslizava dentro do cilindro.

Os dois subiram a antiga estrada de pedra após passar as colunas e o portão. Diante deles estava a fazenda, uma mescla imponente de estilos francês e colonial mineiro. Entraram nos escritórios e foram trabalhar nos planos para a nova usina.

Já eram três da tarde quando o caminhão Chevrolet veio atravessando ruidosamente o portão da fazenda. Meyers e Tesch, de pé em cima da maciça escadaria de pedra da fazenda, observavam os quarenta e tantos operários no caminhão. Eles estavam sentados nos bancos de madeira atravessados sobre a carroceria.

— Será uma tarefa árdua transformá-los em trabalhadores competentes — disse Tesch.

Meyers examinou-os atentamente. Brancos, mulatos, morenos, vermelhos, negros. Os traços iam do português legítimo, eventualmente com olhos azuis ocasionais, remanescentes das invasões visigodas do norte da península ibérica, ao africano puro, de coloração quase azulada, de tão preta. Todavia, tinham algo em comum. Um senso de humor, uma inocência que havia se perdido na Europa. Sim, eu os transformarei em metalúrgicos, pensou Meyers. Os melhores metalúrgicos do mundo.

Ele se adiantou e se dirigiu a eles em seu português recentemente adquirido, correto, mas de forte sotaque:

— Bem-vindos à Belgo Mineira. Meu nome é Henri Meyers, engenheiro de laminação. Manoel completará aqui o preenchimento de suas fichas. Vocês receberão cinquenta mil-réis por semana. Hoje, vocês passarão a noite na antiga senzala dos escravos, à sua esquerda. Amanhã, pela manhã, iniciaremos a construção dos alojamentos, onde vocês passarão os próximos seis meses. A Belgo Mineira construirá casas para as pessoas casadas.

Eles pularam do caminhão, e Meyers pôde observar suas roupas, uma mistura de trapos cuidadosamente remendados, camisas feitas com sacos de algodão, onde ainda se viam os carimbos das marcas de açúcar ou farinha. Cada um carregava um embornal, e caminhavam com dificuldade nas botinas novas.

Um deles parou, olhou para baixo e disse, com orgulho:

— Eta butina rinchadora!

O outro respondeu:

— Ô trenheira. Ela só farta falá!

Eram mais de 6 horas da tarde quando voltaram ao Cassino. Meyers parou por um instante e admirou o edifício ao entrarem.

— Esch é realmente um gênio, Joki. Ele usou o projeto do hotel de hóspedes em Esch e introduziu alguns melhoramentos. Olhe para as linhas claras.

— Lá vem você de novo com isso. Sim, concordo, ele é um sujeito brilhante. Mas também é oitenta por cento de ação. Ele tem que meter o dedo em tudo.

— Napoleão era assim. Meu herói. Ele era um matemático, um general. Um...

— Um amante — interrompeu Tesch. — Mas esse Esch tem medo de mulheres. — Tesch sorriu. — Não siga seu exemplo de muito perto.

Ao entrarem no corredor, um garçom os cumprimentou, segurando uma travessa com uma garrafa de gim, água tônica, fatias de limão, balde de gelo e copos de cristal.

— O que você me diz a respeito disso? — perguntou Tesch triunfalmente. — Criei a hora do coquetel no Cassino. Exatamente igual aos ingleses nas colônias.

Sentaram-se na varanda, juntando-se aos outros engenheiros. Os contramestres e técnicos estavam em outra mesa, bebendo cerveja. Meyers os observou. Havia uma barreira entre eles trazida da Europa e que não podiam ultrapassar. Eles se sentiam à vontade entre si. Oficiais não se misturam com sargentos, Meyers pensou.

— Domingo que vem, vamos caçar — disse Tesch. — Caça de narceja, ave de brejo de carne muito apreciada. *Bécasse*, em francês. Meus tios adoravam caçá-las. Um tiro muito difícil, pois voam em zigue-zague.

Meyers surpreendia-se sempre com as habilidades sociais de Tesch e seu senso de iniciativa. Definitivamente, ele era um aristocrata ao recriar um elegante estilo de vida neste lugar esquecido por Deus. Além das furtivas pacas e do ocasional veado, as narcejas, vivendo nos brejos dos córregos, eram os únicos animais dignos de caça.

Eles olharam para a escada imponente. Christiane desceu, vestida segundo a última moda parisiense. Ela estava bela, demonstrando classe e frieza. Pobre Joki, pensou Meyers. Espero que tenha melhor sorte com a próxima esposa.

Meyers estava preocupado. Não tinha visto Tesch nos últimos dois dias. Quando bateu à sua porta, ouviu uma resposta confusa. Inspirou profundamente e entrou. Tesch estava sentado na cama, a barba por fazer. Pelos olhos vermelhos e a presença de duas garrafas de gim no criado-mudo, Meyers concluiu que ele estava numa ressaca feia.

— O que aconteceu, Joki?

— Ela se foi, a puta se foi. — Tesch mostrou uma carta. — Ela disse estar cansada de vegetar neste buraco. — Ele desceu da cama cambaleando e entregou a carta a Meyers. — Olhe. Ela diz não haver futuro para ela aqui.

— Ela é uma bela mulher, Joki. Tem razão. Sentada aqui no Cassino durante todo o dia, esperando pelos drinques da tarde. Sem bailes. Sem vida cultural.

Tesch desabou na cama de novo.

— O que há de errado comigo? Por que não consigo segurar as mulheres? Essa é a segunda que foge.

Meyers pensou por um momento. Ele tinha de tomar cuidado com as palavras.

— Você gosta de éguas de raça. Elas perdem a graça neste lugar. O que você precisa é de uma boa dona de casa luxemburguesa, uma que se sentirá feliz na cozinha e educando seus filhos.

— Dá um tempo, Henri. Quão cansativo é você.

— Você ainda não está pronto para isso...

Meyers o levantou, levou-o ao banheiro e jogou água gelada em seu rosto.

— Não se esqueça, temos um fim de semana muito cheio. De manhã, caça às narcejas com nossos novos perdigueiros, Marujo e Rex. De noite, o baile em Nova Era, onde você disse que todas as mulheres bonitas estão se escondendo.

Tesch olhou o rosto no espelho.

— O que vou fazer aqui sem uma mulher? Com certeza não há mulheres bonitas em Monlevade. Somente quatro mil operários suarentos.

— Anime-se. Você se sentirá melhor depois de um *bloody mary* — disse Meyers, abrindo a porta e deixando o garçom entrar.

16

• • •

João Monlevade, 1939

Já tinham cavalgado por três horas. Os cavalos que Meyers havia comprado eram pequenos, mas valentes. Já tinham feito corridas, trotado, galopado, até que o sol do meio-dia começou a queimar. As roupas de caubói eram esplêndidas, e os capiaus paravam em admiração, vendo-os voltar para o Cassino. Dez gringos trajados com roupas estranhas, os chapelões brancos brilhando ao sol. Tesch liderava o grupo. Meyers sabia que vários goles da garrafa o tinham deixado num estado de animada excitação. Tesch parou o cavalo e pediu a Meyers para que se juntasse a ele.

— Você se lembra daquele filme com Tom Mix em que ele enfrenta os vilões no bar?

— Aquele no qual ele entra no bar a cavalo? — perguntou um dos cavaleiros.

— Você está maluco, Joki? Eles nos demitirão — advertiu um outro.

— Ninguém vai nos demitir. Podemos fazer o que quisermos aqui. Esta é uma situação *sui generis*. — Ele esporeou o cavalo e berrou: — Siga-me!

O cavalo subiu os degraus de granito do Cassino e pisou no mármore do átrio, escorregando e deslizando no caminho. Tesch girou o chapéu com a mão esquerda, urrando "YEH HOH", enquanto Meyers o seguia.

O gerente da usina, Schmitz, estava à mesa almoçando, o guardanapo, preso na camisa, estendido sobre seu vasto estômago. Ele estava pronto para tomar um gole de cerveja gelada quando quatro cavalos irromperam na sala de jantar, com os cavaleiros berrando. Tesch e Meyers pularam dos cavalos.

— Sirvam-nos um pouco de champanha! — ordenou Tesch enquanto o aterrorizado garçom olhava para eles. — E um balde de água para os cavalos.

Quando perceberam Schmitz correndo escada acima com o guardanapo preso no pescoção, eles caíram na gargalhada. Na metade do caminho, Schmitz parou, virou-se e os fixou por um momento, o rosto redondo vermelho de raiva.

— Vocês estão todos malucos. Vou demiti-los. Esch ficará sabendo disso.

Eles berraram enquanto Tesch anunciava:

— A guerra acaba de começar. Hitler invadiu Luxemburgo. Não podem nos enviar de volta.

O garçom apareceu com o champanha. Beberam suas taças e brindaram.

— À França, à Bélgica, a Luxemburgo.

Em seguida, montaram novamente seus cavalos e cavalgaram triunfalmente para fora do Cassino.

17

• • •

Belo Horizonte, 1940

Leontina, sentada no átrio da Secretaria de Justiça, acabara de datilografar outro documento de *habeas corpus*. Na sua frente, quatro pessoas esperavam por uma entrevista com Doutor Austragésilo de Aguiar, o secretário de Justiça de Minas Gerais. Ela sabia o que queriam. Favores para os filhos, assassinatos no interior, disputas políticas. Ela também sabia que Doutor Austragésilo não resolvia problemas gratuitamente. Em troca, ele também pedia favores. Gentil, mas firmemente, ele calculava tudo em seu benefício.

As longas e estreitas janelas estavam abertas, e as persianas mantinham fora o calor da tarde enquanto filtravam a entrada da luz brilhante. De sua mesa, ela podia ver a Praça da Liberdade. No fim da esplanada situava-se o Palácio da Liberdade. Em algumas oportunidades ela havia ido lá, quando Doutor Austragésilo tinha reuniões com o governador. Ela estava orgulhosa por ele confiar-lhe a responsabilidade de tomar notas.

Leontina começava a gostar desse trabalho sem muito envolvimento com os soldados e a gentalha da Polícia Militar. A secretaria era um local de alto nível, com um vai e vem contínuo de advogados e políticos importantes.

O telefone tocou.

— Você pode me trazer um café? — Era Doutor Austragésilo.

Leontina levantou-se, foi à sala de café e retornou com uma bandeja. Ela bateu na porta e esperou para ouvir a voz dele antes de entrar. Doutor Austragésilo estava sentado atrás de uma mesa de quatro metros, talhada em jacarandá. Nos seus 40 anos, ele era um homem magro e calvo, com um bigode grosso. Nem atraente nem feio, estava sempre bem-vestido e era cortês, demonstrando uma civilidade elegante.

— Leontina, venha atrás da mesa — pediu ele.

Ela percebeu como ele fixava os olhos nas suas coxas ao servir o café à sua frente. Leontina tinha desenvolvido mais curvas depois de dar à luz Ciro e Maristela, e ela percebia com algum prazer como os homens a olhavam com intensidade crescente. Os vestidos apertados de sua preferência e suas curvas generosas faziam rebolar os quadris à medida que se movimentavam numa onda sensual. A menininha magricela do Instituto de Aplicação tinha se metamorfoseado em mulher desejada.

— Este foi um dia bem cheio — disse ele, bebericando o café. — Por favor, sente-se.

Leontina sentou-se e sentiu seu olhar fixo nas aberturas do seu vestido. Doutor Austragésilo era um bom homem, que a tinha protegido e cuidado da carreira dela. Ela apreciava esta proteção, especialmente tendo em vista que seu marido era bem irresponsável.

— Ah, Leontina, estas responsabilidades que estão sendo repassadas para mim. — Ele tirou os óculos e fixou o olhar nas pernas dela. — As decisões que eu tomo... às vezes significam a diferença entre a vida e a morte.

— O senhor é um homem sábio e gentil — disse ela, inclinando-se para a frente e expondo o decote. — Ninguém melhor do que o senhor para tomar essas decisões. — Ela notou com certa satisfação o interesse dele por seus seios.

Leontina gostava de provocá-lo um pouco. Esse era um pequeno jogo que vinham fazendo nos últimos dois anos, desde que tinha sido promovida a secretária executiva. Ao sentar-se ao lado dele, atrás da grande mesa, ela pôde sentir o poder de seu cargo, o peso de suas responsabilidades. Diante dele, sobre a mesa, havia uma bela escultura de bronze de uma sereia descansando em cima de um rochedo. Dentro do rochedo, um relógio.

— Oh, meu Deus, já são mais de quatro horas. Tenho de ir embora, Doutor — disse ela.

Ela notou que Doutor Austragésilo estendeu o pescoço mais uma vez, tentando captar um vislumbre de seus seios. Engraçado, o Ribeiro nem mais olha para eles. Ele diz que são pequenos demais e que ficaram moles. Isto, depois que ele os amassou por um ano inteiro.

— Desde que você volte amanhã, de manhã. Estarei esperando.

—Até logo — disse ela, saindo apressadamente da sala. Ao sair do prédio, passou por uma fila de carros de praça estacionados embaixo das árvores. Nashs, Studebakers, Buicks e Chevrolets reluzentes. Os motoristas, sentados ao redor, batiam papo ou enceravam seus carros. Ela notou seus olhares esfomeados ao passar por eles. Atraente e desejada, sentia-se no auge de sua beleza aos 24 anos. Um dia poderei me permitir uma corrida de carro de praça, pensou ela enquanto esperava na parada do bonde. O perfume do carro, uma mistura de gasolina, couro e tabaco caro, a memória de uma viagem com Doutor Austragésilo lhe dava calafrios.

Era uma viagem longa e sacudida de lotação, no meio de empregadas, operários e estudantes, antes de chegar em casa, no bairro pobre de Calafate. Ciro e Maristela estavam em casa, jogando baralho. A empregada tinha preparado o jantar. O barraco deles ficava no fundo do terreno, um aluguel barato, enquanto os donos construíam uma verdadeira residência na frente. Todavia, Leontina o mobiliara de maneira confortável. Colocou as crianças na mesa e as alimentou. Ciro era o pequeno homem da casa. Aos 6, era o protetor da irmã e já assumia responsabilidades, uma vez que Ribeiro estava ausente com tanta frequência. Maristela era um pequeno amorzinho. Eles comeram arroz, feijão e lutaram com um pedaço duro de carne e almeirão refogado.

— Podemos ouvir o rádio, mamãe? — pediu Ciro.

— Somente se for o *Jerônimo, o Herói do Sertão* — disse ela, levando os pratos de volta para a cozinha. — Em seguida, será hora de dormir.

Ela ligou o rádio e esperou por um instante até que as válvulas esquentassem. Houve um trepidar e zunidos estranhos, que gradualmente desapareceram. Então, girou o botão enquanto as crianças ouviam os sons com excitação. O rádio zumbiu e estalou novamente, e afinal ouviram a voz forte de Jerônimo. Com seu assistente, Moleque Saci, um pequeno menino negro, o herói derrotava uma quadrilha inteira de cangaceiros. Os cascos dos cavalos ecoavam através do rádio na fuga dos cangaceiros, seguidos por uma saraivada de tiros.

Nesse meio-tempo, Leontina tomou uma ducha e se aprontou para Ribeiro. Já passava das 9 horas da noite quando ele chegou, o casaco da farda aberto no pescoço, deixando à mostra o peito suado. Ela o abraçou e sentiu o cheiro de cachaça.

— Benzinho, por que você bebe antes de chegar em casa? — perguntou ela. — Você pode tomar um copo aqui.

— Ah, meus colegas quiseram comemorar hoje — disse ele, retirando o casaco.

Leontina olhou para seu corpo.

— Eu te lavarei.

Ele sorriu. Ela trouxe uma toalha de banho úmida e uma bacia com água morna. Algumas vezes ela havia sentido cheiro de perfume no corpo dele. Ela então farejou seu pescoço e braços.

— Meu amor, não seja tão desconfiada — disse ele, segurando sua cintura. — Às vezes temos de prender prostitutas, e elas nos atacam. Tivemos de lotar o furgão com dez a quinze delas.

— Espero que seja apenas isso o que você faz com elas. — Seu sorriso maroto a deixou na dúvida. — Você treparia com uma puta?

— Nunca, querida. Tenho o melhor em casa.

Leontina não tinha tanta certeza.

— Mas ouvi falar que elas sabem tantos truques...

— Eu lhe ensinarei alguns esta noite.

Ela preparou o prato dele na cozinha e o levou para a mesa. Você é um diabo suarento, mas eu te amo assim mesmo, pensou ela ao sentar-se ao lado dele e observá-lo devorar a comida. Em seguida, ela colocou um disco de Piaf no toca-discos. A voz melancólica invadiu o quarto. *L'accordeoniste qui danse la Java qu'il frédonne... tout bas...*

— Você está ficando cada dia mais parecida com sua mãe, Lelê. Essa não é a tal da Piá?

— Piaf, Ribeiro, e não me compare com aquela jararaca! Papai também gosta dela.

A música langorosa penetrou em seu ser. De repente, Leontina sentiu uma vontade de ser abraçada, de ser possuída por ele.

Ribeiro terminou o prato e o empurrou para a frente. Ao pegar o prato, Leontina cochichou no ouvido dele, deixando suas coxas esfregarem nas pernas dele.

— Então, o que você vai me ensinar esta noite?

Ele agarrou a bunda dela.

— Já que você está tocando uma música francesa, lhe ensinarei um segredo francês: *fei de rous...*

— *Feuille de rose?* — perguntou ela. — Parece excitante.

Leontina pegou a mão dele e o levou para o quarto. Logo, as pernas escancaradas, ela arfava com prazer ao receber sua língua cheia de malícia.

— Faça-me sentir como uma prostituta, Ribeiro, a *sua* puta.

Era domingo, e eles iam à Pampulha de bonde. Leontina e Ribeiro colocaram os dois meninos no meio. Eles observavam com admiração o bonde subir e descer as colinas amenas. Os lados eram abertos, com o chão abaixo deles passando suavemente, acompanhado pelo ruído metálico das rodas deslizando nos trilhos. Ciro estava fascinado com as vacas pastando. A linha de bondes, que tinha sido recentemente inaugurada pelo visionário prefeito Juscelino Kubitschek, levava até o lago artificial a ser formado pelo córrego represado. No ponto final, eles saíram e caminharam em direção à água. Leontina estendeu o cobertor embaixo de uma árvore ao lado do riacho e abriu uma sacola com sanduíches. As crianças correram até a margem para alimentar os patos.

— Tudo é tão calmo por aqui — disse Leontina, sentando-se sobre o cobertor.

— Algum dia, se comprarmos um carro, poderemos fazer piqueniques todos os domingos — disse Ribeiro. — Você trouxe a cachaça?

— Por favor, não tão cedo pela manhã — implorou Leontina, preocupada pela sua crescente atração pelo álcool. Tinha visto seus efeitos no próprio tio em Caratinga e por isso tinha medo. Apesar disso, ela lhe serviu um pequeno copo.

Ele a engoliu em um único gole, deu um estalido de língua e estendeu o copo para ela.

— Basta. Vá brincar com as crianças — disse Leontina, olhando severamente para Ribeiro. Ele baixou os olhos e se levantou.

Enquanto pudesse manter Ribeiro sob o seu controle, ele estaria bem. Mas ela sabia que ele era fraco e podia ser manipulado pelos amigos. Pior, ele levava jeito com as mulheres e isso podia trazer problemas. Mantenha-o assim, Leontina. Um calafrio correu pelo seu corpo ao se lembrar do *feuille de rose*. Onde será que ele tinha aprendido esses truques?

Ele voltou com as crianças e as alimentou com sanduíches. Elas receberam copos de guaraná, bebendo-o avidamente.

— Você também vai beber guaraná — disse Leontina, entregando-o a Ribeiro.

Ele provou o guaraná e disse:

— Tenho que lhe dizer uma coisa...

Pela expressão em seu rosto, Leontina imediatamente percebeu que era algo sério. Seu coração parou. Ela sentiu que ia desmaiar.

— Pare com isso, ninguém morreu — disse Ribeiro, seu largo sorriso agora iluminando o rosto. — Estou sendo promovido a tenente.

Leontina relaxou. Exuberante, ela o beijou enquanto as crianças pediam mais guaraná.

— Mas ficarei sediado em Janaúba, no norte do estado.

— Janaúba? Não é pra lá de Montes Claros, dez horas de trem daqui?

— Tenho que ficar lá por três anos. Depois disso, voltarei como capitão.

— Quando mudamos?

— Pensei que seria melhor para nós se eu for primeiro... Você tem um bom emprego aqui, e Ciro irá para a escola este ano em março.

Instintivamente Leontina sentiu o perigo que isso representava.

— Por quanto tempo ficaremos longe um do outro?

— Dê-me seis meses. Tempo suficiente para arranjar um lugar em Janaúba, conseguir uma escola para o Ciro e nos organizarmos.

— Tenho medo — interrompeu Leontina, irrompendo em lágrimas.

Já se haviam passado três meses desde que o Tenente Ribeiro partira. Sentada à sua mesa, Leontina não conseguia se concentrar no trabalho. Não tinha notícias dele. O que estará fazendo em Janaúba? De início, ela se preocupava achando que algo tinha acontecido. Tinha até ligado para o coronel que comandava todos os postos da PM no norte do estado. Tudo estava em ordem. Ribeiro estava fazendo um excelente trabalho.

Era um dia moroso. O telefone tocou. Era Doutor Austragésilo, pedindo seu café da tarde.

— E traga algum chá para você também, eu preciso da sua companhia.

Ela entrou e, após servi-lo, sentou-se ao lado dele.

— Você parece preocupada, Lelê — disse ele, apoiando a mão sobre o joelho dela por um breve momento.

Ela sentiu o calor de sua mão. Antes que pudesse afastar a perna, ele já havia retirado a mão. Doutor Austragésilo é uma pessoa de bem, pensou ela. Esse é um gesto inocente.

— É o meu marido, Doutor. Ele está tão longe. Não recebo notícia alguma dele. — Ela imediatamente se arrependeu de ter expressado seus problemas pessoais.

— Ele está te mandando dinheiro? — perguntou. Ela sentiu preocupação em sua voz. — Algo em que eu possa ajudar?

— Eu estou me virando. Fizemos algumas economias, e, além do mais, tenho meu salário.

— Mal dá para pagar as despesas com os dois meninos. Ciro está na escola, certo?

Leontina ficou surpreendida.

— Como o senhor sabe?

— Eu a vi outro dia carregando o pequeno uniforme dele.

Ela se levantou e lhe serviu outro café. Em seguida, serviu-se um pouco de chá.

— O senhor poderia me dar uma licença de uma semana? Preciso visitar o Ribeiro.

— Use o tempo que você precisar, Lelê — disse ele, afagando o joelho dela com sua mão. — Mas volte. Você é muito preciosa para mim.

Leontina ficou sensibilizada. Pensou em abraçá-lo, mas se conteve. Olhando para o chão, ela lhe agradeceu.

— É muito gentil da sua parte.

Naquela mesma tarde, ela desceu para o conservatório e falou com seu pai, que concordou em cuidar das crianças. Com a ajuda da empregada, naturalmente. Ela perguntou sobre a mãe, mas o olhar no rosto do pai demonstrava que ela não havia sido perdoada por se casar com um PM. Indo para casa no bonde lotado, a expectativa de reencontrar Ribeiro a enchia de excitação.

O corpo de Leontina estava doído após cinco horas de viagem. Ingenuamente, ela escolhera ir de jardineira em vez do trem, pelo fato de aquela ser mais rápida. Procurara um assento nos fundos, em busca de paz e tranquilidade. O que ela ganhara fora a viagem com o maior número de solavancos de toda a vida, além de receber um constante fluxo de poeira levantada da estrada pelos pneus dianteiros e de outros carros. O fino pó penetrava na jardineira através das frestas das janelas, pelo chão, por todos os lados. Seu vestido creme tinha ficado abóbora. O cheiro de comida, vindo de outros passageiros, lhe dava náuseas. Como conseguem comer em meio a este calor, sendo chacoalhados para cima e para baixo, da direita para a esquerda?, ela se peguntou. Olhou o cenário lá fora, que havia se tornado ainda mais desolador. A poeira vermelha tornara-se amarela e depois branca. As árvores tinham se transformado em capoeira, que gradualmente adquiria uma aparência mais tortuosa, a temperatura subindo cada vez mais. Eles estavam no sertão, terras áridas que se estendiam pelo norte por milhares de quilômetros até a Bahia e, mais além, até o Nordeste, onde viravam desertos.

Já estava escuro quando entraram numa pequena cidade, que o motorista anunciou como sendo Montes Claros. Os passageiros, cobertos de poeira, desceram. As sobrancelhas e os cabelos amarelos tinham-se tornado temporariamente loiros.

Leontina se dirigiu ao guichê, que estava fechado. A jardineira de Janaúba havia saído duas horas atrás. Ela atravessou a praça em direção a uma casa com uma placa — "Pensão República" — dependurada na porta de entrada e bateu. O dono abriu a porta e a saudou.

— Qual é o preço? — perguntou ela.

— Para você, pode ser de graça, minha querida.

O filho da mãe está pensando que sou prostituta, ela disse a si mesma.

— Saiba que sou a esposa do Tenente Ribeiro — disse ela, olhando severamente para ele.

O homem imediatamente ficou sério.

— Mil desculpas, madame. Seu marido é um homem corajoso. Está impondo a ordem nesta terra esquecida por Deus. Ele já matou dois cangaceiros em Janaúba.

— Ele pode continuar seu trabalho em Montes Claros, se preciso for — disse ela. — Agora, onde é o meu quarto?

Ela sabia que o homem tinha ficado assustado e continuou a pressioná-lo:

— Quero o jantar servido no meu quarto em uma hora.

— Como desejar, madame — disse ele, inclinando-se respeitosamente e evitando os olhos dela. — Quanto ao banho, temos água quente e manteremos todos os homens longe do banheiro quando a senhora estiver pronta.

No quarto modestamente mobiliado e iluminado por uma lâmpada a querosene, Leontina deitou-se na cama estreita, evitando o duro travesseiro de paina mofada onde inúmeros viajantes haviam descansado a cabeça e deixado seu cheiro. Ela podia sentir a palha do colchão picando seu corpo. O zunido de um mosquito seguido por uma picada dolorosa a fez despertar do cansaço letárgico. Pulou da cama, dando um tapa na testa. Em seguida, inspecionou as paredes, marcadas por manchas de sangue de incalculáveis mosquitos esmagados por viajantes anteriores. Atirando o pesado travesseiro em todas as direções, ela circulou metodicamente pelo quarto, exterminando todos que conseguiu pegar. Em seguida, deslocou o armário e inspecionou a parte traseira. Ao terminar a operação, seu corpo estava todo suado. Ela xingou Ribeiro por forçá-la a viajar, pois sabia muito bem que estava quebrando todas as regras de etiqueta. Mulheres respeitáveis não viajam sozinhas.

A segunda viagem de ônibus foi pior que a primeira, mas Leontina conseguiu um lugar nos bancos da frente, e a estrada, menos movimentada, não era tão poeirenta. A terra na estrada era arenosa e não tinha ainda se transformado em pó fino pela ação dos pneus. Em alguns pontos, os passageiros tiveram de descer enquanto o motorista manobrava por trechos de areia onde qualquer movimento em falso faria com que a jardineira permanecesse atolada por horas.

Janaúba era composta de algumas ruas com casas caiadas. Esse era o primeiro ano em que os carros tinham chegado nessa cidade, e alguns fordecos 29 estavam estacionados na praça. Antes disso, a cidade só podia ser alcançada a cavalo, e todo o comércio era feito por tropas de mulas. Leontina desceu da jardineira e pestanejou ao sol escaldante. O chofer apontou-lhe um edifício com barras nas janelas da frente.

— Vai encontrá ele aí.

Ela caminhou diretamente para a delegacia, que servia também de cadeia. Um homem estava em pé do lado de fora.

— Onde está o Tenente Ribeiro? — perguntou ela.

— Não sei. Vou perguntar ao guarda lá dentro. Sou apenas um preso.

Leontina ficou surpresa. O que o prisioneiro estaria fazendo, observando o movimento da praça? Isto é típico de Ribeiro. Ela podia imaginar o grande sorriso em seu rosto ao se explicar. O guarda apareceu esfregando os olhos, o uniforme aberto até o umbigo, o cabelo desfeito.

— Onde está o Tenente Ribeiro? Onde está meu marido?

Os olhos do soldado se esbugalharam. Leontina percebeu a surpresa no seu rosto.

— Madame, vou chamá-lo imediatamente.

Ao ouvir isso, saiu correndo. Leontina entrou na delegacia, refugiando-se do calor insuportável de fora. Havia alguns mosquetões encostados num canto. Por um momento, ela ficou apavorada. No entanto, viu o prisioneiro vindo em sua direção segurando uma pequena xícara e um bule de café. O olhar calmo do preso, ao servir-lhe a mistura xaroposa e ao retornar para a cela, a deixou tranquila.

Passou-se uma boa meia hora antes que ela ouvisse a voz forte na praça:

— MEU QUERIDÍSSIMO AMOR, ONDE ESTÁ VOCÊ?

Antes que ela pudesse sair da delegacia, ele se precipitou para dentro, levantando-a nos braços, girando-a no ar como se fosse uma pluma. Leontina se sentiu tonta ao tentar se desvencilhar da profusão de beijos que ele despejou no seu rosto. Estava atordoada pelo cansaço. Por causa do amor. Por uma mistura de felicidade e raiva que não podia controlar.

— Vamos para a sua casa. Mal posso esperar — ela cochichou em seu ouvido.

— Bem... ainda não tenho... Estou hospedado na fazenda dos Bandeira. Gente simpática — disse ele, tirando o quepe.

Leontina sabia que ele estava mentindo. — Mas vou arranjar um quarto pra nós na Pensão Aliados.

Leontina estava furiosa:

— Você já está aqui há três meses e ainda não achou um lugar para nós?

— Bem, como pode ver, este não é um lugar para você — disse ele, caminhando para a porta e mostrando-lhe a cidade.

— Seremos felizes onde você estiver — respondeu ela. — Você sabe o que eu acho? Você não dá a mínima por nós.

— Lelê, isso não é verdade. Você sabe que não é verdade. — Ele desabotoou a camisa e mostrou-lhe uma cicatriz. — Fui ferido. É duro viver aqui. A população local não me respeitava de início. Os jagunços vêm à cidade de vez em quando e fazem miséria. Mas as coisas estão mudando.

Leontina se lembrou das observações feitas pelo dono da pensão.

— Meu pobre Ribeiro.

Um súbito sentimento de compaixão tomou conta dela ao apalpar a ferida dele, um pouco mais que um arranhão, e beijá-la. Sentiu seu cheiro forte e uma onda de calor tomando conta dela.

— Vamos para o hotel — ela lhe suplicou, ao deixar sua mão deslizar pela cicatriz em direção ao peito dele.

Uma vez no quarto, Leontina não pôde mais esperar. O cômodo estava quente e abafado, com a luz externa filtrando da janela e traçando desenhos geométricos no chão. Segurando na cintura dele, ela desafivelou o cinto do revólver, colocando-o sobre o criado-mudo. Depois, tirou a roupa dele. Primeiro o casaco e em seguida as calças. O corpo dela vibrava por inteiro. Esperara por esse momento pelos últimos três meses. Colocou-o de costas, abriu-lhe as pernas e o beijou todo. Subiu sobre ele e lambeu seu rosto, saboreando o sal. Ela não podia mais se controlar ao descer sobre ele, gemendo em voz alta, sem se incomodar com os outros hóspedes e empregados do hotel, indiferente a tudo que não fosse Ribeiro. Ela era sua esposa e o merecia.

Depois, eles se deitaram nas camas estreitas que haviam juntado. Os lençóis de algodão estavam encharcados de suor. Lelê olhou para Ribeiro. Ele tinha um aspecto felino ao descansar a seu lado.

— Por que você é tão gostoso?

— Não sei, apenas sou eu mesmo — disse ele e depois brincou: — O que posso fazer se as mulheres me desejam?

Ela o mordeu fortemente no braço.

— Você é o meu homem, lembra? — Depois, mais gentilmente, mordiscou sua orelha. — Você gostou da *feuille de rose*, meu pequeno buquê enfeitado?

— Lelê, você é uma puta nata.

— Mais outros truques para ensinar à sua estudante?

Ribeiro pensou por um momento, então sorriu.

— Deixe-me pensar, tenho um. Preciso de alguns minutos.

Leontina o tocou novamente e o sentiu crescendo entre seus dedos.

— Apenas alguns.

No dia seguinte, Leontina organizou a vida de Ribeiro em Janaúba. Alugou para ele uma casa, mobilhou-a e achou uma arrumadeira. Ao se separarem na jardineira, Leontina sentiu reacender o amor deles. Mas os olhares furtivos das garotas locais a incomodavam.

— Promete que será fiel a mim? — ela pediu com voz firme que não aceitava um não.

— Você foi uma brisa de ar puro neste buraco do inferno — disse ele, ao se abraçarem. — Diga às crianças que estarei em casa no Natal.

Ribeiro pareceu emocionado pelo amor dela. Na partida da jardineira e ao acenar da estrada, ela podia ver em seus olhos a mesma gentileza que havia sentido antes em seus momentos de ternura, quando ela conseguia romper aquela carapaça de macho durão. Ou era fraqueza?

18

•••

Belo Horizonte, 1940

Leontina estava sentada em seu escritório. O Natal se aproximava. Pobre Ribeiro, ela pensou. Ele havia prometido mandar dinheiro para eles nessa ocasião. Havia prometido comprar presentes para as crianças. Leontina tinha uma sensação de queimação toda vez que urinava. Deve ter sido a esfregação na hora do amor, pensou. Ou o calor da longa viagem de jardineira. A sensação começava a incomodá-la. Ela pegou o telefone e marcou uma consulta com Doutor Macedo, seu médico de confiança.

— Desculpe informá-la, mas a senhora está com blenorragia — disse Doutor Macedo. — Recebemos os exames de volta.

— O que é isso, Doutor? — perguntou Leontina, preocupada.

Doutor Macedo acercou-se um pouco e sussurrou, algo embaraçado:

— Gonorreia, minha senhora.

— O desgraçado — resmungou ela, esforçando-se para não chorar.

— Isso pode ter acontecido por acidente — disse Doutor Macedo, tirando os óculos. Ele era sempre tão calmo e compreensivo. — Um banheiro contaminado, o assento de um ônibus, é difícil saber.

— Eu sei, Doutor, com certeza. Meu marido está envolvido com putas.

— Vou prescrever-lhe duas doses de penicilina e com isso espero resolver o problema — disse ele. — Aqui está a receita. O farmacêutico na avenida Amazonas poderá providenciar as doses imediatamente. Uma aplicação hoje e uma segunda após uma semana.

Quando Leontina chegou em casa, jogou-se na cama e chorou. Nem as súplicas de seus filhos pedindo atenção nem os pedidos de sua empregada a sensibilizaram. Nesse fim de semana, pela primeira vez, Leontina não escreveu para Ribeiro. Ele teria de se explicar no Natal.

O Natal chegou e passou sem notícias de Ribeiro. João Francisco os visitou e trouxe-lhes presentes. Ele levou as crianças para o campo e trouxe musgo, galhos de samambaia e um saco cheio de poeira de minério de ferro. Eles construíram um morro usando um saco de juta, grude feito com arroz cozido, pulverizando tudo como pó de minério. Em seguida, formaram uma caverna nela. Em seu interior, colocaram a manjedoura, com um burrinho, uma vaca, dois pastores, camelos e os três reis. A construção do presépio tomou um dia inteiro, e as crianças exultaram de alegria.

— Como foi o Natal? — perguntou Doutor Austragésilo. Leontina apreciou sua preocupação. Ela havia se acostumado ao chá da tarde. Ele pousou a mão no joelho dela.

— Não muito bom. Ribeiro não veio.

— Não se preocupe, Lelê. Não quero aborrecê-la, mas ouço boatos...

Leontina ficou curiosa. O que ele sabe?

— Ele tem farreado muito em Janaúba. Bem, ele é um oficial altamente eficiente, devo dizer, e estamos muito satisfeitos com ele.

— Farreando, Doutor, como?

— Ah, sabe como é... um sujeito tão atraente. Ele parece gostar de mulheres.

Leontina sentiu um aperto no peito, um alarme que abalou seu corpo inteiro. Todavia ela precisava saber mais.

— Conte-me, Doutor.

— Parece que ele passa as noites na zona boêmia — disse ele. — Mas não vamos pensar mal dele.

O corpo inteiro de Leontina convulsionou-se de raiva. Ela começou a se levantar, mas a mão forte de Doutor Austragésilo a acalmou.

— Não se preocupe, Lelê, tudo vai se resolver.

— Doutor, tenho que voltar para Janaúba. Preciso falar com Ribeiro.

— Espere a Semana Santa. Nesse meio-tempo, posso ajudar com alguma coisa? Você precisa de algum dinheiro?

— Realmente... não, está tudo bem.

— Lelê, eu a estive observando. — Leontina pôde perceber a preocupação na expressão de Doutor Austragésilo no momento em que ele colocou a mão no bolso e tirou duas notas de cem mil-réis. — Pegue isto. Você me reembolsará mais tarde.

Leontina não tocou no dinheiro. Então, pensou em Ciro e Maristela. A escola começaria logo, e Ciro precisaria de uniforme e livros. Ela hesitou ao apanhar as notas.

— Doutor, eu ihe reembolsarei tão logo receba meu salário. Essa promoção de Ribeiro foi uma desgraça.

* * *

Leontina chorava, inconsolável. Doutor Austragésilo lhe passou um lenço e colocou seu braço em torno do ombro dela.

— Ele nem estava lá... Disseram-me que estava na fazendinha de alguma mulher.

Ela parou por um momento, depois chorou mais um pouco.

— A casa... Achei roupas de mulher... Oh, Doutor... o que vou fazer?

Leontina sentiu as mãos dele acariciando suas costas e braços. De alguma maneira estranha, sentia-se protegida pela presença dele. A mão pousou no seu joelho, acima do vestido, como já tinha acontecido várias vezes antes. Então, movimentou-se embaixo de sua saia. A carícia a acalmou.

— Doutor, o senhor é tão gentil. O que eu faria sem a sua ajuda? — Ela secou os olhos com o lenço. — O senhor está me ajudando tanto. Ribeiro não me mandou nem mil-réis desde que partiu.

— Ele tem outras prioridades lá — disse Doutor Austragésilo, tomando-lhe o lenço e segurando suas mãos.

Ela se sentiu envolvida por suas mãos, que se movimentavam lentamente, acariciando suas coxas. Sentiu um poço de emoção no seu íntimo ao ser beijada suavemente no pescoço. Você é tão gentil, Doutor Austragésilo. Ela descruzou as pernas e deixou a mão deslizar sob seu vestido. A mão penetrou mais profundamente embaixo da saia. Então, como se acordando de um sonho, ela se levantou, subitamente em choque:

— Desculpe, Doutor, não posso.

Três meses se passaram sem notícias de Ribeiro. Leontina olhou fixamente para a carta que lhe mandara alguns meses atrás. Fora devolvida com uma observação do correio de Janaúba: não localizado neste endereço. Quando o telefone tocou, Leontina sabia que era Doutor Austragésilo chamando-a para o café da tarde. Ela entrou, segurando o envelope em uma das mãos e secando os olhos com a outra. Ele se levantou e caminhou em sua direção.

— Chorando novamente, querida? O que é agora?

Leontina aceitou seu abraço. A carícia dele nas suas costas tinha se tornado familiar, e assim sentiu-se reconfortada. As pernas de Doutor Austragésilo tocaram as dela. Uma de suas mãos deslizou embaixo de sua blusa pelas costas. E a outra mão tocou seu seio, bem delicadamente. Em seguida, desabotoou o sutiã. Deixarei que faça o que quiser. Agora os dedos dele brincavam com seu mamilo, e uma sacudidela de prazer atravessou-lhe o corpo, em toda sua extensão, até a virilha. Ela não reagiu quando ele levantou sua saia e acariciou suas pernas, nem quando puxou sua calcinha para baixo. Em seguida, ela estava deitada sobre a mesa dele. Faça o que quiser fazer, Doutor Austragésilo. Ribeiro não me quer mais.

Já estamos próximos do Natal. Nenhuma notícia de Ribeiro, exceto que uma promoção estava sendo cogitada para o posto de capitão. Ele encontrou a felicidade lá, longe de sua família, de mim, ela pensou. Doutor Austragésilo vinha sendo gentil e complementava seu salário com quatrocentos mil-réis todo mês. O primeiro encontro deles desabrochou em um caso. Ele era calmo e metódico. Todas as qualidades que faltavam a Ribeiro, Doutor Austragésilo as tinha de sobra. Às terças e quintas-feiras, à tarde, ele a deitava sobre a mesa. Todavia, Leontina sentia falta de Ribeiro. Frequentemente, ela apenas fechava os olhos e sonhava que se encontrava nos braços de Ribeiro, tendo seus seios chupados por ele, o corpo forte sobre ela. Era nesse momento que seus quadris mexiam sem controle e ela atingia o clímax do gozo, os gemidos sufocados pelos beijos dele. Em seguida, abria os olhos e via a careca, os óculos e o corpo tremulante de Doutor Austragésilo. Uma tristeza infinita a invadia ao caminhar para a geladeira, descalça, e apanhar um copo de leite e biscoitos para ele, que ficava ali esperando em pé, satisfeito, a pequena barriga sobressaindo sobre a cueca acima do tamanho. Depois disso, ele tomava o leite em três goles iguais, estalando a língua de satisfação e admirando suas nádegas. O cheiro de suor e de seus fluidos de amor misturados com a colônia francesa produziam uma catinga nauseante, um remorso doloroso. Esse era o momento em que mais sentia a falta de Ribeiro, quando sua ausência doía mais. Aí ela simplesmente chorava, e Doutor Austragésilo secava-lhe as lágrimas com seu lenço perfumado.

Doutor Austragésilo viajava frequentemente e nunca deixava de trazer-lhe presentes no seu retorno. Assim, enquanto se preparava para o segundo Natal sem Ribeiro, Leontina sentia-se em uma paz estranha. Sentada à sua mesa, aguardando as ordens de Doutor Austragésilo, pensava: Será que estou me tornando como mamãe, fria e calculista? Para onde foram meus sonhos de adolescência? Europa, cultura, música, será que jamais as terei? Sacudiu a cabeça, como para espantar um fantasma. Se Ribeiro voltar, serei toda dele. Se ele voltar. Ela finalmente parara de lhe escrever. Isso não lhe agradava, mas tomara essa decisão porque não tinha recebido nem mesmo uma simples carta dele nos últimos 18 meses. Nem dinheiro algum.

* * *

A porta do escritório abriu-se subitamente. Uma senhora atarracada, de meia-idade, precipitou-se no corredor seguida por uma jovem mulher. Antes que Leontina esboçasse qualquer movimento para impedir sua entrada, ela veio diretamente para sua mesa e a atingiu com a bolsa.

— Sua puta! Piranha! Então, você esteve fodendo com meu genro.

Leontina ficou paralisada pelo choque e pela dor do impacto. Sentiu suas mãos agarradas por trás. A voz estridente da filha berrou atrás dela:

— Bate nela de novo, mamãe! A puta merece apanhar.

A bolsa bateu em seu rosto repetidas vezes. Aí, a velha rasgou seu vestido, berrando puta, puta, puta e cuspindo nela. Leontina ouviu a voz de Doutor Austragésilo atrás dela.

— Deixe-a ir, eu lhe suplico.

Impassível, a senhora atarracada avançou contra ele e arremessou a bolsa em seu rosto.

— Você também, seu filho da puta. Tome isto também por ficar de putaria por aí.

O rosto de Leontina estava ardendo. Ela o apalpou com a mão e viu o sangue. Por um momento, pensou que iria desmaiar. Tenho que fugir daqui, pensou ela, saindo correndo pela porta. Percebeu então que os seios estavam à mostra e os cobriu com os pedaços do vestido. Uma secretária passava pelo corredor naquele exato momento e a cobriu com um xale.

— Venha comigo — disse-lhe, levando-a para fora.

Enquanto fugia pelo corredor, Leontina ainda podia escutar os gritos histéricos da mulher:

— Escândalo? Escândalo? Eu lhe darei um escândalo. Trepando com a secretária, embaixo do meu nariz. Tome isto, seu filho da puta.

* * *

Ciro acariciava a mãe enquanto Maristela sentava no seu colo. Leontina não tinha voltado para o trabalho desde o incidente, alguns dias atrás. Um carro parou na porta. Será Doutor Austragésilo? Uma sequência de batidas metódicas na porta. Ela saltou. Ele vai me ajudar. Abriu a porta. Pelo olhar no rosto dele, Leontina sabia que ele tinha decidido terminar tudo.

— Entre, por favor — ela pediu, depois de mandar os filhos para o quarto.

Ele se sentou no único sofá do modesto cômodo, olhou ao redor e sorriu.

— Você merece algo melhor do que isso, muito melhor, Leontina.

Em seguida, explicou-lhe, indiretamente, que ela seria mais bem-sucedida se abrisse seu próprio negócio.

— Esta cidade está crescendo, e você deveria crescer com ela.

O coração de Leontina congelou.

— Como vou alimentar meus filhos? — Ela levantou-se rapidamente e o enfrentou: — Você está me dizendo que eu devo conseguir um outro emprego?

Ele abriu uma pasta e tirou um maço de notas.

— Aqui tem quatro milhões de réis. O suficiente para comprar uma casa ou abrir um negócio.

Leontina o esbofeteou no rosto.

— Depois do que você fez a mim? Você mandou o Ribeiro embora para me seduzir.

Ele não reagiu. O dinheiro estava sobre a mesa.

— Você me usou como uma prostituta. Agora, está me pagando. — Ela agarrou o cabelo do lado de suas orelhas e chacoalhou a cabeça dele. — Covarde. Você é um covarde. Saia desta casa.

Doutor Austragésilo levantou-se, pediu desculpas e foi embora. Leontina desabou no sofá, chorando. Uma puta, é isso que eu era, a prostituta dele. Lágrimas escorreram de seus olhos. O dinheiro ainda estava em cima da mesa. Ela tentou tocá-lo, então recuou. Não posso. Ouviu as vozes dos filhos.

— O que aconteceu, mamãe? — perguntou Ciro. — O homem careca foi mau com você?

Ela rapidamente pegou o dinheiro e o colocou sob o assento do sofá.

— Ninguém pode me magoar, Ciro. Eu sou tão forte quanto seu pai, tão forte quanto Jerônimo.

Ela enxugou as lágrimas e abriu os braços.

— Venham, meus pequeninos. Apertem-me forte. — Ao sentir o abraço deles, uma onda de força cresceu em seu íntimo. Nenhum homem a faria chorar novamente. Eu vou usá-los. Tomar o dinheiro deles. Por você, Ciro. Por você, Maristela.

Ao subir a escada em direção ao principal salão de baile do Montanhez Dancing, seus quadris, envoltos por um apertado vestido vermelho, rebolavam sensualmente. Os cabelos negros e lustrosos estavam soltos sobre os ombros e divididos de maneira graciosa. Seus lábios vermelho-cereja contrastavam com a pele branca. Leontina pegou um cartão e entrou no salão. A banda tocava um bolero, ao som do qual uma dezena de casais dançava sensualmente, deslizando pelo salão como lagartos entrelaçados. Ela olhou em volta. Junto às paredes havia cadeiras alinhadas, nas quais se sentavam umas cinquenta mulheres.

Muitas estavam trajadas com vestidos longos, estreitas saias com aberturas, decotes profundos. Ela passou indiferentemente por elas, olhando-as com desdém. Sou mais inteligente que todas vocês juntas.

Ela vinha participando do baile de salão pelos últimos dois meses. Homens e mulheres retiravam um cartão na entrada. Esse cartão recebia um furo ao fim de cada dança. O cavalheiro decidia quantas danças desejava, quanto apertado deveria dançar e se desejava falar ou não. No fim da noite, os cavalheiros pagavam por suas danças no caixa e as damas recebiam a parte delas. O Montanhez Dancing recebia, obviamente, uma comissão polpuda. Para muitas mulheres, esse era apenas o começo da noite, e o bom faturamento viria depois, em um dos hotéis vizinhos ou nos bordéis que abundavam na "zona". O local era frequentado pela nata da sociedade de Belo Horizonte: políticos, fazendeiros ricos e industriais. Entre estes havia sempre estudantes que, sorrateiros, sarravam as mulheres e desapareciam antes de pagar.

Leontina sentou-se à mesa e pediu uma taça de champanha. Bebericando o drinque, observava o movimento do salão. Ela não estava ali apenas pelo divertimento. Tinha um grande plano.

Esta noite começo a me promover, pensou. Dois cavalheiros bem trajados ingressaram no salão. Pareciam ser estrangeiros. Um deles passou por ela. Ele usava óculos de aro de tartaruga e tinha bigode. O outro era mais alto e bem mais gordo. Sorria muito e cumprimentava muitas mulheres. O cavalheiro de óculos tipo fundo de garrafa parecia tímido, assustado.

— Ah, champanha, minha bebida favorita — disse o cavalheiro gordo ao passar por Leontina, olhando-a com interesse. — Podemos lhe oferecer uma segunda taça? — Ele tirou o chapéu, que deixava à vista uma careca, e fez um gesto largo.

— Que tal uma garrafa?

Leontina ficou curiosa. Quem seriam esses dois? Tão diferentes dos mineiros, pensou. O garçom trouxe um balde prateado cheio de gelo.

— Veuve Clicquot — disse o cavalheiro gordo. — O melhor.

Ele examinou a garrafa, em seguida a abriu, atirando a rolha na direção do salão, rindo ruidosamente quando os dançarinos pararam por um momento, assustados.

O garçom encheu as taças. O homem gordo levantou a dele e brindou.

— *Français?* — perguntou Leontina.

— Não, *luxembourgeois* — disse o homem gordo. — *C'est presque la* mesma coisa. *Est-ce que vous* fala *français?*

— *Un petit peu.* — Divertida, ela notou o interesse por parte do gordo.

— Que belo. Eu *aussi. Et si intelligente.*

Leontina tinha ouvido falar do novo empreendimento siderúrgico em Minas Gerais. Provavelmente alguns engenheiros com saudade de casa.

Ela olhou para o outro homem. Parecia estar nervoso, seus olhos espiando o salão inteiro. Não era tão esbelto, mas havia algo nele que a atraía. O homem gordo provavelmente o havia arrastado para cá. Tornando-se ousada pelo champanha, Leontina se dirigiu a ele em francês, convidando-o para dançar.

— Mas sou mau dançarino — gaguejou, embaraçado.

— Não se preocupe. Esta é uma boa canção. — Levantando os braços em um abraço imaginário, ela olhou nos olhos dele e depois deu dois passos graciosos. — Um samba-canção. Um passo para a direita, um passo para a esquerda. É muito fácil.

Pegando sua mão, levou-o para a pista de dança. Ela sorriu ao perceber que ele mal a tocava. As mãos dele flutuavam em suas costas e ombros.

Ele lhe perguntou:

— Onde você aprendeu francês?

— Meu pai. Ele sempre sonhou que eu fosse para a França, algum dia.

Ela olhou para ele. De cima de seus saltos altos, ambos eram da mesma altura. Ela tentou enxergar seus olhos através das lentes grossas. Sim, ele era diferente dos homens brasileiros que ela conhecia. Não tão sexualmente excitado.

Dançaram várias canções. A cada música ele ficava mais à vontade com os passos. No fim de cada dança, o funcionário vinha e picotava os cartões. Havia momentos de silêncio. Todavia, Leontina notou que as mãos dele a tocavam com mais confiança à medida que as danças evoluíam. Ele lhe falou sobre seu lugarejo natal em Luxemburgo.

— Esta canção é um bolero. Dois passos para a direita, dois para a esquerda — ela cochichou em seu ouvido enquanto uma nova música estava começando. — E o que está fazendo aqui?

— Oh, Belgo Mineira...

— Eu sei — disse ela. — Vocês estão construindo a primeira grande usina siderúrgica na América Latina.

Ele se surpreendeu.

— Você tem conhecimentos... e é gentil.

No fim da noite, logo após saírem, ela tomou a iniciativa.

— Estou abrindo uma casa em Belo Horizonte, reservada a clientes especiais: senadores, doutores, engenheiros. Uma casa de *rendez-vous*, um lugar para encontros discretos. Rua Espírito Santo, 32. — Ela percebeu a hesitação dele. — Por que você não nos faz uma visita?

— Meus engenheiros acabaram de bater um recorde. Realmente, não seria uma má ideia.

— O senhor é um gerente? — perguntou ela.

Ele hesitou.

— O... diretor.

— Doutor Esch?

Ele se surpreendeu.

— Como você sabe?

— Os jornais. — Ela pensou por um momento. — Podemos fechar a casa por uma noite. Apenas para os seus engenheiros.

— Eles me dão muitos problemas. Especialmente em Monlevade. Com a guerra em andamento na Europa, eles creem que podem fazer o que bem lhes der na cabeça.

— Não esqueça o endereço, Doutor Esch. Número 32. Foi uma noite muito agradável.

— Eu organizarei o evento — disse de Bianey, aproximando-se deles, segurando as mãos de uma outra mulher.

Ela sentiu o aperto de mão de Esch quando se despediram. Sua mão era quente e carinhosa. Não havia qualquer sombra de desdém no toque, sem indecência ou desejo indisfarçável, apenas gentileza e respeito.

19

• • •

Luxemburgo, 1940

Cansado do relatório que estava lendo, Antoine Reinisch, de sua grande mesa de mogno, olhou para cima, tirou os óculos e esfregou os olhos cansados, emoldurados por um rosto simpático de traços bem proporcionados. Por um momento, ele calculou mentalmente a receita das 120.000 toneladas produzidas em junho. Não haveria lucro, uma vez que os alemães requisitavam todo o aço para a Wermacht. Em frente dele, o grande retrato de Emile Mayrish, primeiro presidente da ARBED, trajado como um senhor de castelo, polainas e chapéu tirolês, sorria para ele misteriosamente. Sim, é um trabalho de grande responsabilidade, mas gosto dele, pensou. Muito melhor do que fabricar cigarros. Embora fosse o herdeiro da empresa de tabaco Heins van Landewick, ele tentara uma carreira alternativa, estudando metalurgia em Aachen tal como os luxemburgueses mais brilhantes. Começando a trabalhar na siderúrgica de Dudelange, ele havia galgado aos escalões mais altos da ARBED. Os laços familiares o tinham ajudado, e ele alcançara a posição mais importante por ocasião da aposentadoria de Barbançon.

Alguns berros vindos da rua se sobrepuseram à cacofonia de buzinas e ao ruído de motores. O que poderia ser? Estariam os estudantes fazendo passeata de novo? Não podem se dedicar às aulas como fazíamos no meu tempo? Intrigado e ao mesmo tempo cansado por causa das horas passadas sentado, folheando os relatórios de produção de aço, ele se levantou, caminhou até a grande janela, puxou as pesadas cortinas de veludo e, após estas, as cortinas de renda. Três jovens atravessavam a rua correndo enquanto um mundaréu de gente saía das lojas.

— Eles estão destruindo a Gêle Fra, os *préisen* a estão demolindo — berrou um deles. Reinisch viu a revolta em seu rosto no curto momento em que olhou para ele. — Não podem fazer alguma coisa, seus ricos *messieurs*?

Correram em direção à estação de trem, gritando à medida que alguns espectadores se juntavam a eles. Esta é uma das últimas coisas de que precisamos agora, um protesto antialemão, pensou Reinisch.

— Não acredite nele, *monsieur* — disse uma voz atrás dele. Reinisch virou-se. Dois de seus assistentes estavam em pé ao lado de sua mesa. O mais alto, Werner, lhe pediu: — Por favor, feche a janela. É imprudente envolver-se.

Reinisch estava visivelmente chateado. Ele invade meu escritório e vem me dizer o que fazer, pensou.

— Vou verificar pessoalmente. Eles não ousariam.

— Seria perigoso — disse o mais baixo deles, a voz quebrando em emoção e medo. Reinisch percebeu como ele mexia nervosamente as mãos.

— Toni, eu posso muito bem tomar conta de mim. — Reinisch agarrou o casaco e saiu do escritório. Os dois assistentes o seguiram. Dentro de alguns segundos, ele tinha descido rapidamente a escada de mármore da sede da ARBED e corrido pela avenida arborizada em direção à Pont Adolphe. Werner tentou pará-lo, segurando seu braço, mas Reinisch se desvencilhou imediatamente. Ao chegar à ponte, ele subiu no amplo parapeito de pedra. Dali podia ver a profunda garganta cortada pelo Alzette e, do outro lado, as muralhas de pedra, que tinham tão bem servido à cidade no passado, protegendo-a contra os invasores. No alto erguia-se o modesto monumento, uma coluna de granito no topo da qual repousava uma pequena estátua dourada de uma mulher. A Gêle Fra comemorava os soldados luxemburgueses tombados do lado aliado na Grande Guerra. Um destacamento alemão estava ali, acompanhado por um grupo de civis em formação militar.

— Os nazistas danados — resmungou Reinisch. — Não podem estar apoiando isso.

— Eles não irão derrubar o monumento, *Herr* Reinisch - disse Werner. — Estão substituindo-o por um mais adequado, incluindo todos os nossos compatriotas tombados do lado alemão.

— Werner, Luxemburgo nunca esteve do lado dos *préisen* — retrucou Reinisch. — Se derrubarem a Gêle Fra, eles pagarão pelas consequências.

— Tome cuidado com o que disser, *monsieur* — disse Werner, enfatizando sarcasticamente a pronúncia francesa. Reinisch percebeu a autoconfiança insolente. Sim, era verdade o que disseram a seu respeito. Ele era definitivamente um espião para os alemães.

E de que lado está Toni Hoffman?, Reinisch se perguntou, olhando para o homem frágil. Hoffman encarava-o, demonstrando terror. Movimentava as mãos, torcendo-as desesperadamente, receoso de dizer qualquer coisa. Mas a expressão no seu rosto dizia tudo. Ele sabia.

Uma voz no alto-falante os interrompeu:

— Povo de Gaul-Mosel. Este é um momento auspicioso.

— Isto é Luxemburgo, não uma província alemã — exclamou Reinisch. Mas evitou continuar. Bom diplomata, sabia que isso não seria nada proveitoso.

O oficial alemão continuou seu discurso, explicando que o *Führer* estava agraciando o povo de Gaul-Mosel com um novo monumento mais adequado para a realidade da Grande Guerra. Uma escada foi levantada ao lado da coluna, e um soldado subiu nela, colocando uma corda ao redor da estátua.

— Não, não destrua a Gêle Fra. Deixe a Gêle Fra em paz! — Reinisch podia ouvir as vozes suplicantes em seu redor à medida que um número crescente de pessoas se aglomerava no vale. Alguns insultos aos alemães eram feitos de vez em quando. Ele ouviu várias vezes "alemão fodido".

Um caminhão militar recuou na praça, e a corda foi atada no seu gancho.

— Isto encerrará vinte anos de injustiça para nossos heróis esquecidos que tombaram ao lado das Forças Centrais — berrava a voz no alto-falante. — Caminhão, para a frente!

Enquanto as notas graves do *Horst Wessel Lied* atravessavam o vale, Reinisch observava a banda tocar o hino nazista. A pequena donzela de ouro dançou por um momento em cima da coluna antes de desabar. Um urro despontou enquanto as vozes viris dos nazistas unidos cantavam em uníssono:

— *Die Fahne hoh, die Reihen fest geschlossen...*

Em algum lugar, uma voz solitária cresceu: "*Lêtzeburg, Lêtzeburg...*" Reinisch se juntou a ela, uma emoção transbordante vinda de alguma parte profunda de seu coração. Pôde-se ouvir uma terceira e, em seguida, uma quarta voz. Logo a canção alastrou como fogo, todos os espectadores se juntando a ela. O amado hino nacional de Luxemburgo estrepitou e, em seguida, abafou a canção *Horst Wessel*. No fim, a multidão berrou *"Lêtzeburg"* em uníssono enquanto os pedidos de *Achtung* de um oficial no alto-falante eram ignorados.

— Werner, eu sempre admirei os alemães, mas isto é demais — disse Reinisch, apontando para o vale do Alzette. — Este é o primeiro ato de desafio. O que se seguirá?

Werner não respondeu, mas Reinisch podia ver por sua expressão lívida que estava profundamente revoltado. Ele simplesmente se virou e voltou para o escritório.

— E o que você pensa, Toni? — perguntou Reinisch, voltando-se para Hoffman.

Hoffman deu de ombros, balançou os braços e olhou para o relógio.

— Acabei de lembrar. Temos uma reunião em dois minutos. O superintendente da usina de Esch.

• • •
Luxemburgo, 1941

A alta porta do escritório se abriu violentamente e Werner se precipitou para dentro. Antes que este avançasse mais, Reinisch se levantou.

— Não lhe disse para entrar somente se for anunciado? Quem você pensa que é?

— *Hauptmann* Thyssen está aqui. Ele precisa falar com você. Imediatamente.

Em seguida, virou-se e saiu novamente. Reinisch caminhou em direção à porta, berrando para que sua secretária não deixasse ninguém entrar. Mas, antes que pudesse fechá-la, Werner a empurrou e entrou novamente.

— Aqui está ele.

Um oficial alto e elegante entrou. Após bater com os calcanhares e remover o quepe, Reinisch reconheceu seu velho colega de escola. Ele parecia mais maduro, e a longa cicatriz na bochecha esquerda tinha uma aparência mais feroz. As têmporas brancas e as rugas acentuavam o cansaço no rosto simpático, mas, tão logo sorriu, os traços inteligentes e a disposição vigorosa de seu camarada de Aachen voltaram.

— Lothar! O que o traz aqui? — Reinisch perguntou ao tentar abraçá-lo.

Todavia ele sentiu a postura rígida do oficial, como se o cinzento uniforme alemão e as insígnias os separassem.

— Como pode ver, eu me tornei um soldado. Estes tempos difíceis...

— Mas, por favor, sente-se e compartilhe um cálice de vinho Málaga comigo. Você precisa de algo doce para amenizar o frio cortante lá de fora.

O garçom os serviu enquanto se sentavam. Werner postou-se atrás deles.

— Está dispensado. Por favor, feche a porta atrás de você — disse Reinisch, incomodado com aquela presença. Werner bateu os calcanhares, levantou o braço esquerdo e saiu.

Reinisch olhou para o amigo. Era um Thyssen, descendente dos legendários barões do aço. Ele chegava à escola todos os dias em um Mercedes com chofer. Tanto os luxemburgueses quanto os alemães se ressentiam igualmente com ele.

— Quantos anos passaram? Dez? Quinze?

— Foram dezessete anos, Antoine. Aqueles foram dias bons e pacíficos. Lembra-se de nossas longas discussões? De como faríamos para consertar o mundo?

Reinisch lembrou-se de como se haviam conhecido e se tornado grandes amigos. Ele era também o herdeiro da empresa de tabaco de Heinz van Landewick, sendo, de um certo modo, evitado por seus compatriotas, que o consideravam muito aristocrático em um ambiente no qual a cerveja e as piadas picantes tinham grande importância. O fato de dirigir um Hispano Suiza tampouco o ajudava na sua causa, pelo menos com os colegas. Portanto, evitados pelos outros estudantes, eles naturalmente relacionavam-se uns com os outros.

Thyssen tirou um estojo prateado do bolso, abriu-o e ofereceu a Reinisch:

— Um cigarro?

Reinisch pegou um, imediatamente reconhecendo os *Africaines*.

— Então você não esqueceu?

Ambos sorriram enquanto Thyssen acendia os cigarros. Como poderia ele lembrar, depois de todos estes anos, pensou Reinisch. Eu lhe trazia um pacote de *Africaines* de nossa fábrica a cada dois fins de semana. Seu pai tinha criado os *Africaines* misturando fumos turcos e africanos. Fora um sucesso imediato em Luxemburgo, e os maços de 25 cigarros com uma foto exótica de nativos negros tornaram-se um clássico na região.

— Foi a primeira coisa que comprei quando cheguei a Luxemburgo — disse Thyssen, dando uma profunda tragada. — Quem poderia imaginar? Eu estava destinado a me tornar o magnata do aço... e aqui está você na direção da ARBED.

— Por onde andou nestes últimos anos?

O rosto de Thyssen denotou uma expressão de tristeza, e a longa cicatriz se aprofundou. Reinisch lembrava-se muito bem da noite em que ele tinha sido agraciado com esse símbolo de coragem no Fechtverein de Aachen, um clube de esgrima onde os estudantes alemães lutavam totalmente protegidos, exceto pelo rosto. Thyssen tinha convidado Reinisch para ser seu escudeiro. Esse ritual secreto tinha sido levado a cabo numa adega. Depois de ter sido cortado por seu adversário, ele fora costurado por alguns alunos de medicina sem anestesia. Thyssen tinha pedido para que um fio de crina de cavalo fosse introduzido na ferida para retardar a cicatrização e aumentar a cicatriz. Isso certamente tinha acontecido e silenciado as constantes insinuações dos estudantes de que ele era um efeminado. Desde então Reinisch veria, de vez em quando, um executivo cicatrizado em seus negócios com os industriais alemães. Embora considerado pelos franceses e belgas um ritual bárbaro herdado dos hunos, Reinisch não conseguia se livrar de seu sentimento de admiração, uma vez que tinha presenciado a coragem e a dor enfrentadas por seu amigo.

— Eu fui enviado por minha família para o altar da guerra — disse Thyssen. — A frente oriental. O Cáucaso. Stalingrado. Agora, o prêmio: administrar a produção de aço em Gaul-Mosel ou, se você preferir, Luxemburgo.

— Você está vivo e bem. Isso é o que importa. Tome mais um cálice deste vinho — disse Reinisch, pegando a garrafa da bandeja prateada e servindo-o pessoalmente.

O rosto de Thyssen brilhou e, em seguida, entristeceu novamente.

— Você se lembra de nossos sonhos de construir uma grande nação na Europa? Igual àquela dos Estados Unidos? Com grandes reservas de matérias-primas, uma rede de rodovias e ferrovias modernas abrangendo toda a Europa?

— Sim, nós a tínhamos toda planejada. Desde os Urais até o oceano Atlântico. Autoestradas cruzando em todos os sentidos uma Europa inigualável em conhecimentos, riqueza e justiça. Os Estados Unidos da Europa.

— Entramos na Rússia pensando que seríamos recebidos como libertadores. O que de fato éramos, uma vez que os livraríamos do jugo de Stalin, que matou milhões de seu próprio povo na Ucrânia. Mas ele foi capaz de enviar suas hordas de escravos contra nós. Se recusassem, eram abatidos por seus comissários políticos. Ao avançar, eram aniquilados por nós. Que carnificina.

— Exportaríamos ciências modernas e tecnologia para o mundo oprimido: China, Índia, África. O fim da fome, do colonialismo explorador. O que aconteceu com nossos sonhos?

Thyssen olhou em torno, nervoso, como se buscasse algo escondido. Levantou-se, caminhou até a janela e a abriu, apesar do frio. Sinalizando para Reinisch, esperou até que este estivesse a uma distância de ouvido e cochichou:

— Cuidado. Suas paredes estão grampeadas.

— Werner. O filho da puta.

Thyssen voltou para sua cadeira.

— Bem, o sonho ainda está vivo. Agora tudo é mais difícil. A Inglaterra nos declarou guerra. O velho leão não deseja qualquer concorrência na Europa. Exatamente como na Grande Guerra. Eles arrastaram consigo uma das antigas colônias, os Estados Unidos. Mas nós os derrotaremos. Este é o motivo pelo qual estou aqui.

— O que será de nosso pequeno Luxemburgo nessa luta de gigantes? Seremos esmagados — disse Reinisch, ignorando o gesto silencioso de Thyssen. — Nossos sonhos foram destroçados. Eu vi isso acontecendo em torno de mim. Os dissidentes são arrastados para Villa Pauli, onde a Gestapo os interroga. Em seguida são embarcados só Deus sabe para onde...

— Antoine, tenho de ser franco com você — Thyssen disse, levantando-se e andando pela sala. — A produção da ARBED não está no nível que deveria. Houve apenas um aumento de dez por cento na produção de aço enquanto a indústria siderúrgica na região do Ruhr duplicou sua produção, apesar dos bombardeios cada vez mais pesados. Os britânicos estão atacando alvos civis. Começaram com a cidade de Bremen, justificando isto porque havia um porto perto. Arrasaram a cidade. Esse é um crime de guerra, como você sabe.

Ele parou diante de Reinisch. A expressão tinha mudado. Os olhos azuis disparavam dardos. O rosto foi tomado por um ricto de energia e raiva. Reinisch percebeu a seriedade da situação. Thyssen representava a nação que tinha tomado conta da Europa, os novos donos.

— O que posso fazer? — Reinisch disse, dando de ombros.

— Precisamos de mais investimentos, equipamentos mais modernos.

— Você vai ter o que precisa, mas tenho de alertá-lo: esperamos um aumento de cinquenta por cento na produção de 1942. — Thyssen fixou diretamente os olhos de Reinisch. — De outro modo, teremos consequências terríveis para a AR-BED. Começando pela alta administração e descendo até o nível do operariado das usinas.

20

•••

Monlevade, 1943

Tesch esperava do lado de fora do Cassino. Estava sentado num imponente cavalo preto, deixando escapar um sorriso brilhante sob o chapéu de abas largas, cercado por um grupo de cavaleiros em trajes de caubói no estilo Tom Mix.

— Não, você não pode! Este é Petróleo, o cavalo de Esch — disse Meyers, parando e tentando afagar o focinho do cavalo. O cavalo retrocedeu arfando, fixando-o com raiva.

— Oh... oh... eu hoje montarei o diabo em pessoa — disse Tesch, desafiando-o, puxando o garanhão pelas rédeas.

Meyers montou em seu pampinha e partiram. Tesch galopava na frente, e o cavalinho pé-duro não era páreo para Petróleo. Deixaram a cidade por uma estrada de terra que levava ao rio Piracicaba, e, após algumas centenas de metros, Tesch parou e esperou o grupo se aproximar.

— Vamos apostar uma corrida, camaradas — ele berrou quando o grupo chegou.

— Se Esch souber disso, vocês estarão em apuros — disse Meyers enquanto parava por um momento.

— Oh, Henri, todos sabemos que ele ama mais o Petróleo do que uma namorada!

Gargalhadas percorreram o grupo. Alguém berrou:

— Ele tem medo de mulher e por isso está de amores por um cavalo. Se fosse pelo menos uma égua... — Mais risadas percorreram o grupo.

Meyers puxou as rédeas do pampinha.

— Vocês terão que nos dar uma vantagem. Não podemos competir com um puro campolina. O que vocês acham se começarmos a partir daquela árvore lá na frente?

— Quem chegar por último à ponte paga a cerveja — berrou alguém do grupo.

Os outros cavaleiros exultaram. Eles se deslocaram até uma árvore na curva da estrada. Um dos camaradas puxou uma pistola, contou "três, dois, um" e atirou para o ar. Todos dispararam. Meyers sentiu que seu pequeno pampa dava tudo que podia. Olhou para trás e viu Tesch se aproximando. Em seguida, já o viu a seu lado, com o chapelão de Tom Mix dependurado nas costas. Podia ver o revólver gigante de Tesch sacolejando freneticamente na cintura enquanto ele esporeava Petróleo. O cavalo preto estava coberto por uma espuma branca. Seus olhos disparavam de raiva. Ele investiu na frente do plantel à medida que Tesch o chicoteava e esporeava furiosamente. Meyers esporeou levemente seu cavalinho, incitando-o. Desde que não ficasse em último, seria ótimo. Na frente dele, a nuvem de poeira levantada por Petróleo tinha ficado mais distante. Estavam a aproximadamente dois quilômetros da ponte, correndo pela margem do rio. Agora, a nuvem de poeira já havia desaparecido. O que foi isso? O cavalo preto deitado na estrada? Tesch levantou-se, sacudindo a poeira. O chapéu estava todo amassado e coberto de poeira. Meyers arrochou o freio e saltou do pampa.

— O que aconteceu?

— Não sei. Petróleo simplesmente desabou. Ele tropeçou em algo.

Meyers procurou verificar o estado de Tesch. Levantou-lhe os braços e os examinou.

— Nada quebrado. Ótimo. Alguns arranhões. Você teve sorte.

Foram até Petróleo. Nenhum movimento.

-— Merda. Levanta, Petróleo! Levanta! — berrou Tesch, olhando para os grandes olhos fixando a eternidade. Tocaram o cavalo. Nenhuma reação.

— Ele não está respirando — disse Meyers.

Um dos rapazes disse:

— Ataque cardíaco. O cavalo estava gordo demais.

— O que vamos fazer? Esch vai me matar — disse Tesch.

— Temos que inventar uma história — sugeriu um dos cavaleiros. — Do tipo "o cavalo comeu alguma erva envenenada".

— Vocês têm que me dar apoio nisto — disse Tesch, reunindo-os. — Precisamos de um caminhão para carregá-lo de volta ao estábulo. Nós o deixamos lá e damos uma gorjeta ao zelador para dizer que o encontrou morto de manhã.

Algumas horas se passaram até que puderam levantar o cavalo e metê-lo no caminhão. Usaram tábuas para fazer uma rampa e cordas para puxar o cavalo até a carroceria. Dez homens suaram na tarefa. Tiveram de passar na frente do Cassino a caminho para o estábulo. Acontece que Schmitz, o gerente da usina, estava no almoço. Através da janela, viu o cavalo morto na traseira do caminhão, com Tesch e Meyers cavalgando atrás do veículo. Coçou a corpulenta barriga e pensou consigo: Alguma falcatrua estão armando. Desta vez, vou foder eles.

— Sr. Esch, devo reportar três graves incidentes de insubordinação na usina de Monlevade.

— Mas, primeiramente, diga-me algo mais sobre o andamento da laminação de trilhos — disse Esch com impaciência. — Deixe os problemas para depois.

— Bem, os primeiros trilhos foram laminados — disse Schmitz, depois de hesitar por um momento.

— E o aço para os canhões Bofors? — perguntou Esch.

— O laminador de *blooms* já foi concluído. Nós vamos começar a fazer os primeiros ensaios.

— Excelente. Preciso informar os generais brasileiros imediatamente. Temos que lhes mostrar que estamos contribuindo no esforço bélico do Brasil — disse Esch. — Parabéns. Existem rumores desagradáveis de que estamos ligados ao Eixo.

— Agora, vamos aos vários problemas, Sr. Esch. O senhor conhece Tesch e Meyers.

— São sujeitos simpáticos — interrompeu Esch. — Meyers, um dia, substituirá você. Excelente engenheiro, de Aachen.

— Bem, eles alcançaram um ponto sem volta. Outro dia chegaram bêbados ao Cassino, gritando e berrando.

Esch deu-lhe um leve tapa nas costas.

— O que há de mal nisso? Fazíamos isso em Aachen todo fim de semana.

— Eles não entraram a pé. Entraram montados em cavalos.

Esch sorriu.

— Bem, devemos perdoar o entusiasmo dos jovens. Muitos filmes de caubóis.

— Pior que isso, eles estão incitando à indisciplina os técnicos e engenheiros.

— Por quê? — perguntou Esch.

— Na semana passada, cheguei tarde para o almoço. Estavam todos sentados em suas mesas: contramestres, o chefe dos engenheiros e gerentes. E na *minha* mesa, na *minha* cadeira, estava sentado o cachorro deles, com um guardanapo no pescoço. Comendo no *meu* prato.

Esch explodiu em risadas.

— Desculpe-me por rir. Esse é o preço que você paga por ser o gerente da usina. Algo parecido como ser um diretor de colégio.

Schmitz sentia-se cada vez mais decepcionado.

— Mas o pior foi o seu cavalo...

— Petróleo? — perguntou Esch. — Foi uma pena. Presente de Cristiano Guimarães. Triste de na semana passada ele ter comido erva envenenada.

— Não — disse Schmitz. — Ele foi... não sei como dizer...

— Vamos, vamos. — Esch estava impaciente.

Schmitz aproximou-se do ouvido de Esch e sussurrou:

— Assassinado. Por Tesch e Meyers.

Esch saltou de sua cadeira, o rosto vermelho.

— *O quê?*

Schmitz sorriu com um ar de vitória. Finalmente, tinha conseguido ferrá-los.

O grupo de oficiais brasileiros estava em frente ao laminador. Eram bem preparados e inteligentes. Meyers olhou para seus uniformes verde-oliva, quepes altos e rostos sérios. Vocês camaradas conhecem bem a matemática e os processos de fabricação do aço, pensou. Mas terão condições de enfrentar veteranos alemães, embrutecidos pela guerra? Sabia que, se a guerra continuasse, estes oficiais teriam um dia que lutar na Europa. Getúlio, prevendo a direção do conflito, começava a se alinhar com os Estados Unidos. Meyers percebeu que estavam mais preparados em tecnologia do que na arte da guerra moderna. Mas também notou força por trás da gentileza, algo bem brasileiro. Talvez, se necessário fosse...

Na manhã seguinte, depois do coquetel no Cassino, havia uma mensagem na recepção. Meyers a pegou para ler enquanto caminhava para sua mesa. "Sr. Esch gostaria de se encontrar com os Srs. Meyers e Tesch no escritório dele na Fazenda." Vinha assinado por Schmitz.

Ele sorriu e olhou ao redor. Os oficiais já haviam terminado o café da manhã. Tesch apareceu.

— Que ressaca — disse ele, segurando a cabeça.

Meyers lhe passou a nota. Um sorriso largo transformou a expressão de dor de Tesch.

— O patrão está feliz conosco. Ele provavelmente deseja nos parabenizar pessoalmente pelo bom trabalho realizado.

Meia hora depois, eram conduzidos para o escritório de Esch. Tão logo a secretária fechou o escritório após guiá-los para dentro, Meyers percebeu que não estavam ali para receber abraços. Os olhos de Esch soltavam faíscas atrás das grossas lentes com armação de tartaruga.

— Então, Petróleo comeu capim envenenado — disse ele. — Que história conveniente.

Meyers captou o olhar de Tesch antes de dizer:

— Sr. Esch, esta é uma história complicada. — Ele parou por um momento, em seguida concluiu: — O cavalo estava predisposto à fraqueza... um coração fraco... nós achamos...

— Vocês são uns mentirosos! — vociferou Esch. — Quem lhes deu permissão para montar *meu* cavalo?

— Sr. Esch, posso explicar — disse Tesch.

Nesse momento o telefone tocou. Esch agarrou o aparelho por inteiro, arrancou a corda da parede e o jogou em cima deles, berrando:

— Seus dois imbecis, vocês mataram Petróleo. Estou sabendo de toda a história.

O telefone por pouco não atingiu Tesch, espatifando-se contra a porta com um barulho ensurdecedor. Do outro lado, ouviram uma voz:

— Vocês estão bem? Precisam de ajuda?

— Leve esses dois idiotas imediatamente daqui — berrou Esch, esmurrando a mesa com os punhos. — Henri, eu tinha uma outra opinião a seu respeito.

Meyers e Tesch não esperaram a secretária abrir o escritório. Saíram em disparada, desculpando-se novamente e prometendo um recorde na produção.

— Não aguento mais — disse Tesch, ao retornarem à usina. — Estou voltando para Luxemburgo.

— Você se esqueceu dos nossos amigos nazistas? Eles ainda estão ocupando o país.

— Espero que esta guerra termine logo. Não posso aguentar por muito tempo mais.

Eles entraram no escritório de Meyers. Um grande mapa da Europa cobria a parede. Bandeiras marcavam as posições dos Aliados.

— A Sicília foi invadida, mas é um caminho longo até Berlim — disse Meyers. — Tenho recebido cartas semanais de meu irmão Félix, da Inglaterra. Ele me diz que, se as forças aliadas puderem desembarcar na Europa, tudo será uma questão de meses.

Tesch olhou para o mapa com frustração.

— Não posso esperar tanto tempo assim. Ficarei maluco nesta ratoeira.

— Use a imaginação, Joki. Vamos começar algo novo.

Tesch pensou por um momento.

— Pescaria. É isso aí. Vamos começar a pescar.

— Já cansado de caçar? Mas o quê? Trutas? — perguntou Meyers. — A poluição dizimou todos os peixes do Piracicaba. Há algumas lagoas cerca de três horas daqui.

Tesch deu um sorrisinho fino.

— Pescaria de mulheres, Pistão.

Henri Meyers olhou para cima. O sol do meio-dia havia evaporado a cerração. Esse Tesch não tem jeito mesmo. É só falar em mulher que ele esquece todos os problemas, desde os maiores, como a guerra, até os pessoais, um dos quais no presente é a ira de Esch. Haviam agora comprado dois cavalinhos velozes e arranjado um garoto para cuidá-los. A seu lado, o rapaz, calçando as belas botas novas com que Henri o havia presenteado, e segurando um dos cavalinhos, disse:

— Os boieiro já vem descendo o morro, tudo descalço.

Meyers sabia bem que até alguns dias atrás ele nunca havia calçado sapato. Apontou para o estilingue que pendia de seu bolso traseiro.

— Deixe-me ver isso.

Inspecionou o instrumento, tão diferente daqueles que ele construía em seus dias de criança em Luxemburgo. A forquilha era bem pequena. O elástico, feito de tiras cortadas de uma câmara de ar de bicicleta. Agarrou a extremidade de couro e puxou o elástico, trazendo-o aos olhos para a pontaria.

— Deixa eu mostrar, Doutor. Não é assim. — Enfiou a mão no outro bolso e agarrou uma pedra. Colocou-a na tira de couro e puxou para trás, esticando os dois braços, em um gesto rápido. — Tá vendo o tiziu aí? Vou mandar bala.

A pedra zuniu, mas o rápido pássaro negro deu um pequeno salto para cima.

— Fiadaputa. Buceta cabiluda de Dona Mercês!

— Menino! Respeita as professoras. Ela é a diretora da escola! Para que usar essas palavras? — ralhou Meyers.

— Desculpa, Doutor, mas esses tiziu são foda. Eles salta, e a pedra passa por baixo. Me dá uma raiva...

— Você não devia matar os passarinhos de Monlevade, Geraldo. São tão bonitos. Na minha terra só há pardais. Aqui, vocês têm dezenas de espécies, de todas as cores.

— Tem um de sete cores. É um tipo de assanhaço. Já matei muitos. — Apontou para o peito. — Bem aqui.

Meyers sacudiu a cabeça.

— E as largatixa, pode?

— As lagartixas sim. Estão por toda parte. Agora, leva o cavalo de volta.

Geraldo saltou sobre o cavalo, montando-o em pelo e usando somente o cabresto. Em um instante ele estava a galope morro acima em direção ao pasto. Meyers sacudiu a cabeça, admirando a agilidade e destreza do menino.

Meyers fitou o operário que havia entrado em seu escritório e olhava o chão enquanto suas mãos calosas seguravam um chapéu de palha de abas bem desgastadas. As grandes botinas já estavam bem surradas e manchadas de óleo. Tinha ombros largos e angulosos e uma cor indefinida que poderia ser classificada de moreno escuro ou mulato claro.

— O que foi, seu José? Que cara de preocupação é essa? — perguntou Meyers. Ele era um de seus melhores operários, de dedicação extraordinária.

— Doutor, estou com problemas em casa...

— Me conta, José. Quem sabe eu posso ajudar? — Meyers já se havia habituado a esse papel de conselheiro, que tinha que assumir de tempos em tempos.

— Eu tenho um vizinho vagabundo que num trabaia nada. O Juca Tatu tá afastado da trefilaria. Machucou a perna mas já tá curado. Eu acho que ele tá visitando a patroa quando eu vou pro serviço. Que é que eu faço, Doutor? Nós temo três fio.

Meyers coçou a cabeça. Essa era um pouco difícil.

— Por que você não passa um bom susto nele? Faça que vai para o trabalho e se esconde no quintal. Eu lhe dou folga amanhã. Vê se consegue uma vara e lhe dá umas varadas bem fortes quando entrar na casa. Duvido que ele volte.

José levantou os olhos e agradeceu profusamente. A seguir, pediu licença e saiu.

No dia seguinte, Meyers estava observando o laminadouro de chapas a quente através da janela de seu escritório, que filtrava parcialmente a infernal barulheira de fora, quando viu José aproximando-se. Lá de dentro, fez-lhe um gesto para entrar. O escritório foi invadido pela cacofonia de sons.

— Fecha a porta, José. Como é que foi?

Pela expressão séria de José e pela maneira nervosa como suas mãos amarrotavam o chapéu, sentiu que as coisas não tinham ido bem.

— Doutor, eu arrumei um galho bem forte no mato e me escondi. Num é que o Juca Tatu não apareceu mancando e foi direto pra minha casa? Dei um tempo e fui atrás...

— E aí?

— Aí, as paulada foi muito forte e ele dismontou no chão. A patroa gritou que ia contá pra todo mundo. Eu escondi ele embaixo da cama.

Fitou Meyers com desespero e perguntou:

— E agora, Doutor Maia, o que é que eu faço?

Meyers, chocado, só pôde dizer:

— Você tem um cigarro?

— É Mistura Fina, bem vagabundo.

— Você sabe que eu não ligo para luxos.

Meyers tomou o cigarro, acendeu-o, e deu uma tragada profunda, olhando distraidamente o laminadouro através da janela, procurando por uma solução. A ponte rolante estava passando, carregando um *bloom* incandescente. Tenho que pensar rápido. José é um operário exemplar. Virou-se para ele e murmurou, olhando para a ponta do cigarro:

— Agora, você vai ter que fugir.

— Mas pra onde, Doutor? E meus fio?

Meyers notou o sofrimento em sua expressão.

— Segue a linha de trem a pé na direção de Vitória. O dia inteiro. A noite também.

— Eu conheço bem essa trilha.

— Depois de Dionísio, você pega uma chepa com os caminhões de carvão.

Foi para sua escrivaninha e abriu a gaveta. Lá estava sua folha de pagamento. Partiu-a em dois e deu a metade a José.

— Aqui, com isso você chega até a divisa com Espírito Santo. Aí, é só subir o rio Doce até Mantena. É a região do Contestado e nenhuma polícia entra lá. Mas cuidado com o povo de lá. É gente maldosa.

Deu uma tragada profunda e continuou:

— Não se preocupe com as crianças. Nós damos um jeito aqui.

— Muito obrigado, Doutor. Vou seguir suas ordes à risca.

— Dá um bom tempo, uns seis meses. Volte bem de mansinho e me procure.

José saiu a passadas firmes. Meyers sabia que ele tinha o temperamento e determinação a seu favor.

O telefone tocou. Meyers conseguiu reconhecer a voz de Esch acima do pandemônio de sons.

— Sim, Doutor Esch, um operário da trefilaria. Foi encontrado morto na rua, de madrugada.

Do outro lado, a voz de Esch se ergueu acima do barulho:

— Não queremos problemas com a polícia em Monlevade.

— Não se preocupe. Estamos investigando tudo. Parece que estava bêbedo e caiu sobre uma pedra. Ele cheirava a cachaça. Quando Esch desligou o telefone, Meyers sussurrou consigo: "Essa mulher é realmente velhaca. Coitado do José."

21

• • •

Esch, Luxemburgo, 1943

As sirenes de alarme não podiam abafar o rugido dos motores que cobriam todo o céu. Misch e Jampi estavam lá fora, ignorando as advertências de buscar abrigo. A lua despontou atrás de uma nuvem, e por um momento eles viram todo o céu coberto com pequenas cruzes.

— Devem ser mais de uma centena — disse Misch, tomando um gole da garrafa e passando-a a Jampi.

— Eles estão voando agora na lua cheia, ficando mais ousados — disse Jampi. — Merda, onde você conseguiu esta bebida horrível? Isto nos matará.

— Meu tio, em Feulen. Ele tem um alambique. Vende a bebida por debaixo do pano. Se for pego...

Eles sabiam que os B-29s americanos e os de Havilland ingleses se dirigiam para a região do Ruhr, onde estava localizada a maior concentração da indústria siderúrgica alemã. Em cerca de uma hora, estariam de volta. Em seguida, alguns aviões desgarrados apareceriam, às vezes vomitando chamas.

— Agora que já passaram, vamos para o *bunker* — disse Misch, sorrindo.

184

Desceram alegremente, o forte licor queimando suas entranhas e soltando a língua.

— Venham aqui, rapazes! Estão com medo dos bombardeiros aliados? — Jampi gritou ao descer no *bunker* subterrâneo, olhando para os operários ao redor jogando cartas, ouvindo rádio ou bebendo.

— Um dia eles despejarão suas bombas aqui e vocês dois virarão picadinho de carne — disse um deles. — Vamos, passem a bebida antes que acabe.

— Nossa Grã-duquesa está em Londres mantendo-nos seguros — berrou alguém de dentro. — Ela não deixará que bombardeiem Luxemburgo.

Uma das rádios transmitia canções folclóricas entremeadas por notícias delirantes sobre as vitórias alemãs.

— Quer parar com essa bobagem, Heng — disse Jampi. — Meu irmão voltou da Rússia e, antes de morrer nos Urais, me contou a verdadeira história.

— Sim, os *Préisen* estão perdendo esta. E aqui estamos fabricando aço para os tanques deles.

— Merda, vamos dormir.

— E quanto à usina? — perguntou Heng. — Não deveríamos verificar as máquinas? Desligá-las?

— Que se fodam — berrou uma voz na escuridão. Todos riram.

Misch podia ver os homens sentados em círculo e suas sombras dançando nos muros redondos do *bunker*. Ele sabia que ninguém voltaria para o trabalho. Eles tinham uma boa desculpa: o ataque aéreo noturno dos Aliados. Ele puxou um colchão sob uma mesa e deitou-se. A seu lado, encontrava-se o sujeito cujos dois irmãos haviam sido mortos. Os alemães tinham alistado compulsoriamente todos os luxemburgueses entre 18 e 35 anos. Aqueles que se recusavam eram fuzilados se descobertos. Ele tinha escapado porque era um trabalhador siderúrgico. Os bombardeiros esta noite que o digam, pensou. Os *Préisen* estão ferrados. É apenas uma questão de tempo. Ele passou a garrafa para o sujeito. Um pensamento perverso lhe ocorreu. Será que podemos nos vingar dos danados dos *préisen*?

Os gritos altos misturavam-se a seus sonhos e torpor. Misch abriu um olho, depois o outro. A luz do alvorecer penetrava pela abertura.

— Acordem, seus vadios! Os bombardeiros passaram às duas horas e vocês ainda estão aqui!

Tinha que ser o Wurth. Era um madrugador e sentia prazer em maltratar os operários. De vez em quando, ele chegava antes do início do turno da manhã, às 7 horas. Dessa vez, ele pegou todos dormindo.

— Precisamos aumentar a produção em cinquenta por cento, e vocês, porcos preguiçosos, estão dormindo. O que vejo aqui? — Misch ouviu o ruído de uma garrafa no chão. — Bebida novamente? Da próxima vez, eu os denunciarei ao *Hauptmann*. Não, ao *Gauleiter*, líder máximo dos alemães.

Misch olhou ao redor e percebeu que o sujeito a seu lado já tinha se levantado. Ele piscou um olho e disse:

— Na semana que vem, durante o turno do dia. Não esqueça.

Misch se esforçou para se lembrar do conteúdo da conversa que tinham tido antes de esvaziar a garrafa. Gradativamente ele se lembrou do plano. Os danados dos *préisen* seriam ferrados.

* * *

Misch estava ao lado do laminador, o suor escorrendo pela testa. Seu corpo pesado estava empapado de suor por causa do calor das chapas de aço vermelhas e incandescentes passando pelo laminador de desbastar a alguns metros dele. Ele observava cuidadosamente a ponte rolante da qual Jampi operava o guindaste. Vinte metros adiante, em frente dele, encontrava-se o outro sujeito. *Por que entrei nesta confusão? O que aconteceria se os préisen descobrissem?* Endireitou-se e enxugou o rosto encharcado com um trapo amarelo. Sobre a ponte rolante, Jampi deu o sinal de positivo. O chão estava limpo. Ele se virou e acenou com o pano. Em um instante, um som sibilante aumentou de intensidade à medida que uma nuvem de vapor surgia na sua frente. A chapa ainda estava avançando no laminador, mas o brilho tinha se transformado em um tom vermelho-escuro à medida que a água esguichada a resfriava. As engrenagens do laminador emitiram um ranger agudo causado pela sobrecarga da barra mais fria, que gradualmente ficou cinza. De repente, um estampido alto ecoou, seguido pela paralisação total do laminador quebrado. A chapa ainda se movia, com a ponta emperrada na cadeira explodida do laminador. Em seguida, resvalou nas laterais tal qual uma serpente na direção de Misch. Com uma rapidez surpreendente para seu corpo portentoso, Misch pulou da plataforma e escapou por um triz. Ele olhou para a frente, para onde a nuvem de vapor agora cobria tudo. O prejuízo estava causado.

Depois de bater a porta do Mercedes, *Hauptmann* Thyssen caminhou energicamente em direção a Jean Wurth, gerente da usina da ARBED em Esch.

— Isso não foi um acidente, *Herr* Wurth. Tem todas as características de sabotagem.

Wurth torceu as mãos em desespero.

— Estivemos investigando... algo incomum aconteceu.

— Esta é uma chapa de aço de alta resistência para nossos tanques. Você sabe disso tanto quanto eu. Somente um idiota ou traidor poderia esguichá-la com água.

— Não acredito que nossos operários tenham a inteligência para premeditar tal coisa. Eu atribuo isso à estupidez — disse Wurth, correndo atrás de Thyssen conforme ele atravessava a usina em direção ao laminador.

— Reúna os operários. Imediatamente. Quero interrogá-los — disse Thyssen, não se importando em olhar para trás. Como se não bastasse a produção atrasada, agora isso. O general Von Kaula, no Órgão Fiscalizador, ficará furioso. A frente oriental absorve todos os tanques que eles estão produzindo.

Ao se aproximar do laminador, ele podia ver os operários apressando o ritmo. Provavelmente eles tinham ficado sentados o dia todo. Ele rapidamente avaliou os danos causados. O laminador havia sido atingido: rolos rachados, engrenagens quebradas. Seriam necessárias pelo menos duas semanas até que recebessem as peças da fábrica Krupp, em Essen. Quando Thyssen olhou para trás, viu os operários formando uma longa fila sob as ordens de Wurth. Desta vez, temos que assustá-los de verdade, ele pensou, ao se virar e caminhar na direção deles.

— Este ato de sabotagem é inaceitável e será severamente punido. Até segunda ordem, estão todos detidos — anunciou Thyssen, andando de um lado para outro e encarando os rostos suados.

— Mas, *Hauptmann*, como faremos para consertar o laminador? — interveio Wurth.

— Deixe isso comigo. Você também é suspeito — interrompeu Thyssen. Então, dirigiu-se aos operários.

— Todos receberam o privilégio da cidadania alemã. Este é um ato de traição. Este laminador estava produzindo chapas blindadas para nossos tanques na luta contra os bárbaros na frente russa. Eu estive lá e posso assegurar-lhes que não pouparão homem, mulher ou criança se por acaso penetrarem em nosso território. Vocês estão colocando em perigo a vida de todos os cidadãos de Gaul-Mosel.

— Por que vocês *préisen* não nos deixam em paz e vão para casa? — resmungou um dos homens.

Thyssen virou-se. Como ousa falar assim? Isto é uma insubordinação. Se não for controlada, uma revolta se seguirá. Ele sinalizou para seus dois soldados, que agarraram o homem e o jogaram brutalmente no chão na frente de Thyssen.

— Os bombardeiros aliados estão destruindo suas cidades. Passam aqui em cima todas as noites — disse o homem, o rosto encostado contra o chão.

Thyssen recuou por um momento. Não posso deixar isto passar assim, pensou ele, tirando a Luger do coldre de couro na cintura.

— Cale-se, seu traidor. Você fez isto!

— Vocês, malditos *préisen*, mataram meus irmãos. Vá em frente, me mate também — disse o homem enquanto um dos soldados tampava sua boca com a bota para silenciá-lo.

Visões da Rússia, dos campos de neve cruéis, voltaram à memória de Thyssen. Ele havia presenciado as SSs executarem prisioneiros e civis muitas vezes. De início, ficara terrivelmente chocado. Gradativamente, foi ficando indiferente, como que anestesiado. Era necessário manter a ordem para conseguir a vitória. A guerra contra os comunistas soviéticos era uma batalha de vida ou morte.

— Pare — ordenou Thyssen. Tudo que o homem disse foi "fodam-se" antes que a bala atravessasse sua cabeça, arremessando-a bruscamente para trás.

A mão de Thyssen agora tremia. Matei um homem. A sangue-frio. Agora sou um dos assassinos. Recolocou a Luger no coldre e se afastou decididamente.

Quando Reinisch chegou à entrada da usina, o cordão de isolamento já havia sido retirado e um grupo de operários esbravejava:

— Greve! Greve! O *préis* matou Jampi.

Ao se retirar, foi imediatamente cercado pela multidão.

— Por favor, me deixem falar com vosso representante — disse ele.

Um sujeito alto, de cabelos escuros, se apresentou. Reinisch apertou sua mão forte e percebeu a determinação em seu olhar. Eles são mais corajosos do que eu, pensou. Eu conduzo e negocio com os alemães. Eles estabeleceram o limite.

— Vocês todos sabem que estamos ocupados pela Alemanha. Isso pode durar um ano ou talvez cem. Temos de produzir aço para o esforço de guerra — disse Reinisch.

Um dos operários gritou:

— Eles fuzilaram Jampi Weiss a sangue-frio. Por que temos que trabalhar para esses malditos *préisen*?

— Não temos escolha. Voltem ao trabalho ou teremos consequências terríveis — disse Reinisch.

Nesse momento, dois caminhões alemães entraram na praça em frente do portão. Os operários os apuparam. Dois soldados pularam de um dos caminhões e puxaram para baixo uma lona. Uma metralhadora apareceu. Dez soldados saltaram do outro caminhão e retiraram um grupo de prisioneiros com olhos vendados e amarrados uns aos outros. Os soldados os levaram para os fundos e os alinharam. O alto-falante anunciou:

— VOCÊS TÊM DOIS MINUTOS PARA VOLTAR AO TRABALHO. SE RECUSAREM, OS QUINZE REFÉNS, TODOS OPERÁRIOS DA USINA ESCH, SERÃO FUZILADOS, UM POR UM, UM A CADA MINUTO.

Reinisch reconheceu a voz de Thyssen. Algo tinha mudado para sempre entre eles. A multidão permaneceu em silêncio. O líder deles, o sujeito alto, bradou:

— Vamos mostrar-lhes nossa coragem. Não sucumbiremos à chantagem.

O alto-falante anunciou "FOGO" e os estampidos se seguiram. O primeiro homem tombou, o peito completamente ensanguentado. A multidão ofegou. Então, um minuto depois, mais tiros foram ouvidos. Outro caiu. Os operários permaneceram ali, hipnotizados, até que o último tombou.

— DENTRO DE UM MINUTO, A METRALHADORA MATARÁ TODOS VOCÊS SE NÃO VOLTAREM PARA A USINA!

— Isto tem de ser feito, *Herr* Reinisch — disse Werner atrás dele.

Reinisch sentiu que ia desmaiar.

— Você deve ter ordens para me matar também — disse ele, sem olhar para o rosto de Werner.

— Se necessário, *Mein Herr*.

— Vamos voltar — disse uma voz no meio da multidão. — Eles vão nos matar a todos.

Devagar, a multidão se desfez, e os operários entraram na usina, braços largados para baixo, ombros caídos, cada um carregando a dor da morte dos colegas. No meio da multidão, vozes abafadas resmungavam:

— Nosso dia chegará. Logo.

Reinisch entrou no Mercedes. Werner ficara com Thyssen para delinear a estratégia do próximo passo. Mais ameaças, mais crueldade, pensou ele. *Eu deveria ter sido mais forte. Preciso de tempo para me recuperar desta. As linhas estão sendo traçadas pelo sangue desses operários.* No assento da frente, Hoffman estava sentado tranquilamente.

— Aonde tudo isto levará? — perguntou Reinisch, realmente não esperando qualquer resposta.

— Não temos outra opção: apoiar a *Wermacht* ou tornar-mo-nos traidores do Reich.

Você, seu bastardo magrelo, Reinisch pensou. *Você quer me atirar no fogo e pegar meu emprego. Esta guerra vem se arrastando violentamente há quatro anos. Não é possível ao Eixo derrotar o poderio da América. É hora de apostar nos dois lados.* Em seguida, sua mente brilhante, herdada de líderes empresariais por muitas gerações, elaborou um plano. Barbançon, embora velho e aposentado, ainda mantinha contatos com os belgas. Ele tinha se aproximado dele algumas vezes com um pedido de ajuda. Os belgas tinham uma resistência secreta que vinha causando devastação na região da Valônia.

Reinisch dirigiu-se a Hoffman:

— Existe uma pequena empresa em Liège, Fissette et Fils. Quero que lhes mande dez mil marcos todo mês. Em hipótese alguma, Werner poderá saber disso. Entregue o dinheiro em mão. Sr. Fissette se encontrará com você, a cada dia dois do mês, em Namur. *Monsieur* Barbançon lhe dará os detalhes.

Hoffman virou-se e encarou Reinisch ironicamente.

— Também fui prisioneiro dos alemães, *monsieur*. Padeci sob o jugo deles. Mas consegui salvar-me e não quero enfrentá-los.

— Mas você conseguiu escapar de um modo bem misterioso.

O rosto de Hoffman tornou-se púrpura. Reinisch sentiu que o havia ferido. Mostrara-lhe que não era segredo seu romance com um coronel alemão que o havia libertado de um campo de concentração em troca de favores. Hoffman não pronunciou uma palavra sequer. Apenas o movimento nervoso das mãos e o rosto corado denunciavam sua angústia. Gostaria de saber o que se passa na sua cabeça, pensou Reinisch.

22

•••

Monlevade, 1944

Tesch entrou apressadamente no Cassino no momento em que Meyers e o grupo de engenheiros estavam apenas começando a saborear seus gins-tônicas e cervejas.

— Eles vêm atrás da gente esta noite — anunciou ele. — O Brasil se juntou ao esforço de guerra. Vargas está inflamando as multidões contra os alemães.

— Sou luxemburguês — gritou um sujeito gordo e de cabeça vermelha, levantando sua cerveja. — Não um *préis*.

— Você acha que esses operários sabem a diferença? Somos todos gringos. Se tiver olhos azuis, você é alemão — disse Tesch. — Geraldo, o chefe do sindicato dos trabalhadores, é um grande defensor de Getúlio Vargas. Ele, com certeza, obterá lucros políticos se puder liderar a turba contra os alemães.

— Traga o rádio — disse Meyers, voltando-se para o garçom.

Em alguns minutos, o garçom apareceu com um rádio enorme. Ele puxou o cabo de força até a parede e o colocou na tomada. Meyers o ligou e aguardou por alguns minutos até que as válvulas aquecessem totalmente. Sintonizou as ondas curtas e girou o seletor, ouvindo zunidos ao mudar o comprimento de ondas.

— Ahá! Consegui. *A hora do Brasil* — exclamou ele enquanto a imponente abertura da mais famosa ópera brasileira, *O Guarani*, de Carlos Gomes, anunciava as notícias nacionais.

As notícias chegavam através de estática, em ondas ameaçadoras. Um submarino do Eixo havia afundado dois navios na costa brasileira, o *Baependi* e o *Araraquara*. O Brasil estava, de fato, juntando-se às forças aliadas, e todos os cidadãos alemães deveriam ser presos. O sujeito gordo olhou para o amigo, que enchia novamente seus copos com cerveja.

— Ludwick, você está em apuros. E você também, Volker.

— Acha que eles verificarão os passaportes? — perguntou Tesch, aborrecido. — A turma do sindicato chegará esta noite e aprisionará todos.

— Nossos operários são leais e dedicados — argumentou Meyers. — Não seremos traídos.

— O sindicato dos trabalhadores metalúrgicos torna-se cada dia mais poderoso, tendo inclusive pessoas enviadas do Rio de Janeiro — disse um dos brasileiros. — Não se esqueça dos longos braços de Getúlio Vargas. Esta é uma ditadura. É melhor fugir.

— Mas para onde? — perguntou o sujeito gordo.

— Chamarei Esch imediatamente — disse Meyers. — Deixe-me ir até a cabine telefônica.

Tesch sorriu.

— O protegido... Vá em frente, vá lamber o traseiro dele.

Após dez minutos, Meyers voltou.

— Ele estará aqui amanhã pela manhã. Vem com um representante do governo. E nos disse que devemos nos esconder durante a noite.

Nesse momento, um engenheiro brasileiro, Chico Pinto, entrou correndo no Cassino. Sem fôlego, ele ainda foi capaz de balbuciar algumas palavras entre longas baforadas do cigarro:

— Eles estão se reunindo em uma turba em frente do prédio do sindicato. Devem chegar a qualquer momento.

— Tenho uma ideia — disse Tesch. — Vamos nos esconder no mato. Atravessaremos o rio na ponte de arame e penetraremos na floresta por trás da igreja. Eu conheço a trilha. — Ele olhou ao redor. — Peguem cobertores e algumas roupas quentes. Darei ordens à cozinha para preparar algum lanche, e nos reuniremos aqui dentro de dez minutos.

Meyers subiu correndo para seu quarto, pegou a espingarda e o saco de caça. Quando desceu as escadas, o pessoal já estava distribuindo sanduíches. A noite tinha acabado de cair no vale como um manto de escuridão quando saíram em silêncio. Atravessaram o rio pela ponte suspensa, subiram os degraus da igreja, viraram à esquerda e passaram pela gruta da Virgem Maria, seguindo Tesch e Meyers ao longo da trilha. Ao penetrarem na mata, Tesch parou por um momento e se voltou.

— Contem as pessoas, não quero nenhuma desgarrada, especialmente os gordos beberrões de cerveja.

Eles esperaram alguns minutos até que o grupo estivesse reunido. Volker e o luxemburguês de cabeça vermelha esforçaram-se para subir a colina. Em seguida, na escuridão total, seguiram Tesch. Depois de algumas centenas de metros, Meyers acendeu a lanterna, e eles caminharam com mais facilidade.

— Existe um riacho na montanha — disse Tesch. — Já estive aqui em cima.

— Caçando? — perguntou Meyers.

— Você poderia dizer que sim. Quero dizer, fêmeas de duas pernas.

A distância, eles ouviram tiros ecoando na montanha. Volker olhou para Ludwick, aterrorizado.

— Merda, esquecemos do Lothar.

— A Belgo Mineira é uma empresa brasileira — disse Esch, movimentando os braços. — Estamos colaborando no esforço de guerra. Fabricando trilhos para a nova linha ligando o Sul ao Nordeste e laminando lingotes para os canhões Bofors. Getúlio Vargas em pessoa inaugurou esta usina, em 1935. Vejam por vocês mesmos a placa de inauguração.

— Um príncipe alemão veio até aqui no ano passado. Isso é o que posso lembrar — respondeu um homem alto e magro, rosto com barba por fazer e enrugado pelo sol, o olhar desafiador e enlouquecido.

— Geraldo, por que você tem que trabalhar contra a gente? — desafiou Esch. — Sempre criticando, sempre exigindo. Trouxemos progresso e empregos para esta região.

— Esse príncipe era Jean, um membro das forças armadas luxemburguesas, na Inglaterra, e não na Alemanha — disse Chico Pinto, o cavalheiro brasileiro ao lado de Esch. — Luxemburgo está sendo ocupado pela Alemanha.

— E quanto à ARBED? — desafiou o homem alto, sacudindo um jornal. — O jornal diz que estamos produzindo aço para o exército alemão. — Ele se voltou para a multidão aglomerada. — Vamos destruir a usina.

— Por acaso esse jornal também disse que os alemães estão matando pessoas em Luxemburgo? Os empregados da ARBED estão sofrendo muito mais do que a gente — respondeu Esch.

Um sujeito baixo pulou à frente da multidão. Imediatamente Esch reconheceu Serafim.

— Esta usina não pertence a esses gringos, mas sim ao Brasil. Se for destruída, o país perderá um grande ativo e nós nossos empregos — bradou, fitando a turba.

Esch aproveitou a oportunidade:

— Você tem razão, Serafim. Esta usina pertence a todos os brasileiros. Se for destruída, perderemos nossos empregos.

Geraldo olhou para Pinto, em busca de apoio. Ele interveio:

— Precisamos dos engenheiros estrangeiros e técnicos para nosso esforço de guerra. Enviaremos tropas para a Itália em breve. Doutor Esch e eu já analisamos a relação de engenheiros. A tragédia de ontem deveria nos fazer refletir quanto à estupidez da guerra. Um contramestre alemão foi morto. Sobraram apenas dois alemães; os demais são luxemburgueses, belgas e franceses.

— Nós os deteremos e os entregaremos às autoridades em Belo Horizonte — disse Geraldo.

Esch avaliou a situação. O sindicato precisava salvar a cara. Em Belo Horizonte, ele tinha contatos e poderia tirá-los da cadeia.

— Eis aqui a relação, com as nacionalidades.

Geraldo pegou a lista e a analisou por um bom tempo. Então, voltando-se para seus três assistentes, disse:

— Volqué Bormá e Ludivic Mulé.

Esch sorriu e voltou-se para Chico Pinto a seu lado:

— Diga-lhes que já podem sair do mato — cochichou no seu ouvido. — Diga a Volker Bormann e Ludwick Müller que cuidarei deles em Belo Horizonte.

Ele piscou um olho para Serafim e então disse a Pinto:

— Se algum dia você demitir o Serafim, será demitido imediatamente.

Monlevade, 1944

Tesch precipitou-se no escritório de Meyers segurando um cartão.

— Aqui, você já recebeu um? — Ele leu o convite, dançando de alegria ao redor da mesa. — Estamos todos convidados para três dias de recreação em Belo Horizonte, todas as despesas pagas.

Ele passou o convite a Meyers.

— Oba! Ele enviará o trem de linha para nos pegar — disse Meyers. — Graças a Deus, mantivemos firme a nossa promessa de quebrar o recorde de produção.

Apertaram-se as mãos e, em seguida, se abraçaram. A expedição de pesca a garotas em Nova Era não tinha sido proveitosa. Alguém, provavelmente algum pretendente ciumento, tinha ameaçado Meyers com uma faca ao vê-lo dançar com uma beldade local, e eles tiveram de voltar a Monlevade às pressas.

Belo Horizonte, 1944

Quando entrou na casa, Esch foi recebido por de Bianey, cujo rosto vermelho já mostrava o efeito de várias taças de champanha. Atrás dele estava Leontina, esplêndida num longo vestido lilás.

— *Soyez bienvenu, monsieur* Esch — disse ela, estendendo-lhe a mão. — A casa está fechada para os senhores esta noite. Todas as moças estão aqui. Mas, entre, por favor.

Esch fez um sinal para o grupo atrás dele, de cerca de 15 homens, que prontamente entraram e se espalharam, inspecionando o lugar. Um garçom circulava com petiscos e champanha. Leontina pediu licença, e, alguns minutos depois, um grupo de mulheres entrou. Esch olhou-as com aprovação.

— Muito bem, Leopold.

— Ah, Jacques, este é o tipo de trabalho para o qual nasci — disse ele, tomando um longo trago de champanha e engolindo alguns petiscos. — Como pode ver, as damas são de primeira classe.

— Todas jovens e bonitas — disse Esch, sentando num sofá. — Vamos deixar que os garotos se divirtam.

É a época certa para organizar um evento do tipo, pensou ele. Seus engenheiros tinham trabalhado com afinco durante esses anos, e em total isolamento. O incidente mais recente com o sindicato os havia atingido no estado de ânimo. Não, os engenheiros no Brasil não se deram tão mal quanto aqueles de Luxemburgo, onde produziam aço para o Terceiro Reich. Mas os tempos eram difíceis para todos. Ao ver Tesch e Meyers entrando, Esch se levantou.

— Vocês estão fazendo um belo trabalho — disse ele, estendendo a mão e dando tapinhas nas costas deles. — Conheço todos os problemas. Faltam peças de reposição e os equipamentos são obsoletos.

Um engenheiro brasileiro baixinho e atarracado entrou.

— Edílio, gostaria de lhe dar os parabéns por aquele grande gerador elétrico que vocês reconstruíram.

— Foram necessários alguns meses, mas conseguimos — disse o engenheiro. — Engenhosidade brasileira.

— Sei que você é de Ouro Preto, grande escola.

— Educação francesa, Doutor. — Estufou o peito com orgulho. — Foi o professor Gorceix, da École de Mines de Paris, que fundou nossa escola.

— Eu venho de uma escola mais prática...

— O senhor deve ter estudado as relações de Maxwell e as leis de Gauss.

A face de Esch endureceu.

— Você está questionando meu conhecimento, Edílio. — Depois, o sorriso amaciou seus traços. — Será que você se lembra da relação de Gibbs?

Edílio entendeu e pensou: não é bom questionar o chefe.

Esch continuou:

— E por sinal, os alemães deram uma surra terrível nos franceses em 1939. O Blitzkrieg é mais eficaz que as equações diferenciais parciais.

Tesch passou por eles com um copo na mão.

— E o que você acha? — perguntou Esch.

— Gostaria de propor que os norte-americanos, uma mistura de inglês e alemão, têm hoje a melhor tecnologia.

— Concordo com essa — disse Edílio levantando seu copo e fazendo um brinde.

Esch também brindou.

— Mas deixa te fazer uma pergunta, Edílio: o que você acha de abrir uma nova escola de engenharia em Belo Horizonte mais voltada para a prática, ao estilo alemão? Sempre respeitei os engenheiros brasileiros mas falta-lhes às vezes senso prático.

— Excelente ideia, Doutor. Já me prontifico a ser professor.

— Prefiro você como engenheiro em Monlevade, Edílio. — Deu-lhe um tapa nas costas. — Mas vá se divertir. Depois podemos falar sobre isto.

Ao bebericar da sua taça de champanha, Esch olhou para o grupo. Alguns casais dançavam ao som da música lenta. O lugar estava decorado com bom gosto.

Leontina apareceu.

— Por favor, sente-se — disse ele, oferecendo-lhe a poltrona.

— Obrigada, Doutor. Por favor, fique à vontade. — Ela devolveu a gentileza. — Sentarei no braço da poltrona.

Ele sentiu o perfume quando ela se sentou. O decote revelava tanto quanto escondia. De alguma maneira, ele se sentia confortável na presença dela. Suas pernas bem torneadas tocaram seu braço.

— Ótima festa, Doutor. Todo mundo está se divertindo.

Eles observaram os casais saindo do salão um por um.

— É nossa hora de ir, Doutor — disse Leontina, segurando sua mão.

— Mas...

— Siga-me — disse ela, sorrindo com seus olhos escuros. — Tudo vai dar certo. O senhor tem que impressionar seus engenheiros... — disse ela, piscando.

Leontina percebeu o pavor nos olhos de Esch enquanto o conduzia. Pobre homem, ela pensou. Você foi magoado. Ela entrou no quarto, trancou-o e, em seguida, disse:

— Deite-se na cama e relaxe. Vou alegrar o ambiente com um pouco de música.

Logo a voz angustiada de Piaf se espalhava pelo quarto.

— Minha cantora favorita — disse ele. — Como você sabia?

— Eu não sabia. — Ela sentou-se ao lado dele. — Meu pai sempre tocava esse tipo de música. Piaf e Chopin.

Leontina afrouxou a gravata dele e desabotoou-lhe a camisa. Esch a olhou como uma criança assustada.

— Estou apenas acariciando o seu peito.

Ela admirou-lhe o peito amplo e o pescoço grosso. Tão diferente dos homens brasileiros, pensou ela. Ao continuar as carícias, desafivelou seu cinto. Por um instante, ela viu terror nos olhos dele.

— Doutor Esch, deite-se e relaxe. Não pense, não se mexa.

Esch olhou para cima. Aí estava ela, sentada a seu lado. Seus seios eram pequenos.

— Pode acariciar o quanto quiser, Doutor. São seus — disse ela.

Esch levou as mãos a eles timidamente, como uma criança bem-comportada. Tinham a mesma maciez dos de Mami.

— O senhor está suando, Doutor — disse ela, pegando uma pequena toalha sobre a cabeceira da cama. Desabotoou sua camisa e secou-lhe o peito e fronte. De algum lugar longínquo, a carícia da toalha foi a chave que abriu seu desejo, contido todos esses anos. Cerrou os olhos e deixou que o sonho entrasse nele, tocando delicadamente os seios.

Leontina se sentiu no controle. Observou um movimento na calça de Esch. Sua mão deslizou para baixo e o acariciou levemente.

— Piaf é divina — disse ela. — Esta é *La Java*.

Ela percebeu a reação no corpo dele.

— Apenas relaxe e ouça a música — disse ela, deixando cair seus sapatos no chão.

— Um tocador de sanfona em Montmartre, a lua brilhando lá fora, o cintilar da luz sobre a rua de paralelepípedos molhada... — sussurrou em seu ouvido enquanto deixava cair o vestido.

Uma onda de excitação invadiu seu corpo. Ali, na frente dela, se encontrava um homem poderoso. Ela o estava descobrindo e conduzindo-o ao prazer. Ele era diferente de todos os homens que tinha conhecido até então, que apenas desejavam o corpo dela. Esta criatura corada, meio gorducha, ali deitada, vinha da Europa. Era amável e gentil. Você jamais me magoará, pensou. Ela empurrou seus pensamentos para o fundo da memória ao afagar o corpo dele. Eu farei com que esqueça seus problemas, suas preocupações.

Leontina sorriu quando sentiu sua crescente excitação. Em seguida, subitamente, ele atingiu o clímax na mão dela. Ele abriu os olhos e sorriu. Como uma criança acordando de um sonho.

— Leontina, isto foi maravilhoso. — Ele levantou na cama e a beijou na testa. — Isto significa muito para mim. Por muitos anos, na maior parte de minha vida...

Ela levantou um dedo e o colou sobre seus lábios, calando-o.

— Não diga nada. Eu também fui magoada. Mesmo assim, a vida continua.

Saíram do quarto de mãos dadas. Esch estava radiante.

— Jacques, como foi? — perguntou de Bianey, que tinha um braço envolvendo o corpo de uma morena alta e uma taça de champanha pela metade na outra mão.

— Ele foi um leão — disse Leontina, rosnando e curvando os dedos em forma de garras.

Esch irradiava alegria e orgulho ao ver as expressões admiradas de vários engenheiros que já se encontravam no salão.

— Leontina tocou minha alma.

— Ao nosso líder! — disse Tesch, levantando sua taça. Todos brindaram.

— Madame, tenho ordens para pegá-la, junto com seus filhos — disse o negro alto postado na porta.

Leontina estava pronta e excitada. Usava um vestido de primavera florido e sandálias, bem diferentes das roupas sensuais que tinha usado na semana anterior, quando o grupo da Belgo Mineira visitara sua casa. Alguns dias atrás ela havia recebido um telefonema de Esch, convidando-a para visitar a fazenda dele. Isso a intrigara. O que ele quer comigo? Sou uma dama. Por que me pediu para trazer as crianças? Como ele sabia?

O motorista se apresentou:

— Arcendino, madame. Agora a senhora terá de me explicar onde devemos pegar as crianças. — Ele abriu um grande sorriso e, em seguida, pegou a mala dela.

Ao sentar-se no assento traseiro do Cadillac, ela repentinamente se assustou. Olhando o espelho da frente, ela viu os olhos de Arcendino.

— Doutor Esch é um bom homem, madame. Ele só transmite o bem para as pessoas.

— O senhor quer dizer antas domesticadas? — Todo excitado, Ciro correu para fora de casa.

— Sim, você pode até mesmo montá-las! — gritou Esch. — Elas ficam numa área especial cercada ao lado do curral.

Leontina sentou-se à mesa na varanda da frente da fazenda. Diante dela, um amplo gramado com uma piscina no centro. E, mais adiante, os estábulos e currais.

— Eu me apaixonei pelo jacarandá assim que cheguei ao Brasil — disse Esch. — Por isso, revesti todas as salas com esta inigualável madeira.

— Ele dá um calor ímpar à casa da fazenda — disse Leontina, bebericando seu gim-tônica.

Ao pegar um cigarro, Esch acendeu o seu isqueiro Ronson de ouro. Maristela sentou-se calmamente ao lado deles.

— Você parece sonolenta, querida — disse Leontina. — Deixe-me levá-la para nosso quarto.

Ao levar Maristela para dentro, ela lutou consigo mesma. Ele será de fato tão gentil quanto aparenta? O que será que quer de mim?

— Amanhã, pela manhã, quero montar o cavalinho, mamãe — disse Maristela enquanto sua mãe a botava na cama. — O homem gordo...

— Doutor Esch — Leontina corrigiu.

— O gordo Doutor Esch — Maristela riu de maneira afetada — me prometeu.

Tiveram que caçar Ciro pelos estábulos antes do jantar. Ele estava num estado de agitação incontrolável.

— Eu encostei nas antas — disse ele. — O couro delas é duro como madeira.

— Elas têm o couro grosso como uma proteção contra as onças — disse Esch. — Quando a onça pula nas costas dela, a anta dispara na sua trilha. A trilha segue por baixo de árvores caídas, e a onça é arrancada de suas costas antes que possa rasgar-lhe o couro.

Leontina notou que Esch realmente se empolgou explicando isso a Ciro. Esch tocou um sino e ordenou que servissem o jantar. Fazia muito tempo que Leontina não era servida com uma refeição tão suntuosa. Por que ele estaria fazendo isso? Estaria tentando me impressionar?

— Você conhece todos estes pratos brasileiros melhor do que eu — disse Esch, apontando para a exuberância da comida sobre a mesa. — Meu pessoal na fazenda é maravilhoso. Eu lhe mostrarei a cozinha depois do jantar.

Ao cortar o pernil do leitão em fatias, ele explicou:

— Esta é uma tradição em Luxemburgo, uma tarefa do marido.

Por um instante, houve um sorriso largo em seu rosto. Em seguida, ficou sério.

Ciro estava maravilhado com a comida.

— Espere até que lhe tragam as sobremesas — disse Esch. — Você vai ver uma coisa!

Depois do jantar, Leontina seguiu Ciro até o quarto deles. Maristela dormia profundamente. Ela tirou a roupa, deitou-se na cama e tentou dormir. De algum modo estranho, ela sentia falta de Esch. Sinto-me só. Após levantar e certificar-se de que as crianças estavam dormindo, ela atravessou o corredor e discretamente abriu a grande porta.

— Ainda acordado? — sussurrou.

Ela ouviu a voz dele e entrou.

— Posso ficar ao seu lado por um instante? — indagou.

Ele abriu os lençóis, e ela se enfiou embaixo. Ela sentiu o calor do corpo dele e o abraçou. Uma criança tímida, ela pensou. Uma criança assustada.

— Gosto de ficar ao seu lado — disse ela, aconchegando-se a ele.

Gritos cacofônicos de maritacas misturados às melodias quebrantadas dos sabiás acordaram Leontina. Um feixe de luz atravessava a fresta das persianas e projetava um coração no assoalho. Esch dormia profundamente. Ela saiu da cama, vestiu o roupão, que estava no chão, e saiu do quarto sentindo uma paz interior que não sabia descrever. O mesmo sentimento que tinha experimentado quando se casara com Ribeiro dez anos atrás.

— Quero aprender a cavalgar — disse Leontina enquanto Esch segurava as rédeas de um cavalo alto.

— Este é meio manga-larga, uma raça de cavalo muito boa. — Ele o montou, ensaiando alguns passos. — Um descendente do meu amado Petróleo com uma égua manga-larga.

Ele tem uma marcha picada, bem rápida, na qual você mal sente os socos da sela.

— Exatamente como o Cadillac, Doutor — disse Arcendino, encarrapitado no curral.

Esch sorriu e, em seguida, ficou sério.

— Você se lembra bem. Ainda sinto saudade dele.

— Pegue o Cardão para madame — sugeriu Arcendino. — É velho e calmo.

Cardão foi apresentado por dois empregados, depois selado.

— Vai, mamãe, vai! — gritou Ciro, cavalgando um cavalinho branco.

Leontina estava apavorada. Esch desceu do cavalo e a ajudou a montar. Em seguida, partiram a um passo lento.

— Você sente a marcha? É o jeito dele. Cardão pode caminhar por horas nessa guinilha.

Leontina sentia que o cavalo assumia uma marcha confortável, sem nenhum soco, a sela se movimentando ritmicamente. Cavalgaram em torno da fazenda. Ele é tão atraente andando a cavalo, pensou ela. Tão seguro, tão nobre. Ela observava seus largos gestos ao mostrar-lhe o gado.

— Estes são zebus puros — disse ele. — Também tenho nelore e zigurá. São originários da Índia e se adaptam bem ao calor. Bem diferentes do nosso gado holandês e Charolais em Luxemburgo.

Passaram por um curral onde havia um touro gigante.

— Este é o Abé, meu campeão. Custou uma fortuna.

O sol já estava inclemente ao retornarem para a casa da fazenda. Tomaram aperitivos e, em seguida, almoçaram. As pernas de Leontina estavam doloridas, especialmente as coxas. Ela se levantou com alguma dificuldade.

— Primeira vez cavalgando. Você vai se acostumar a isso quando os músculos se adaptarem ao cavalo — disse Esch. — O melhor seria uma boa massagem.

Ela sussurrou em seu ouvido ao voltarem para os quartos para uma cochilada:

— O senhor vai me massagear?

As crianças foram até o córrego com Arcendino. Ela se dirigiu para o quarto dele, tirou a calça de cavalgar e a blusa.

— Tenho um pouco de unguento — disse ele. — Deixe-me passá-lo nas suas pernas. Deite-se de costas.

Leontina deitou-se ali e descansou. As mãos de Esch fizeram-na relaxar. Primeiro trabalharam sobre as costas, depois coxas e nádegas. Ela sentiu seus dedos explorando-a, com uma ousadia que a surpreendeu. Entregou-se a seus desejos, e o sofrimento foi gradualmente dando lugar a uma excitação relaxada. Em seguida, ela disse:

— Agora é a minha vez.

Virando-o de bruços, ela passou óleo nas costas dele. Não tinha pelos nas costas redondas, cuja maciez a deixava reconfortada.

— O senhor é tão rosado, Doutor. Tal qual uma criança.

— Leontina, pode me chamar de Jacques.

— Jacques, vire-se de costas e feche os olhos.

Dessa vez, ela o acariciou até que se sentisse excitado. Em seguida, subiu sobre ele e moveu-se devagarzinho. Leontina, não o assuste. Somente quando percebeu que ele estava a um passo do orgasmo ela se deixou levar pelo próprio desejo.

O Cadillac estava parado diante da casa de *rendez-vous.* — Jacques, não quero voltar para aquela casa — disse ela ao partirem. — Mas preciso de dinheiro para sustentar meus filhos.

Subitamente ela se sentiu sozinha. Deteve-se por um momento ao subir as escadas. Jacques, tire-me daqui. Antes de entrar em casa, mandou-lhe um beijo da varanda.

— Mamãe, o Doutor Esch vai nos levar novamente para a fazenda dele? — perguntou Ciro enquanto Leontina entrava. Já se haviam passado dez dias desde que tinham visitado Quilombo, e ela ainda não tinha tido notícias dele.

— Espero que sejamos convidados. Doutor Esch é uma pessoa importante e tem muitas obrigações.

Leontina abriu o jornal e folheou as páginas. Procurava algo. Jacques, onde você está? O que está fazendo hoje? Lá estava. A manchete era clara: "A Belgo Mineira faz uma nova aquisição em São Paulo." Leontina correu os olhos pelo artigo. Ele está em São Paulo. Por esse motivo ele não ligou mais. O telefone tocou. Seu coração disparou. Era Esch e pedia para que ela viesse ao seu encontro.

— Arcendino a pegará e a levará ao Aeroporto da Pampulha. Seu voo é amanhã, pela manhã.

— Em alguns instantes, aterrissaremos no Aeroporto de Congonhas — anunciou a voz no alto-falante. O Douglas DC-3 deu uma grande volta sobre São Paulo.

Leontina estava maravilhada pelos arranha-céus, pelas amplas avenidas, pelo céu da cidade. Ela sentia uma energia estranha, inesgotável. Isto é tudo o que sempre sonhei de cidades grandes. Sofisticação. Pessoas ricas, inteligentes. Oh, Jacques, não me decepcione.

Ela verificou a maquiagem. O batom vermelho-cereja havia sido substituído por um tom mais discreto combinando com o *tailleur* bege. O cabelo exuberante estava agora domado para trás, em coque. Tenho de me comportar como a Ava Gardner, pensou ela, inclinando o chapéu. Após colocar luvas brancas, pegou o *nécessaire* que tinha tomado emprestado de sua colega Eunice na casa de *rendez-vous*. Ao descer as escadas, segurando a saia para não ser levada pelo vento, ela viu Esch na entrada do aeroporto. Ele trajava um terno cinza-escuro, o que lhe dava um ar de mais formalidade do que das vezes anteriores. Correndo em direção a ele, ela o abraçou. Ao sentir a barba dele picando o rosto e cheirar a colônia misturada ao tabaco fino, foi invadida pela emoção.

— Mal consigo reconhecê-la. De fato, você é uma dama — sussurrou Esch em seu ouvido.

— Jacques, você me faz tão feliz — disse ela. Ele segurou a cabeça dela entre as mãos fortes e a beijou na testa. Lelê, não se apaixone. Você já se magoou antes. Mas ela não pôde se conter, e seus olhos se encheram de lágrimas. A mesma gentileza e ternura que tinha visto nele ainda estavam lá. Não era uma ilusão.

— Não me diga que você veio aqui para chorar — disse ele, secando as lágrimas dela com os polegares.

— Ah, a emoção... Eu nunca me deixei levar antes... você aqui... para mim.

— Vamos para o hotel. — Ele a levou rapidamente para um táxi. — Hotel Excelsior — disse ao motorista e, em seguida, em seu ouvido: — Temos de ficar em quartos separados, mas irei visitá-la.

No trajeto, Esch explicou-lhe a cidade e sua missão ali:

— Este é o centro industrial do Brasil. — Ele apontou para os arranha-céus margeando a avenida Anhangabaú. — Aqui também se encontram as maiores fortunas: Matarazzo, Maluf e outros. Precisamos marcar presença aqui.

— Todo mundo se veste bem nas ruas — disse ela, observando a multidão atravessando o Viaduto do Chá.

— Tal como Nova York e Londres. É um mundo diferente, e não o Brasil que eu amo — disse ele, apertando a mão dela.

— Não quero tomar seu tempo aqui. Devo ser bem discreta.

— Claro que não — respondeu ele, apertando sua mão. — Convido você para jantar comigo hoje à noite no melhor restaurante de São Paulo, o Fasano. Convidei também o nosso diretor financeiro e alguns banqueiros de São Paulo.

Leontina abriu a mala e estendeu o vestido sobre a cama. Era um *tailleur* conservador de três peças, igual ao que vira Ava Gardner usar no filme *Sangue e areia*. Ela ligou para o *concierge*.

— Tenho um *tailleur* para passar. Por favor, mande a camareira apanhá-lo.

Em seguida, foi para a janela. Embaixo, as ruas estavam congestionadas por causa do trânsito; as calçadas pareciam trilhas de formigas. De alguma forma, ela sentia ter o controle da situação, sobrepondo-se à cacofonia externa. Ela se curvou sobre a janela. Um calor estranho tomou conta de seu corpo. Espero que Esch venha a meu quarto esta noite.

Eles entraram no restaurante. O *maître* italiano impecável em seu *smoking* preto os cumprimentou, levando-os até a mesa reservada. Três senhores se levantaram. Leontina observou suas roupas caras e cortes de cabelo perfeitos. Ao saudá-los, percebeu suas unhas bem-feitas e sentiu o perfume de colônias caras. Industriais e banqueiros de sucesso, ela pensou. Tinha visto muitos deles. Conhecia os homens como a palma de sua mão, o suficiente para não confiar neles. Mas Jacques parece tão diferente.

— Srta. Lelê Ribeiro — disse Esch. — Minha namorada brasileira. Minha garota.

Leontina corou, sentindo-se novamente uma estudante. Sou a namorada dele. Ela pegou na mão dele e a apertou.

Sentaram-se. Leontina observou a maneira agradável com a qual Esch conduzia a conversa. Ela acompanhou os diálogos com interesse. Quero aprender mais a respeito de Esch, mais sobre a Belgo Mineira. Eles falaram sobre a construção de uma usina em São Paulo, sobre uma nova associação para metais no Brasil, sobre a guerra e sobre o que iria acontecer depois. Aprenderei tudo. Eu me transformarei. Ela sentiu seu cálido olhar do outro lado da mesa. Ele vem esta noite. Eu o farei feliz novamente. Esch, não me decepcione.

23

• • •

Pedro Leopoldo,
Fazenda do Quilombo, 1944

— Olhe para ele, fixando o chão — disse Leontina. — Ele tem saudade do pai.

Ciro virou-se, desconcertado.

— Estou bem, mamãe. O que você está dizendo?

Esch olhou para o topo das árvores, cujas folhas o vento do inverno havia ressecado. Subitamente, Rédange voltou. As folhas cinza ficaram verdes. Leopold e ele corriam pelos campos macios ao longo do Attert. Um papagaio de papel dançava no céu. Ele segurava a linha e a sacudia, observando o rabo do papagaio enrijecer enquanto movimentava a cabeça.

— Eu costumava armar papagaios, carretéis, o conjunto todo — disse Esch, olhando para o topo das árvores atrás da fazenda. Em seguida, virou-se para Ciro, cujos olhos escuros brilhavam em excitação. Ele sentiu as mãos de Leontina apertando as dele. — Posso tentar fazer igual, mas você vai ter de me ajudar, Ciro. Precisamos de papel.

— Vou pegar na fazenda! — gritou Ciro, disparando.

Voltou dois minutos depois segurando dois rolos.

— Azul e branco, as cores do Cruzeiro — disse ele triunfalmente, entregando-os a Esch.

— Severino, vá e traga-nos uma das caixas de vinho, um serrote e um martelo — disse Esch a um garoto de pele amarela que estava ao lado dele.

Ele subiu as escadas para a fazenda, Ciro seguindo atrás.

— Precisamos de três carretéis de linha de costura, um pedaço de arame, e... onde está aquela caixa?

Nesse exato momento Severino apareceu com a caixa. Esch curvou-se, segurando o martelo. Ele percebeu o estômago no caminho, mas impulsionou com força, martelando nas laterais até que se separassem. Em seguida, arrancou os pregos e os endireitou, rodando-os contra o chão e martelando as curvas para apará-las.

— Um metro. Vá pegar, Severino!

Com Ciro a seu lado, ele preparou um esboço do carretel.

— Isto é que é realmente engenharia. Eu costumava ser o melhor em Rédange — disse ele.

Trabalharam por uma boa meia hora até que a armação — quatro pedaços de madeira pregados em retângulo — ficasse pronta. Depois foi a vez do carretel, que Esch fizera serrando dois quadros com sulcos profundos nas extremidades e encaixes no meio. Ele se lembrava de tudo enquanto ia trabalhando com o serrote e o martelo. Quando acabou, segurou os ombros e as mãos de Ciro, orientando-os até que ele juntasse as duas peças. Esch sentiu o delicado corpo do menino tremendo de excitação e ansiedade. Uma estranha emoção o tomou, uma proximidade com aquele frágil garoto que nunca havia experimentado antes.

— Você se tornará um bom engenheiro algum dia, Ciro — disse ele enquanto o menino pelejava com o carretel. — Enrole o fio em torno da base.

Esch segurou o quadro, pegando a broca em seguida.

— Agora vou te mostrar como furar os buracos no quadro.

Após medir o centro e marcar os pontos com um lápis, ele colocou a ponta da broca no quadro, firmou a base sob a axila e girou a manivela. A broca começou a perfurar, talhando lascas na madeira.

— Faça o outro — disse Esch, passando a furadeira para Ciro.

Ele sentiu uma ligeira dor apertando o peito ao se levantar. Era a mesma dor que havia sentido outro dia no escritório, ao fim de uma semana muito corrida. Largou o cigarro, enquanto o suor lhe escorria pela testa. Tenho que ver isso com o médico, pensou ele.

Esch acordou com as suaves batidas na porta.

— Está na hora de ir soltar papagaio. O vento da tardinha está bom — disse Ciro baixinho.

Ele deslizou para fora da cama, buscando espantar a moleza da cochilada da tarde, que era ainda maior por causa do farto almoço e das doses de cachaça. Abaixando-se com dificuldade, colocou os sapatos e amarrou os cadarços. A pressão no peito sumira.

Lá fora, no curral, Esch segurou o carretel, que agora tinha três rolos de linha, enquanto Ciro levantava o papagaio. Ele estava lindo, com o corpo azul e o rabo branco e azul. Tinha sido confeccionado com dois pedaços de bambu: um para o arco e outro, longo, para o eixo. A cola já tinha secado e mantinha os pedaços juntos. O rabo, que balançava ao vento, era feito de laços de papel. Este papagaio é mais leve do que aqueles que costumávamos fazer em Rédange, pensou. Não há bambu em Luxemburgo. Mas como irá voar?

— Severino me ajudou a fazê-lo — disse Ciro com orgulho.

Assim que sentiu uma brisa soprando, Esch acenou para que Ciro soltasse o papagaio e correu para trás. Percebeu que ele subia e continuou correndo, segurando o carretel e dando linha enquanto o papagaio decolava. Era surpreendente como tudo lhe voltava, como se isso houvesse ocorrido no dia anterior em Rédange. O papagaio já tinha alcançado cerca de vinte a trinta metros no ar, acima do topo das árvores, arrastado agora por ventos mais fortes.

— Venha, vou te mostrar como manejar o carretel! — gritou para Ciro, que corria a seu lado. — Ele passou o carretel a Ciro, segurando a manivela. O papagaio embicou para o alto pedindo mais linha. — Dê mais linha, vá soltando a manivela.

O papagaio se movia conforme a manivela girava, soltando a linha.

— Os primeiros quatrocentos metros já se foram.

Ciro bateu com a mão na manivela do fio, e o papagaio imediatamente subiu no ar, sacudindo orgulhosamente a cabeça. Logo depois, virou em direção a si mesmo, apontando para baixo enquanto mergulhava rumo ao chão.

— Solte a linha, solte! — gritava Esch, tirando as mãos de Ciro da manivela. O papagaio fez uma curva, seguido pelo próprio rabo.

— Papai, ele está fazendo de novo!

Esch olhava para o menino ao seu lado, tentando controlar os fortes giros do papagaio. Ele me chamou de papai pela primeira vez.

Esch ajudou-o a manejar o carretel.

— Nós ainda temos duzentos metros de linha. Temos que controlar esta fera — disse ele, orientando as mãos de Ciro com o carretel, dando linha e depois puxando, enquanto o papagaio respondia aos comandos.

Segurando o carretel, Esch olhava o papagaio diminuindo no céu enquanto voava cada vez mais longe, impulsionado pela brisa da tardinha. Sentindo o corpo de Ciro tremer, a dor em seu peito voltou, porém menos aguda dessa vez. Eu vou te ensinar, Ciro. Vou ensinar tudo o que você precisa saber, meu filho.

24

• • •

Diamantina, 1944

Leontina olhou para fora através da nuvem branca levantada pelos pneus na paisagem árida. Suas narinas estavam cheias de poeira da longa viagem.

— Mais três horas, Doutor — disse Arcendino, olhando pelo retrovisor. — Agora começamos a subir a serra.

— Jacques, isto deve ser muito diferente de seu Luxemburgo — disse Leontina, lembrando-se de uma viagem feita às mesmas terras áridas alguns anos atrás, procurando por Ribeiro. Essa era muito mais feliz.

— Você não pode nem comparar. Tudo é verde e pequeno em Luxemburgo — disse Esch, colocando a mão sobre a perna dela. Ela sentiu um calafrio, uma antecipação da noite, esperando que ele demonstrasse mais entusiasmo para com ela. Ultimamente, tinha estado tão absorto em seu trabalho que não tinha tempo nem energia para ela.

— Reduza a velocidade um pouco, Arcendino — disse Esch. — Estamos começando a pegar alguma poeira do carro do Doutor Juscelino. — Estavam penetrando numa grande nuvem de poeira à frente. — Sabe o que seria melhor? Vamos parar por um instante.

Arcendino encostou o Cadillac no acostamento e deixou a caravana passar: quatro carros com os acompanhantes de Juscelino. Eles reiniciariam a viagem depois que a poeira tivesse assentado. Enquanto esperavam, desceram do carro e contemplaram o vale abaixo. O rio Jequitinhonha deslizava preguiçosamente no sopé da montanha, suas águas verdes refletindo as árvores alinhadas nas margens. De cima, parecia uma serpente languidamente coleando. O sol já estava se pondo nas planícies abaixo deles, e o céu apresentava raios vermelhos, laranja e amarelos. Um casal de papagaios passou voando.

— Engraçado, estão se acasalando para procriar — disse Leontina enquanto Esch voltava de alguns arbustos fechando a braguilha.

— Eles devem amar muitíssimo um ao outro. — Ajustou os suspensórios. — Você sabia que eles nunca se separam?

— Esta terra seca vai até a Bahia, vinte dias a cavalo — disse Arcendino. — Vai ficando cada vez mais brabo até virar caatinga, onde é raro achar um pingo de água.

— Você já esteve lá? — perguntou Leontina.

— Quando era garoto, ia com tropas de mulas. Até Montes Claros e além. Não tinha nenhuma estrada naquele tempo, só trilhas de tropeiro passando por Diamantina.

— Eu estive em Montes Claros. É um lugar esquecido por Deus — disse Leontina, pensando em Ribeiro por um momento. — Tudo é seco por lá.

Já eram 9 horas da noite quando chegaram a Diamantina, uma cidade colonial do século XVIII construída nas encostas da mais alta das montanhas daquela região. As ruas, cobertas com grandes lajotas de pedra, seguiam trajetórias tortuosas que somente burros poderiam esculpir. Não havia lógica na disposição da cidade, que tinha seguido as trilhas criadas pelas tropas.

A caravana parou ao lado de um sobrado.

— Vamos pousar aqui — disse Esch. — A velha casa de Chica da Silva.

Leontina se lembrou de sua primeira viagem a Diamantina, dois anos atrás. Naquela ocasião, ela viera com Juscelino, disfarçada como sua secretária. Ele a contratara por uma semana. Entraram na casa. Estava muito longe de ser um palácio, mas tinha uma simplicidade elegante. Dois empregados negros transportaram as malas para cima subindo a escada de madeira. Os móveis entalhados com adornos estavam deteriorados. Esch abriu a porta que dava para a varanda e olhou para fora.

— Essas devem ter sido as trilhas deles — disse Esch, abrindo a janela e observando as ruas alinhadas com as casas caiadas com varandas e janelas azuis. — Essas pessoas não tinham grandes projetos para cidades. Sinto-me como se voltasse duzentos anos no passado. — Ele inspecionou as lâmpadas nos cantos da varanda. Funcionavam a querosene e irradiavam uma luz fraca, própria para um salão de danças.

— Tudo tinha de ser transportado do Rio de Janeiro ou Parati, um mês no lombo das mulas ou carros de boi — disse Leontina. — Esse é o motivo pelo qual tudo era tão esparso. — Ela se dirigiu para a cama finamente entalhada em mogno escuro. — Esta é a cama de Chica da Silva. Aqui ela deu à luz treze filhos — prosseguiu ela, deitando-se sobre a cama alta. — Seu mestre, João Fernandes, trabalhou duro. — Em seguida, e de repente, ela se tornou sombria: — Não serei capaz de lhe dar filhos....

Esch se inclinou sobre Leontina e a beijou enquanto ela abria a braguilha dele e deslizava a mão para dentro.

— Leontina, você não perdeu o toque — disse ele, baixando os suspensórios.

Ela levantou a saia de maneira convidativa, e ele a agarrou ali mesmo, em pé ao lado da cama.

Esch sobre ela, Leontina lutava para se desvencilhar da lembrança de Juscelino naquela mesma cama. Todas as noites ele fazia amor com ela com uma leveza e um vigor impróprios para um político veterano. Embora tivesse vindo com ele num relacionamento profissional, e ela lutasse contra o prazer, todas as vezes ela havia chegado ao clímax. Jacques é diferente, pensou Leontina. Muito mais frágil, vulnerável. O leão e o carneiro. Mas esta noite ele é um leão. Entregou-se a seu ritmo crescente e gozou com ele, agarrando seu pescoço e gritando de prazer.

A banda de música estava vestida em trajes militares de gala. Ao chegarem à praça central, Esch e Leontina subiram no palanque. O comandante do 4º Batalhão da Polícia Militar cumprimentou o ilustre filho de Diamantina, Doutor Juscelino Kubitschek de Oliveira, e sua comitiva. O arcebispo da diocese de Diamantina, dom Serafim, também estava presente. A batina púrpura e o solidéu indicavam seu posto na hierarquia eclesiástica. Ele estendeu as costas da mão para Juscelino, que a apertou e, com elegante cortesia, beijou o anel. Esch o seguiu. Ele puxou a mão para trás quando Leontina se aproximou. O filho da puta, pensou ela. Deve ter me reconhecido por causa da última vez. Uma onda de raiva a invadiu. Ela se voltou para verificar se Esch tinha visto o momento. Ele estava sorrindo enquanto conversava com o prefeito. Nada havia percebido.

— Doutor Juscelino será o nosso próximo governador, quem sabe presidente. — Leontina ouviu o prefeito dizer orgulhosamente. — E pensar que eu me lembro dele ainda criança, estudando à noite, sob as luzes da rua. Mas deixe-me apresentá-la à mãe dele.

Uma senhora magra, vestida de preto, estendeu a mão, e Leontina a cumprimentou. Ela podia perceber a mesma censura silenciosa em seus olhos.

— Ela passou a vida toda ensinando às crianças do primário e rezando — disse Juscelino, dando-lhe um caloroso abraço. — Seu filhinho está de volta, mamãe.

— Espero que você esteja se comportando bem em Belo Horizonte — ela ralhou por brincadeira. — Muito mulherengo. Você deve ter aprendido isso na escola de medicina de Paris.

— Ah, o que você pode esperar, mãezinha? Paris é a cidade do amor, e eu era bom aluno — disse Juscelino, e todo mundo, exceto o alto e magro arcebispo, riu. — Mas você é a mais bonita delas todas.

Leontina notou que a mãe tinha os mesmos olhos puxados de Juscelino.

O maestro se adiantou, cumprimentou o coronel e anunciou:

— Iniciaremos com a *Cavalleria Leggera*, de autoria de Von Suppé.

Leontina olhou para Esch e percebeu a expressão feliz enquanto a orquestra atacava a música dinâmica demonstrando segurança.

— Diamantina tem uma longa tradição de música — murmurou no ouvido dele. — Coros de igreja, serenatas, bandas. Todo mundo é músico por aqui.

Canções locais antigas, entremeadas com valsas e marchas, se seguiram. Leontina podia ver a felicidade nos olhos de Juscelino enquanto este abraçava a mãe.

A multidão aplaudiu quando Juscelino pegou o microfone e disse algumas palavras, exaltando sua visão do futuro.

— ...estamos aqui para contribuir para o progresso desta nação. O velho sonho de uma capital no centro geográfico do Brasil se tornará realidade quando eu for presidente. Está comigo hoje o líder da indústria siderúrgica do Brasil, seu pioneiro, como Getúlio Vargas disse com propriedade. Depois de cem anos de letargia, este gigante, o Brasil, acordará novamente e adotará o lema escrito em nossa bandeira nacional: ordem e progresso. Senhoras e senhores — disse ele, levantando a mão de Esch —, aqui está o Doutor Esch, vindo diretamente de Luxemburgo.

Em seguida, veio o grande final, *Peixe vivo*.

— É a favorita de Juscelino — disse ela. — Uma velha canção portuguesa, hino de Diamantina.

A multidão rugiu enquanto ele cantava, conduzindo a orquestra. Em seguida, a letra dizia:

— Como pode o peixe vivo viver fora d'água fria...

No fim da canção, ele anunciou:

— Diamantina é a água, e eu sou o peixe. Voltarei sempre, Diamantina. Mesmo em Paris, onde passei cinco anos, não deixei nem por um dia de pensar nesta cidade, na qual reside a minha alma.

Ao adentrar o salão de baile, trajando um vestido branco "tomara que caia", Leontina podia perceber os olhos fixos nela. Ela entrou orgulhosamente, segurando a mão de Esch. Juscelino levantou-se de sua mesa, posicionou-se no centro do salão de baile e os cumprimentou:

— Bem-vindos ao Clube Acayaca, onde passei muitas tardes agradáveis durante minha adolescência.

Ele estava impecavelmente trajado com um terno cinza. Pelo corte, Leontina sabia que era do Aquino, o melhor alfaiate de Belo Horizonte. A fina lã de alpaca, que tinha um brilho inconfundível, era um Dormeuil francês, o favorito de Juscelino. Seus brilhantes sapatos pretos eram de fino couro alemão, e ainda exibia um Pattek Philippe de ouro no pulso.

Juscelino os acompanhou até a mesa. Em seguida, inclinou-se elegantemente e disse:

— Posso ter a honra da primeira dança com a dama?

Leontina olhou para Esch enquanto este dava uma longa baforada no seu cigarro e sorria. Ele consentiu, pensou ela.

A orquestra entoou um bolero, *Aquellos Ojos Negros*. Os pés ligeiros de Juscelino conduziram Leontina, ela se deixando guiar pelo salão. A colônia francesa de Juscelino trouxe de volta o passado, as carícias, as noites de amor. Ela resistia à pressão de sua mão direita nas costas, tentando aproximá-la ainda mais dele, enrijecendo o cotovelo direito e mantendo-o a distância. Agora eles se encontravam no extremo oposto do salão de baile, distantes de Esch. Ela sentiu seu corpo tocando o dela e o movimento de seu peito contra os seios. Não posso, não posso, pensou ela, enquanto ele a rodopiava e suas pernas roçavam as dela. Então, ela sentiu sua virilha pressionando-a.

— Juscelino, não... — suplicou.

— Adoraria possuí-la agora — murmurou ele no ouvido dela.

Leontina olhou para a mesa e viu que Esch tinha saído. Será que foi ao banheiro?, ela se perguntou, tentando resistir às investidas de Juscelino.

A música parou, e eles permaneceram em pé por um instante, como se tivessem acordado de um sonho. Os seios de Leontina estavam em fogo.

— Por que você faz isso comigo? — disse ela, arfando.

Havia uma expressão diabólica no belo semblante de Juscelino. Seus olhos olhavam maliciosamente de soslaio.

— Sou escravo de nosso passado.

Voltaram à mesa. Esch ainda não havia retornado.

— Onde está o Doutor Esch? — ela perguntou a Libório, que dividia a mesa com eles.

— Se eu fosse você, iria atrás dele. Ele saiu daqui e, pelo rosto corado, não parecia muito feliz.

Esch ficou com ciúmes, pensou ela. Pela primeira vez. Leontina pegou a bolsa e desceu correndo as escadas. Na rua, tirou os sapatos de salto alto e correu diretamente para a casa de Chica. Os três uísques que ela havia tomado antes de entrarem no clube agora faziam suas pernas cambalear. Num momento ela se achava em perfeito estado de controle e no seguinte tropeçava. Quando deu a volta no quarteirão, ela o viu em pé na varanda, segurando um copo. Subindo rapidamente a escada, ela o abraçou.

Ele a repeliu:

— Não, me deixa em paz!

Leontina se sentia ao mesmo tempo culpada e feliz, visto que ele se preocupava tanto com ela. Um homem brasileiro teria me esbofeteado. Bem que mereço.

— Você não me ama, Jacques — disse ela. — Você me quer apenas pelo meu corpo, como a um troféu.

Ele permaneceu calado por um momento, então seu rosto ficou vermelho. De repente, atirou o copo contra a parede.

— Não diga isso! Eu a trato como uma dama, e você se comporta como uma...

— Uma puta, uma puta, uma puta — ela completou. — Uma prostituta. — Ela sabia que estava bêbada, mas não pôde se conter. Subitamente, rasgou a parte superior do vestido, expondo os seios. — Olhe para a prostituta, divirta-se com ela! Você pagou por ela.

Então, ela explodiu em lágrimas e caiu na cama.

— Isto é tudo que sou para você. Para você e para todos.

Leontina sentiu a mão dele acariciando-lhe as costas e, em seguida, o pescoço. Mãos carinhosas, e não mãos cheias de dedos e malícia.

— Não queria dizer isso, Lelê — sussurrou ele. — Jamais usaria essa palavra. Não para você.

O fogo que ela sentira antes voltou.

— Pegue esta prostituta, Jacques. Sou toda sua, agora e para sempre.

Lágrimas escorreram de seus olhos enquanto sentia os peitos sendo comprimidos, depois acariciados e finalmente chupados. Ela levantou o vestido branco.

— Fode esta prostituta.

Continuou chorando, mas suas lágrimas agora estavam misturadas ao prazer ao sentir Esch agarrando-a e cochichando em seu ouvido:

— Agora você sabe que a amo demais. Você fez de mim um homem completo.

Dessa vez ele a penetrou mais lentamente, e o ardor que ainda sentia se transformou em fogo.

Quando acordou, Esch estava em pé na varanda, admirando o alvorecer. Ele desfrutava uma sensação de vitória. Emanava um ar de orgulho ao se voltar para ela.

— Esse é o palácio do arcebispo — disse ele, apontando para um casarão do outro lado da rua. — Falarei com ele hoje.

— Sobre o quê? — perguntou ela, ainda sonolenta. Ela se sentia languidamente preguiçosa.

— A respeito da anulação de seu casamento. Eu lhe oferecerei aço em troca.

O padre atrás da grande mesa de madeira olhou para o relógio na parede, levantou-se e deixou a sala. Esch sentou-se num sofá desconfortável, de palhinha trançada já abaulada pelo longo uso. Lembrou-se da audiência com o padre Jayme, muitos anos atrás. Alguns minutos depois, o padre entrou pela porta.

— Dom Serafim o aguarda para a audiência. Assine o livro, por favor.

Esch estava impaciente. Esperei por vinte minutos, pensou. Ele está brincando comigo.

Passou por uma ampla porta dupla pintada de azul e atravessou uma antecâmara. Uma segunda porta levava ao escritório. Nos fundos do amplo escritório havia uma mesa de jacarandá maciço. Na parede, um austero crucifixo. Dom Serafim estava em pé junto à janela, olhando para fora. Esperou uns bons vinte segundos antes de se voltar e oferecer as costas de sua mão. Ele quer que eu beije o anel. Aborrecido, Esch hesitou, curvando-se apenas um pouco.

— O que o traz aqui? — Dom Serafim lhe perguntou de maneira sarcástica. — O amor de Deus?

Esch surpreendeu-se com a arrogância de Dom Serafim. Tão diferente dos mineiros, que eram sempre gentis e simples no tratar. Ele tinha se acostumado aos longos preâmbulos que precediam as negociações entre mineiros nas reuniões de negócio. Assim, começou lentamente:

— Estou aqui para oferecer ajuda à Igreja — disse ele. — Monlevade pertence à diocese de Mariana, mas estou profundamente impressionado pela pureza de Diamantina. Sou o diretor da maior companhia siderúrgica do Brasil. — Esch olhou para Dom Serafim. É um homem orgulhoso, um príncipe, tal como eu. — Doutor Juscelino me disse que Vossa Senhoria precisa de cem toneladas de aço para a nova catedral.

Dom Serafim voltou para sua mesa e se sentou.

— E... — disse ele, encarando Esch com uma expressão enigmática e um tanto quanto cínica.

Por que toda essa animosidade?, pensou Esch. Eu farei meu pedido e esperarei a reação dele.

— Preciso de um favor. Gostaria de me casar, mas minha futura esposa...

— Leontina Ribeiro? — ele interrompeu bruscamente. — Qual é o problema?

Como ele a conhece? Ontem, no concerto! Então, de repente, Esch suspeitou que ele talvez a conhecesse de encontros anteriores, ou até mesmo através de Juscelino. Ele consentiu.

— Ela é casada e é uma meretriz — disse Dom Serafim.

Aquela palavra doeu, e o sangue de Esch subiu-lhe às têmporas. Eu vou sair agora mesmo do escritório desse filho da puta. Mas ele recuperou o controle e se conteve.

— Maria Madalena também o era, e Jesus a perdoou — disse Esch, desafiador.

Dom Serafim levantou-se de sua cadeira de jacarandá entalhada.

— Mas ela se arrependeu, enquanto a Sra. Ribeiro vai de braço em braço. Benedito Valadares, Juscelino... — Dom Serafim pensou por um instante e, em seguida, prosseguiu: — Jesus também disse: "Que nenhum homem desfaça o que Deus uniu." Minha resposta é não.

Esch virou-se e saiu, berrando:

— Você não vai receber nem um quilo sequer do meu aço!

* * *

Eles caminhavam pela velha estrada. À frente, o guia tagarelava sobre os escravos que haviam construído a estrada, pedra por pedra, em toda sua extensão até as minas de diamantes. O rubor nas têmporas de Esch mostrava o cansaço pelo esforço, o corpo pesado suando em profusão ao subir a encosta íngreme.

— Definitivamente, não sou feito para este tipo de esforço. O calor... Nós europeus não aguentamos isso... Nós desintegramos nos trópicos.

Leontina pegou a mão dele.

— Você ainda está chateado com Dom Serafim. Você é o meu Tarzan fortão.

Esch riu. Ela era sempre gentil, incentivadora. Ele parou por um instante para respirar, meteu a mão no bolso para apanhar um cigarro e, em seguida, voltou-se.

— Acharemos uma solução, Lelê. Tentarei com o arcebispo de Mariana. Talvez ele anule seu casamento. Seu marido pode até mesmo estar morto, quem poderá dizer?

Leontina o abraçou.

— Desculpe-me pelas más notícias. Ele está num fazendão em Janaúba, a quinhentos quilômetros daqui e cercado por mulheres.

Esch olhou para a imensa vastidão ao redor deles. As altas rochas expostas, marcadas por milhões de anos de vento e chuva, tinham esculpido um perfil recortado no horizonte.

— Olhe para essas rochas, tão torturadas e tão diferentes daquelas encontradas nas nossas minas de minério de ferro. Um dia elas já carregaram diamantes.

— Quem sabe? Ainda podem estar impregnadas de gemas — disse Leontina.

Ele se voltou para ela.

— Por que um detalhe assim nos separaria? — Então, ele refletiu. — Mas sou o líder de uma grande empresa. Existem obrigações sociais, e, por trás de todo o samba e maluquices, o Brasil é uma sociedade muito conservadora.

Leontina acariciou seu braço.

— Olhe para este vazio sem fim. Está todo aberto para nós, para sempre. Jacques, o que importa é que estamos juntos.

Ao abraçá-la, ele sentiu seu aperto forte. Havia um desespero nela, como o de uma náufraga a se agarrar à vida. Ela precisa de mim tanto quanto eu preciso dela. Nenhum arcebispo haverá de nos separar.

— Não existe lei do divórcio no Brasil — disse Leontina. — Mesmo que a Igreja o anule, não poderemos nos casar no civil.

— Por que o Brasil não oficializa o divórcio?

— Por duas razões, Jacques. Primeiro, porque somos um país católico, e você sabe que a Igreja não permite o divórcio. E, segundo, para proteger a nós, mulheres.

— Como?

— Se permitirem, todos os homens largariam as mulheres e deixariam os filhos para trás. Veja o meu caso e como há mulher neste país.

— Para mim, só há uma — disse Esch, tomando a mão dela.

Esch a olhou por um instante, então uma ideia lhe ocorreu:

— Vamos casar no Uruguai.

Leontina olhou para a cidade de Diamantina agarrada na encosta da montanha tal qual um molusco gigante branco que o sol da tarde cobria com matizes dourados. Pensava em Chica da Silva, no lago e na caravela que João Fernandes tinha construído para ela, nos seus 13 filhos e no ameaçador código moral do século XVIII, que ela desafiara no papel de amante. Jacques é tão valente, pensou ela. Espero ter a força de seu amor. Eu o magoei com Juscelino. Ela agarrou a mão dele e disse:

— Eu gostaria de ter vivido aqui nos séculos passados.

— Prefiro o futuro ao passado — disse Esch. — O que o passado nos trouxe? Guerra, miséria, carnificina. Já vi tudo isso. — Ele olhou para o céu. — O futuro, isso é o que me excita. Aguarde até amanhã.

Ela ficou triste por alguns minutos.

— Não posso lhe dar 13 filhos, nem mesmo um.

— Calma , Leontina, você tem dois filhos maravilhosos.

O rugido de dois motores radiais acordou Leontina, que correu para a varanda e olhou para o céu. O avião de prata voava em círculos sobre Diamantina, balançando suas asas. Esch estava parado no meio da rua, braços estendidos, um charuto na boca. Girando, ele rugiu:

— Minha surpresa. O futuro. Juscelino vem conosco.

O Cadillac dirigiu-se até a pista improvisada no topo da montanha. Passaram por um bando de crianças subindo e gritando:

— Avião! Avião!

— Esta é uma surpresa agradável, *monsieur* Esch — disse Juscelino, sentado no banco da frente e voltando-se. Ele usava um impecável terno de linho bege, sapatos brancos e marrons e uma larga gravata colorida. — Não teremos que combater a estrada poeirenta o dia inteiro.

Esch estava radiante. Leontina sabia que ele se regozijava por estar no comando, fazendo a vez de patrono benevolente. Era a sua maneira de retribuir o convite de Juscelino na celebração de sua cidade natal. Nada da confusão do Clube Acayaca transpirava em suas ações. Ele nos perdoou, ela pensou.

O Junker 54 estava no fim do pasto, que tinha sido aplainado por um caminhão que o prefeito mandara ir e voltar algumas vezes no dia anterior, removendo pedras e tapando os buracos. Acima deles, em um poste, um saco cônico misterioso apontava para a direção do vento. Dois pilotos uniformizados deram as boas-vindas. Uma multidão razoável cercava o avião, com soldados do 4º Batalhão posicionados e gritando ordens para que ninguém o tocasse.

— Este é bem menor do que o avião que peguei para São Paulo — disse Leontina enquanto Esch inspecionava a fuselagem quadrada, tocava os rebites e batia no revestimento de alumínio.

— É um avião para dezoito passageiros. — Esch sorriu. — Engenharia alemã, a melhor do mundo.

— Não apostaria nisso — disse Juscelino, o sorriso perene no rosto e estreitando os olhos ao sol. — Estamos dando uma surra neles na Itália.

Arcendino e os pilotos carregaram a bagagem no estreito espaço interno do avião. Juscelino subiu a escadinha, parou na porta e despediu-se da multidão. O copiloto agarrou a pá da hélice do avião e deu-lhe um impulso rotatório forte para dar partida. Logo os dois motores estavam rodando suavemente.

— Gostaria de me sentar na frente — disse Esch.

O piloto pediu para que o copiloto se sentasse atrás.

— Positivo, Doutor Esch. Mas devo pedir-lhe para não tocar nos controles.

O piloto olhou para o grande funil dependurado no poste, avaliou a direção do vento e conduziu o avião ao longo da pista de decolagem, produzindo uma rajada de vento que fez voar os chapéus e o capim do pasto. Depois de verificar que a polícia mantinha a multidão afastada, o piloto acelerou os motores ao máximo por alguns momentos para certificar-se da potência. Então, soltou os freios, e o avião acelerou. Leontina se segurou no assento, rezando para Nossa Senhora da Conceição e seus três anjinhos. O rosto de Juscelino estava grudado na janela, sua mão acenando à medida que o avião saía gradativamente do chão e sobrevoava o vale no fim do campo de pouso. Leontina podia ouvir a conversa em voz grave entre o piloto e Esch acima do ruído dos motores, mas não entendia nada. O mundo à frente dela era só de magia e medo. Nuvens leves, casas minúsculas e uma serpente gigante se movimentando na beirada das montanhas: o rio Jequitinhonha.

— BONITO, NÃO É?! — gritou Esch, um sorriso largo no rosto. — ISTO É O FUTURO.

— O BRASIL TEM UMA GLORIOSA TRADIÇÃO NO AR, COMEÇANDO COM SANTOS DUMONT EM 1906! — disse o piloto.

Leontina sentiu tontura e voltou para o assento. Viu Juscelino se levantar e permanecer em pé na entrada da cabina. Juscelino e Esch inspecionaram os painéis cheios de instrumentos pretos com a curiosidade de crianças numa loja de brinquedos. O avião inclinou-se para a direita e, em seguida, para a esquerda enquanto o piloto remexia os controles. Leontina sentiu náuseas e implorou:

— EU VOMITAREI SE CONTINUAREM!

Eles riram e voltaram para seus assentos, acenando para o copiloto.

— PRECISAMOS DE UM NOVO AEROPORTO EM BELO HORIZONTE, PREFEITO! — gritou o piloto, da cabina.

— EXCELENTE IDEIA. VAMOS ACRESCENTÁ-LO AO PROJETO DA PAMPULHA! — Juscelino sorriu orgulhosamente. — CONSTRUÍMOS UM LAGO ARTIFICIAL COM UM YACHT CLUB, UM CASSINO E UMA CAPELA MODERNA. AGORA ACRESCENTAREI UM NOVO AEROPORTO!

— VOCÊS TÊM ENERGIA ELÉTRICA PARA ESSES PROJETOS?! — perguntou Esch.

— O RIO SÃO FRANCISCO. CONSTRUIREMOS UMA REPRESA NAS QUEDAS DE TRÊS MARIAS. NÃO LONGE DAQUI!

O estômago de Leontina já estava embrulhado. Por favor, não, ela pensou. Não aguento mais estas sacudidas.

O piloto mudou de curso, tomando a direção oeste. Em dez minutos, uma faixa verde de florestas apareceu a distância, em seguida o rio.

— ESTE É DEZ VEZES O TAMANHO DO JEQUITINHONHA! — gritou Juscelino. — UM MILHÃO DE METROS CÚBICOS POR MINUTO. ENERGIA SUFICIENTE PARA UMA CIDADE DE DOIS MILHÕES!

O piloto direcionou o avião sobre o rio.

— AS QUEDAS DE TRÊS MARIAS!

— PODEMOS ATERRISSAR?! — perguntou Esch.

O piloto consultou os instrumentos.

— TEMOS COMBUSTÍVEL SUFICIENTE!

Eles sobrevoaram um lugarejo próximo ao rio, sacudindo as asas e seguindo para um trecho de água sobre as quedas.

— ATERRISSAREMOS NA ÁGUA! — disse o piloto enquanto conduzia o avião em uma curva fechada.

Leontina olhou aterrorizada para o rio. Ela pegou a mão de Esch e a aproximou de seu peito. — VAMOS NOS AFOGAR! NÃO SEI NADAR!

— NÃO SE PREOCUPE. FECHE OS OLHOS POR CINCO MINUTOS E CHEGAREMOS LÁ!

Ela o agarrou e rezou para Nossa Senhora da Conceição. As várias ave-marias a acalmaram, fazendo com que entrasse em uma espécie de transe. O que tiver de acontecer acontecerá, pensou ela. — Seja feita a vontade do Senhor. Ela abriu os olhos após um forte baque seguido por uma freada brusca do avião. Ao seu lado, Esch ria.

O piloto manobrou a aeronave até um pequeno ancoradouro, onde havia canoas atracadas. Algumas mulheres que lavavam roupa na margem correram, fazendo o sinal da cruz. Garotos, ao contrário, acenavam. O piloto abriu a escotilha e lhes atirou uma corda. Eles desceram, Juscelino na frente. Ao subirem a margem do rio, um homem baixo e atarracado, vestindo um terno branco e amarrotado, de gravata e chapéu de palha, caminhava na direção deles. Leontina observou que o homem estava descalço.

Tirando o chapéu com um gesto grandioso e inclinando-se, o homem disse:

— Bem-vindos a Três Marias. — Ele olhou atentamente para eles e depois afirmou: — Doutor Juscelino, quanta honra. Sou o prefeito, Osimar Pires, PSD.

O homem então olhou para os próprios pés.

— Desculpem por isso. Não tive tempo de calçar os sapatos.

Pelo tamanho daqueles pés calosos, Leontina podia avaliar que raramente, ou nunca, ele tinha usado sapatos. O prefeito fazia-a lembrar-se do avô de Caratinga, sua cidade natal, que ela visitara algumas vezes. Ele provavelmente tentara calçá-los, mas não couberam, pensou ela.

— Vocês estão todos convidados para jantar — disse o prefeito. — Vocês têm que ficar para a janta — insistiu. Pensou por um momento. — Vamos pescar esta noite.

Juscelino sorriu do seu modo mais cativante.

— Bem, senhor Osimar, somos do mesmo partido político, o PSD, e já que insiste...

Leontina olhou para a reação de Esch, que dificilmente escondia seu aborrecimento. Ele tinha que ser o número um, o centro das atenções. Juscelino estava roubando a cena. Voltando-se para eles, Juscelino disse:

— Bem, se meus companheiros aqui estiverem de acordo.

Esch hesitou por um instante.

— Tenho umas cervejas geladas a mais no meu hotel — disse Osimar, olhando para o rosto vermelho de Esch, brilhando de suor em consequência do sol sufocante da tarde.

Um sorriso apareceu no rosto de Esch enquanto Leontina o puxava delicadamente para o hotel.

— Nosso piloto tem que decidir isso — disse ele.

— Estou às suas ordens, Doutor — respondeu o piloto.

Caminharam ao longo da estrada de terra, que terminava em uma praça pequena onde algumas mangueiras ofereciam um pouco de sombra. Osimar os levou para um edifício azul-claro em estilo arte decô com o nome pintado na fachada: Pensão Progresso.

— Por favor, sentem-se. As cervejas estão a caminho — convidou Osimar.

Alguns gritos puseram os empregados sonolentos em movimento, e logo duas garrafas de cerveja apareceram. Esch as apalpou.

— Bem geladas — disse, aliviado.

— Recebemos barras de gelo de Sete Lagoas. A cada duas semanas — disse Osimar orgulhoso. Deu um leve tapa nas costas de Juscelino. — Logo, teremos energia em Três Marias. Doutor Juscelino, nosso futuro governador, trará progresso para nossa cidade.

Juscelino esboçou seu sorriso novamente, estreitando os olhos. Leontina se perguntou: O que existe de diferente nesses olhos? Será algum sangue indígena? Mas ele tem pele branca, e a mãe é de origem europeia. Talvez os olhos asiáticos sejam o resultado da longínqua invasão dos mongóis à Europa do Leste, de onde os Kubitschek eram originários. Notando como ela o observava, a expressão de Esch ficou séria. Leontina agarrou o braço dele e sussurrou:

— Por que vocês não vão pescar? Explorarei o lugarejo.

Uma galinha atravessou a rua com dois garotos no seu encalço.

— Nosso jantar — o piloto riu.

Juscelino ergueu o copo.

— Brindarei a esta pequena cidade, que, num futuro próximo, terá a maior represa e usina hidrelétrica do Brasil.

Eles brindaram. Leontina sentiu o gosto amargo da cerveja goela abaixo. Embora não fosse uma apreciadora de cerveja, nada melhor num dia quente. A expressão de Esch recuperou a felicidade com a cerveja descendo deliciosamente pelo seu corpo sequioso.

— Sim, vamos pescar por algumas horas — disse ele, recuperando o amor-próprio. — Apronte o barco, Osimar.

O prefeito foi para os fundos do hotel, e dois garotos logo correram em direção ao rio.

— Eles devem ter uma quantidade ilimitada de crianças por aqui — disse Leontina.

Como se tivesse lido o pensamento dela, Osimar saiu da cozinha.

— Tenho quinze filhos, nove meninos e seis meninas.

— Um dia este país estará interligado por modernos campos de aviação e rodovias — disse Juscelino.

— Já estamos fabricando aviões em Santa Luzia — disse o piloto. — Nossa Força Aérea, a FAB, começou a fabricar aviões no Rio. Em São Paulo, temos a melhor escola de engenharia aeronáutica da América Latina, o ITA. — Ele olhou para Esch.

— Pena que a Belgo Mineira não produza alumínio.

— Por que não? Acabei de ter uma grande ideia. Uma fábrica de alumínio em Três Marias.

— Por que aqui? — perguntou Juscelino.

— O alumínio exige uma grande quantidade de energia elétrica — respondeu Esch, feliz por pontificar. — Você talvez não saiba, mas Minas Gerais possui grandes reservas de bauxita, óxido de alumínio. Tudo de que precisamos é um grande fornecimento de eletricidade. O processo Hall-Héroult é eletrolítico. Você mistura a bauxita com muita eletricidade e obtém alumínio.

Juscelino demonstrou aprovação.

— Você constrói a fábrica, e eu fornecerei a eletricidade.

O prefeito esfregou as mãos.

— Oba! Tudo de que precisamos é elegê-lo governador, Doutor Juscelino.

Juscelino abriu seu sorriso.

— Precisarei do apoio dos congressistas, prefeitos, de toda a organização do PSD.

—- Combinado. Viajarei por toda a região oeste do estado fazendo campanha a seu favor. Mas não se esqueça da represa.

Brindaram novamente. Mais quatro garrafas de cerveja chegaram.

— Vamos deixar a pescaria para amanhã logo cedo pela manhã — propôs Osimar. — Os frangos já estão na panela. Seus quartos estão prontos.

Esch olhou para Leontina, que anuiu. Antes que Juscelino pudesse falar, ele disse:

— Senhor Osimar, nós aceitamos a sua hospitalidade. — Voltou-se para os outros: — Cortesia da Belgo Mineira, a futura fabricante de alumínio para a indústria aeronáutica brasileira.

Uma empregada trouxe peixe frito e limão. Eles o degustaram.

— Surubim, um peixe comprido e com listras pretas e brancas. — Osimar deu uma risada. — Igual ao Atlético. Vocês pescarão um amanhã.

— Vocês sabem, o alumínio já foi um metal precioso — disse Esch. — Napoleão costumava servir seus hóspedes mais ilustres em baixelas de alumínio. Eles se impressionavam com sua leveza.

— Napoleão... — refletiu Juscelino. Leontina podia ver imagens de Paris percorrendo sua mente. — O Panteão... Place de Rivoli... vocês sabem o que ele dizia sobre os quatro tipos de pessoas que conhecia?

Esch olhou para ele um pouco irritado.

— Primeiro tipo: inteligentes com iniciativa. Segundo: inteligentes sem iniciativa. Terceiro: burros com iniciativa. E quarto: burros sem iniciativa.

— Sim, eu me lembro de algo nesse sentido — disse Esch. — Aqueles inteligentes com iniciativa, ele os fazia generais.

— Os inteligentes sem iniciativa seriam os oficiais de patente inferior — disse Juscelino.

— Napoleão tinha os melhores generais na Europa: Ney, Bernadotte...

— Mas os mais perigosos de todos eram os burros com iniciativa — interrompeu Juscelino. — Destes, ele tentava se livrar o mais rápido possível.

— Hitler, Mussolini — disse Leontina. Todos riram.

— E os idiotas sem iniciativa, estes eram os soldados rasos, a bucha de seus canhões — disse Esch. — As coisas não mudaram. Esta é a maneira pela qual contratamos pessoal na Belgo Mineira.

Eles brindaram à Belgo Mineira. Osimar os convidou para entrar. A mesa estava servida sob a luz trêmula de lampiões a querosene. Seis a sete mulheres postadas no fundo da sala estavam prontas para correr até a cozinha e encher as travessas com comida. Juscelino sorriu novamente quando Osimar apontou para a cabeceira da mesa e a ofereceu a ele, que educadamente recusou.

— Osimar, meu prefeito, você é o chefe da casa.

Leontina observou as mulheres. Pessoas simples, com vestidos de algodão e descalças. Tão diferentes das sofisticadas da cidade. Elas mudariam num piscar de olhos, pensou. Algumas crianças de barriga inchada corriam em volta. Vermes. Eles usavam apenas camisas. Com a ajuda de Esch, melhorarei a saúde das pessoas. Ela as tinha visto em Caratinga, Janaúba, Sabará e até mesmo em Belo Horizonte. Afagou a cabeça de um garotinho ao seu lado, olhando para o prato.

Osimar os expulsou junto com os cachorros.

— Sai pra lá, molecada! — gritou, dando um chute no rabo de um dos cachorros, que saiu ganindo e levando consigo os outros.

A refeição era um banquete de frango, linguiça, ovos fritos, peixe e o onipresente arroz, assim como feijão e farofa. Nenhuma verdura.

A primeira luz do dia coloria as sombras da noite. Nas margens, duas fileiras de árvores negras delineavam-se contra o céu de safira. Esch estava desconfortavelmente sentado sobre uma tábua dentro da canoa. Dois homens remavam silenciosamente enquanto Juscelino tentava, em vão, acender um cigarro de palha. O nevoeiro cobrindo a água escura dava-lhe a impressão surreal de um monstro pré-histórico sob um véu. Os remadores olharam para a margem, pararam e ancoraram a canoa usando como poita uma grande pedra. Esch lembrou-se dos livros de Tintin e de Karl May lidos na infância. Instintivamente, olhou para os lados, aguardando o iminente ataque dos nativos. Um dos remadores pegou um peixe prateado redondo do fundo da canoa e enganchou um anzol grande no seu dorso.

— Isca de pacu — sussurrou ele, rodando a ponta da linha com o peso e a isca acima da cabeça e soltando-a quando tinha alcançado suficiente velocidade. O peixe voou pelo ar e caiu na água cerca de vinte metros à frente, seguido pela linha. O homem passou a linha para Juscelino e, em seguida, repetiu o procedimento para Esch. Cada um deles tinha um rolo de linha sob os pés.

— Quando o peixe puxar, você solta a linha por algumas braças e então ferra com força — disse Osimar, sentado no fundo da canoa. — E depois prepara pra corrida. Nós cuida do resto.

Enquanto estava ali sentado segurando a fina corda de algodão, do tipo "barquinha", Esch observava o céu, que gradualmente se iluminava. Um casal de papagaios passou voando; logo em seguida, grandes garças-reais. Lentamente, as formas tomaram cor, e ele pôde diferenciar entre garças-reais brancas e cinzentas. Um pássaro gigante voou lentamente, atravessando o rio.

— Tuiuiú — disse um dos remadores.

Meu pobre Luxemburgo, pensou Esch, ao observar os pássaros rasgando o céu, cada vez em maior número. Como alguém pode comparar esta abundância com a minha pequena Rédange? Tudo de que ele se lembrava da juventude eram corvos, pardais, gralhas, melros, pombas e um raro faisão. As silenciosas manhãs de garoa gélida eram interrompidas unicamente pelo gralhar dos corvos. Aqui, a natureza acordava em uma variedade infinita de cores, sons e cheiros.

— Eu... a linha... está puxando — gaguejou Juscelino subitamente.

— Deixa ela ir, deixa ela ir — disse Osimar, acalmando.

Uma energia nervosa tomou conta de todos na canoa.

— Agora, fisga! — berrou um dos remadores.

Juscelino agarrou a linha e tentou puxá-la, e repentinamente a canoa inteira entrou em ação. Esch percebeu a puxada do peixe. Juscelino berrou:

— Minhas mãos estão queimando! Não posso mais!

Esch observou a linha se desenrolando rapidamente à medida que Juscelino perdia o controle. Tenho que agarrar a ponta antes do fim, pensou. Ele se atirou para a frente como um goleiro e, em rápido movimento, agarrou a ponta da linha ao mesmo tempo que Juscelino caía para trás.

— *Du houert deier, ech kreien dech*, seu animal fodido, eu te pego — rosnou Esch em luxemburguês. Segurou a ponta da linha em desespero, tentando enrolá-la nas mãos. Seu peito roçava contra o fundo da canoa, a cabeça contra uma borda. Tudo o que podia ver era o fundo enquanto seu nariz batia num pedaço de isca. A linha arrancava em puxões fortes, mas Esch não a soltou. Em seguida, a pressão diminuiu gradualmente enquanto a canoa começou a se mover. Alheio ao pandemônio acima, Esch gradualmente passou a linha da mão direita para a esquerda. A pressão amainou, e ele ganhou algumas polegadas de linha. Mais uma volta na minha mão, mais uma volta. Um dos remadores tentou agarrar a linha.

— Deixe comigo. Eu a estou segurando — resmungou Esch, recuperando o equilíbrio e rastejando pelo fundo da canoa. Ele viu a linha apontando rio abaixo. O peixe os puxava. Mais uma volta em torno da minha mão esquerda, pensou. Dê-me mais um pouco de linha. Ele olhou para as mãos. Encharcadas de sangue. A linha tinha feito um rasgo profundo nas palmas das mãos. Com orgulho, ele se virou. Um Juscelino aterrorizado estava sentado no fundo da canoa, segurando pelos lados.

— Deixe ele ir — suplicou Juscelino. — Esse monstro vai afundar o barco.

Repentinamente, Esch sentiu-se vitorioso. Este peixe não escapará. Era apenas uma questão de tempo. Eu o estou derrotando. Tinha vencido Juscelino. Ele respirou fundo, sentindo uma dor sufocante no peito.

— Este já está no saco — disse ele com um sorriso forçado e dolorido. Olhou para o céu. A luz tinha apagado a última estrela. Estava alvorecendo. Na água, uma grande bolha estourou. O dorso do peixe. Em seguida, desapareceu novamente em uma corrida desesperada. Mas essa seria mais curta, e Esch estava preparado.

Naquela tarde, quando partiram para Belo Horizonte, o Junker 54 tinha um passageiro a mais: um surubim de 80 quilos.

25

• • •

Pedro Leopoldo,
Fazenda do Quilombo, 1945

Sentado na varanda da fazenda Quilombo, Esch observava o céu estrelado. Girou sobre a cadeira de vime até encontrar o que procurava. O Cruzeiro do Sul. Lá estavam, inclinadas, quatro estrelas formando uma cruz, a quinta delas meio afastada do centro. Enquanto inalava o ar cálido da noite, o cheiro de gado lhe trouxe lembranças. De Rédange, de sua pequena casa, onde o pai, bêbado, dormia enquanto ele, Jacques, limpava o estábulo e empilhava a palha misturada ao esterco de vaca em uma pilha em frente da casa, a *mêcht*. Mas o cheiro que vinha do curral de sua fazenda era mais suave, mais quente. O terror da infância tinha desaparecido, quando podia ouvir os grunhidos de pessoas estranhas no quarto de sua mãe enquanto seu pai roncava no sofá. Não, este era outro mundo, um mundo maior, no qual ele tinha podido abrir as asas, cicatrizar as feridas e ampliar seus horizontes.

Esch tomou um gole de gim-tônica e olhou novamente para o céu estrelado. Mas onde está Lelê? Ela está demorando muito. Precisava trocar ideias com ela. Levantou-se, entrou na casa e inspecionou o quarto dela. As crianças estavam dormindo, mas ela não estava lá. Caminhou pelo corredor. A luz de uma vela criava sombras dançantes no longo corredor. A capela. É onde ela deve estar. Aproximou-se silenciosamente, na ponta dos pés. Lá ela estava, ajoelhada, rezando em frente da imagem. Ele tinha trazido a pequena estátua de madeira de Nossa Senhora de Luxemburgo, uma cópia da protetora dos desesperados, das almas aflitas. O único presente que sua mãe Marguerite lhe tinha dado quando viera para o Brasil. Leontina se voltou, e Esch viu uma pequena lágrima dançando em seus olhos. Ele se aproximou dela e a acariciou.

— Venha comigo. Quero compartilhar as estrelas com você. — Ele pegou a mão dela, e saíram juntos.

Ela tomou um longo gole de seu gim.

— Você estava chorando.

— Era de felicidade e... um pouco de medo.

— De quê?

— De amar. Isso é... terrível.

Sua autoconfiança a tinha abandonado. Esch pegou a mão dela e a acariciou.

— Não, não é. É um presente para nós.

— Este é o meu medo. Você é tão gentil. Mas aí você vai embora e me deixa sofrendo novamente.

Esch olhou para os bonitos olhos castanhos, para os cabelos negríssimos e para o corpo que tinha libertado os seus prazeres.

— Eu sei pouco sobre o amor. Minha vida é o aço. Mas o pouco que conheço eu lhe dou agora e para sempre.

— Não tenho nada para lhe dar. Você sabe que eu não posso mais ter filhos.

— Você já tem dois filhos. Serão nossos filhos. — Ele pensou por um momento e então prosseguiu: — A infância pode ser... — ele procurou a palavra certa, mas não a encontrou. Finalmente, sussurrou: — ...dolorosa.

Ele pensou por um bom tempo.

— A respeito de crianças, já criei uma.

Leontina ficou surpreendida.

— Como pode ser isso? Você é solteiro.

— Minha empregada Iraci. Um dia ela veio falar comigo. Estava grávida. De um desses garotos ricos que rondavam pela vizinhança. Eu lhe disse que poderia ajudá-la. O garoto, Anselmo, já tem 10 anos. Quer ser advogado.

Leontina sorriu.

— Então você tem alguns segredos.

— Somente uns poucos. — Ele pensou por um instante e então disse: — Minha infância... não foi feliz. Eu sei o que é a tristeza.

Leontina se levantou e o abraçou.

— Você ia me mostrar as estrelas.

Esch apontou para o Cruzeiro do Sul e, em seguida, pegou as mãos dela.

— Em nome deste Cruzeiro e de Nossa Senhora de Luxemburgo, eu peço a sua mão em casamento.

Ele a sentiu desfalecer. Teve de ampará-la para que não caísse. Colocando-a sobre a poltrona e beijando-a na testa, ele disse:

— Agora sou completamente brasileiro.

Sabará, Minas Gerais

O telefone tocou, e a voz do outro lado talhava em ondas misteriosas. O rosto de Esch estava vermelho, uma mistura de excitação e raiva.

— Bem, governador Valadares, cumprimos nossa parte da promessa! — gritou ele.

Mais estática na linha.

— Alô, alô, pode me ouvir? — Deu uma tragada e olhou para a pessoa sentada em frente da mesa, um cavalheiro magro e de pele morena, com um bigode fino tirado diretamente de um filme de Rodolfo Valentino. Colocando a mão no fone, ele se voltou para o cavalheiro e gritou: — O filho da puta está descumprindo a promessa de construir a estrada.

Pelos chiados na linha, ele ouviu com dificuldade algumas palavras

— ...você tem a minha palavra... em dois anos... a estrada... construída.

— Fabricamos trilhos para o esforço de guerra do Brasil, produzimos aço para os canhões, agora o senhor manterá sua parte da negociação. Sem estrada não haverá aço. E quanto à sua cota de aço, mil toneladas, esta será cancelada.

Esch desligou e sorriu, dando uma longa tragada. Outra vitória. Ele tinha colocado o governador Valadares contra a parede. Encurralara-o. A raposa tentara quebrar a palavra, mas tinha levado uma bofetada em troca.

— Eles receberam muito dinheiro dos Estados Unidos para construir estradas de ferro ligando o Norte ao Sul do país — ele explicou ao cavalheiro magro sentado na poltrona, tentando acender um cigarro de palha com um isqueiro Vospic de latão alongado e dando algumas baforadas. — Os gringos estavam receosos de que o Brasil se unisse ao Eixo. Eu tinha dito ao governador que poderíamos produzir os trilhos se eles construíssem uma estrada para Monlevade.

— Ninguém acreditava que o senhor cumpriria a palavra, Doutor Esch.

— Bem, meus engenheiros fundiram os cilindros de laminação em São Paulo. Em seguida, estes tinham de ser usinados. Algo ainda mais difícil. Nós cumprimos a nossa parte, e Valadares tem de fazer a dele.

— O senhor é um homem muito esperto — disse o homem magro, Joaquim Gomes. — E, a propósito, Olívio e eu compramos mais duas fazendas no norte de Várzea da Palma.

— Muito bem. Você é o meu amigo de confiança, Joaquim. Quero que a Belgo Mineira tenha um milhão de hectares.

— Ninguém suspeita de nós — disse Joaquim, um sorriso tímido estirando seu bigode fino.

— Excelente. Se os jornais souberem disso, todo mundo nos atacará. Já posso ver a manchete: "Magnatas Europeus Comprando o Sertão Brasileiro."

— Podemos comprar uma para o senhor também, Doutor Esch.

— Ah, já tenho o bastante com a fazenda do Quilombo. — Em seguida, pensou por um momento. A imagem de Leontina e dos garotos surgiu à sua frente. — Bem, por que não? Se você ou o Olívio achar uma boa terra a um preço excelente...

Joaquim sorriu novamente e tentou reacender o cigarro de palha.

— Não se preocupe, Doutor. Conseguiremos alguma terra para o senhor. Alguns poucos milhares de alqueires.

Esch se levantou, caminhou até a janela e observou a usina de Sabará. Lá fora, na escuridão, podia ver a nuvem vermelha saindo do alto-forno. Lelê está esperando por mim em Belo Horizonte.

— Joaquim, tenho um favor a lhe pedir — disse ele sem olhar para trás. — Eu... estou planejando me casar. — Esch examinou atentamente o rosto de Joaquim. O que será que ele vai pensar? — Ela é brasileira... Maria Leontina Ribeiro.

Não houve alteração na expressão de Joaquim enquanto ele brincava com o cigarro. O que estará pensando? O que ele sabe?

— Tentei organizar uma recepção no Automóvel Clube, o mais seleto de Belo Horizonte. — Esch foi à sua mesa, apanhou uma carta e a entregou a Joaquim. — Leia. Alto. Você pode entender isso? — Então ele rugiu: — ELES NEGARAM O MEU PEDIDO!

Esch olhou fixamente para Joaquim enquanto ele lia a carta:

— Depois de um cuidadoso exame, o Conselho de Administração do Automóvel Clube lamenta...

— Você é o amigo em quem mais confio — disse Esch, olhando fixamente para Joaquim. — Diga-me, o que significa isso?

Joaquim fixou-se na carta, evitando o olhar furioso de Esch. Ele apenas levantou os olhos quando Esch a arrancou de suas mãos e a rasgou.

— Você vem de uma das melhores famílias de Minas. Você faz parte da classe alta. Quero que organize uma festa para mim e para Lelê. A festa de nosso noivado.

Esch olhou para o relógio na parede, quando soavam 8 horas.

— Oh, droga, estou atrasado. O ano que vem, transferiremos a sede para Belo Horizonte. Estou comprando um arranha-céu.

Joaquim comia em silêncio. Sete travessas com comida tinham sido servidas para ele e a esposa. Bifes com cebola, tomate, couve refogada, frango com quiabo, farinha, arroz e feijão. Era a mesma refeição de todas as noites, depois de tomar um pequeno trago de cachaça misturada com folhas de figo.

A esposa, Maria do Perpétuo Socorro, sentou-se à mesa vestida de preto. Seus olhos brilhavam de dor e raiva.

— Faz apenas sete meses que meu pai faleceu. Você pode dar essa festa aqui para Esch e a prostituta dele. Mas de uma coisa você pode ter certeza: eu nunca mais pisarei nesta casa.

— Perpétuo, você não pode nos fazer essa desfeita — disse Joaquim, erguendo a cabeça. Ele sabia que não valia a pena discutir. Esse era o jeito dela. Orgulhosa, direta e teimosa. Exatamente como o pai. — Este homem nos ajudou muito. Devemos a ele a nossa fortuna.

— Ao diabo com nossa fortuna — disparou ela. — Nasci numa fazenda e com prazer voltaria para lá. Você escolhe: eu ou a prostituta.

Então ela se levantou da mesa e foi para o quarto. Sua figura trágica de orgulho ferido permaneceu na cabeça de Joaquim por um longo tempo enquanto contemplava a triste refeição na frente dele feita com tanto amor e carinho. Afastou o prato e tirou um pedaço de palha do bolso. Raspou-o de trás para a frente com seu canivete e, em seguida, pegou o fumo de rolo. Com o canivete, cortou lascas do fumo, colocou-as dentro da folha de palha e depois enrolou, fazendo um cigarro. Nada posso fazer para mudar a opinião dela. É a minha esposa e meu amor desde o primeiro dia que pus os olhos nela. Colocou o cigarro na boca e bateu fortemente o isqueiro Vospic. O cheiro de fumo queimado trouxe de volta lembranças da fazenda onde conhecera Perpétuo, trepada numa árvore e catando goiabas, ainda menina, no início da adolescência.

Rio Doce, Minas Gerais

Esch estava sentado na proa da canoa. O calor intenso o fazia sufocar; o suor escorria do chapéu para a testa. A camisa branca estava encharcada e a ardência de uma infinidade de pequenos pontos vermelhos queimava seus braços e tornozelos. A noite no acampamento ao lado do rio tinha sido muito desagradável e infestada com zumbidos e picadas de mosquitos. Em vez de aproveitar as primeiras horas da manhã, fria e com brisa, o grupo tinha partido às 10 horas. Ele apontou para as margens.

— Você vê ali? Isto aqui costumava ser mata virgem. Tudo foi queimado para produzir carvão.

O rosto de Leontina estava suado, mas parecia aceitar o calor melhor do que ele.

— Está tudo bem com você, Jacques? — perguntou ela. — Podemos voltar para o acampamento. Passe-me seus óculos. Estão embaçados.

Esch tirou os óculos de aro de tartaruga e os entregou a Leontina. Ela passou uma toalha no rosto dele e limpou os óculos com o lenço.

— Aqui estão — disse ela, dando-lhe um beijo. — Você agora se sentirá melhor.

— Não vai demorar muito rio acima, no máximo uma meia hora — disse Joaquim, que estava apenas na terceira fileira.

— Isso é triste, muito triste — disse Esch, olhando para o céu cheio de fumaça. — Nunca pensei que podíamos queimar tudo isso.

— Temos milhares de quilômetros quadrados de floresta nesta região do rio Doce — disse Joaquim. — Mas temos apenas uma moderna siderúrgica integrada no Brasil. É o preço do progresso.

Esch pensou em Rédange, nas imponentes florestas de carvalho pelas quais corria quando criança. É minha culpa.

— Isso crescerá novamente em dez anos — disse Joaquim.

— Não, não vai — interrompeu um homem alto e jovem sentado na popa. — Serão necessários quinhentos, talvez mil anos.

— Como as florestas de Luxemburgo podem ser cultivadas e como podem crescer novamente depois de cortadas? — perguntou Esch, surpreso.

— Esta é uma floresta tropical, uma mistura complexa de diferentes plantas e animais. Muito diferente das florestas homogêneas de carvalho e pinheiro da Europa Central.

Esch se voltou e encarou o jovem.

— E você é...

— Osse, Doutor. Laércio Osse, engenheiro agrícola.

— E o que podemos fazer, Laércio?

— Plantar eucaliptos. Mostrarei isso mais tarde.

Eles saltaram da canoa e caminharam pela margem do rio. Esch segurou as mãos de Leontina quando ela escorregou e quase caiu na água. Um grupo de operários tinha montado mesas na chapada, embaixo de umas árvores frondosas.

— O churrasco está cheiroso — disse Esch, ao se aproximarem das mesas.

— Deixe-me mostrar-lhe o nosso viveiro de plantas experimental antes de comermos — sugeriu Laércio.

Primeiro, eles inspecionaram uma área coberta com redes. Fileiras de pequenas plantas, com aproximadamente dez centímetros de altura, cresciam de cilindros de terra. Um trabalhador pulverizava as plantas com água.

— Este é um eucalipto. — Laércio segurou um dos cilindros. — Em oito anos, terá vinte metros de altura e vinte centímetros de diâmetro. Pronto para ser cortado.

Esch pegou uma das plantas e cheirou as folhas.

253

— O cheiro é de pasta de dentes.

— Pasta de dentes Kolynos — disse Leontina, sorrindo

— Estas plantas vieram da Austrália — disse Laércio com orgulho. — Eu consegui as mudas na Universidade de Viçosa, onde estudei. São da família das leguminosas, como o feijão. Não precisam de muita água e crescem muito rápido.

— De quanto precisamos para operar nos altos-fornos? — perguntou Esch.

— Cem mil hectares. Precisamos de mil operários para plantar, cortar, fazer o carvão e transportá-lo.

— Isso é muito.

— É a única opção — disse Laércio segurando a muda em sua mão.

Ao caminharem pelo viveiro de plantas, Esch continuou bombardeando todos com perguntas incisivas. Estava satisfeito. Olhando ao redor, percebeu que Leontina tinha ficado para trás com Laércio. Este é um bom momento para verificar com Joaquim. Ele se voltou e o pegou pelo braço. Essa era a velha maneira mineira de fazer negócios. Falando ao pé do ouvido. Sigilosa e sorrateiramente.

— Como vão os planos para a festa? — perguntou Esch, percebendo um endurecimento instintivo no braço de Joaquim ao procurar um cigarro de palha. Não vai funcionar.

— Doutor Esch, o senhor é um pioneiro, quase um senador. Minha humilde casa está muito aquém das necessidades. Não poderíamos abrigar hóspedes da importância que o senhor está planejando convidar.

Esch compreendeu. Você vai pagar por isso, seu fodido. Nada mais de fazendas, de aço barato para você. Ele retirou seu braço do de Joaquim e simplesmente disse:

— Entendi...

Pelo canto dos olhos, ele percebeu o constrangimento no rosto de Joaquim, que tinha sentido o tom ameaçador naquela palavra. Estava claro que ele entendia o que significava. Tossindo nervosamente, Joaquim tentou, em vão, acender o cigarro de palha. Esch se voltou, procurando por Leontina. Quando pisou acidentalmente em uma muda, ele a chutou, xingando:

— *Nom de casse!*

— Senhores, o churrasco está servido — anunciou Laércio. — Depois vamos fazer uma sesta embaixo das árvores.

Garçons vestidos como gaúchos os aguardavam quando voltaram do viveiro. Esch recebeu um copão de cerveja bem gelada e a tomou em um único e longo gole. Eles sentaram-se à mesa principal, sob uma mangueira gigante. Na frente deles sentou-se Schmitz, o gerente da usina de Monlevade. Um garçom colocou um espeto com um grande pedaço de carne em seu prato e cortou uma fatia. A visão da carne deliciosa acalmou a raiva de Esch. Vamos saborear isto, ele pensou, dando um olhar apaixonante para Leontina.

Schmitz ficou de pé e levantou o copo.

— Ao nosso líder, ao nosso pioneiro, Jacques Esch. — Ele parou por um instante, então se lembrou de algo: — E à madame Lelê.

Esch levantou o copo, sorriu e bebeu sua cerveja. Tive uma ideia, pensou ele. O Cassino de Monlevade. Lá, faremos a nossa primeira recepção. Olhou para Schmitz.

— Temos que conversar. Em particular. Depois do almoço.

Schmitz deu-lhe um sorriso subserviente. Esch percebeu medo nos seus olhos.

— Não se preocupe. Não é nada de mau. Preciso apenas de um pequeno favor. — Ele levantou o copo e brindou: — *Prosit.*

26

• • •

João Monlevade, 1945

Henri Meyers estava num estado de grande excitação quando se olhou no espelho e ajeitou o nó da gravata. Schmitz ou, melhor, Esch estava dando uma grande festa essa noite. Os boatos diziam que o motivo da festa seria apresentar sua futura esposa aos engenheiros de Monlevade. Boatos também corriam de que ela era a caftina de um *rendez-vous*.

— Marianne, o nó da gravata está apertado demais? — perguntou ele, olhando-se no espelho. O reflexo de uma bela morena, cerca de cinco centímetros mais alta do que ele, inclinou a cabeça em sinal afirmativo.

— Afrouxe-o — disse ela. — Esta não é exatamente a moda atualmente em Nova York.

— Estou feliz por você ter engordado um pouco. — Ele olhou para ela com aprovação à medida que se vestia. — Aqui no Brasil, gostamos de mulheres mais cheias de curvas.

Marianne balançou a cabeça.

— E pensar que em Nova York eu quase enlouqueci fazendo regime. Comecei a fumar para perder peso.

— Você está com uma aparência cada vez melhor — disse Henri. — Venha cá, deixe-me ajudá-la a fechar esse vestido.

Ele puxou o zíper atrás do vestido e depois a abraçou pelas costas.

— Henri... já estamos atrasados!

Um carro buzinou lá fora.

— É o Joki — disse Meyers, agarrando seu casaco.

Ao subirem as escadas em frente do cassino, Meyers parou por um instante.

— Tenho de lhe dizer algo — disse, voltando-se para Marianne. — Homens e mulheres ficam em áreas separadas do salão. Portanto, você terá que se juntar às mulheres.

— Parece que voltamos aos tempos medievais, Henri. Por que fazem isso?

— Muito complicado para explicar. Portugal ficou sob ocupação dos mouros por quatrocentos anos. Isso deixou marcas.

— É ridículo. Foi para isso que vim de Nova York?

— Ah, pare com isso. Você veio de Feulen, um lugarejo pequeno em Luxemburgo, menor do que minha cidade natal Diekirch.

Ele a empurrou suavemente pelas costas e avançaram. De fato, havia um grupo de mulheres no fundo do salão. Os homens se aglomeravam do lado oposto. Garçons circulavam com taças de champanha e petiscos. No centro, uma mesa com gelo triturado e um belo arranjo de camarões.

— Ótima festa. Vejo muitas caras novas — disse Meyers.

— Esch trouxe dois ônibus lotados de pessoas de Belo Horizonte — disse Joki.

— Parasitas, puxa-sacos, penetras e aproveitadores. Espera-se que espalhem a notícia na capital.

Meyers logo viu Esch. Leontina estava do lado dele, trajada de modo conservador num *tailleur* cinza. Parece ser a caftina do 32 mesmo, pensou ele. Depois de mandar Marianne para o canto das mulheres, ele procurou uma oportunidade para apertar a mão de Esch. Ficou surpreso quando Esch o viu, deu dois passos e o saudou com entusiasmo.

— Como foi a viagem para os Estados Unidos, Henri?

— A fábrica de tubos está a caminho. Passei por um treinamento completo em Cleveland. O fato de saber inglês ajudou muito. O Edílio também ajudou.

— Excelente. Sabia que tinha escolhido os homens certos. Quando iniciamos a produção?

— Bem, as caixas estão aguardando no porto do Rio há duas semanas. Presas na alfândega.

— Mandarei você lá para desembaraçá-las. — Ele sorriu por um breve momento. — Mas tenho que alertá-lo. Precisaremos "molhar" algumas mãos. — Esch se voltou e movimentou o braço. — Gostaria de lhe apresentar minha futura esposa, Maria Leontina Ribeiro.

Meyers fingiu não a reconhecer e se apresentou. Também notou que as mulheres no canto da sala estavam olhando para eles. Então se lembrou de que havia boatos de que as mulheres não a cumprimentariam, e de que seria boicotada. Nesse momento, Marianne atravessou o salão. Ela veio ao encontro deles e estendeu a mão, apresentando-se. Meyers ficou surpreso. Mas, antes que pudesse reagir, Esch estava apertando a mão dela.

— Henri, você adquiriu mais do que a fábrica de tubos nos Estados Unidos. Como achou esta bela luxemburguesa?

Meyers corou. Marianne e Leontina já estavam conversando em francês.

— Deixe-me levá-la para as senhoras de Monlevade e apresentá-la — disse Marianne, pegando Leontina pelo braço.

Meyers notou o sorriso no rosto de Esch ao observá-las caminhando para o outro lado do salão.

— Excelente — disse Esch. — Agora, conte-me mais a respeito da fábrica de tubos. Você estava falando sobre um laminador a tiras Stechel...

Ao descrever os detalhes técnicos da usina, o procedimento de soldagem e o tratamento de galvanização, Meyers discretamente observava o fundo do salão, onde as esposas dos engenheiros e técnicos estavam cumprimentando Leontina. Marianne, inocente do passado de Leontina, quebrara o gelo.

Algumas semanas depois houve uma segunda festa no Clube Cravo Vermelho, em Sabará, organizada por de Bianey. E foi ainda mais luxuosa do que a primeira. Uma caravana de táxis foi providenciada, e vários representantes da alta sociedade de Belo Horizonte compareceram. Nessa festa, Esch e Leontina anunciaram oficialmente o noivado. Voaram para o Uruguai no dia seguinte e lá se casaram, visto que as leis brasileiras não aceitavam o divórcio. Um segundo pedido foi feito ao Automóvel Clube, o bastião da alta sociedade de Belo Horizonte. Este foi precedido por uma doação de algumas centenas de toneladas de aço ao clube. A demanda por aço estava em alta no Brasil, sendo rapidamente revendido pelo dobro do preço oficial tabelado pelo governo. Dessa vez o conselho de diretores não desconsiderou o pedido, e Esch deu uma festa que seria lembrada por muitos anos. Champanha francês e vinhos, uísque escocês, camarões e lagostas trazidos da costa e, ainda, caviar Beluga foram servidos em abundância por um exército de garçons enquanto uma orquestra de câmara entretinha os hóspedes.

Meyers entrou nos escritórios da Alfândega do Rio de Janeiro após andar no calor sufocante do porto. O maço de notas que o assistente de Esch lhe tinha dado estava no bolso, e a preocupação lhe pesava na consciência. Lá dentro, um guarda fardado, a gravata frouxa fazendo uma grande curva no pescoço, a camisa aberta até o umbigo, olhou para ele com os olhos semicerrados. Um palito dançava preguiçosamente em sua boca. Muito indolente para falar, ele simplesmente apontou para as escadas. À medida que Meyers subia, ele sentia a camisa grudando nas costas. Sua pele estava em fogo depois de uma longa exposição ao sol e de dormir na praia. Esquecera de passar o protetor solar que Marianne lhe trouxera dos EUA e por isso pagara caro. Felizmente, Marianne tinha a pele mais escura e se bronzeava facilmente. Não importava o quanto ele tentasse evitar; simplesmente ficava vermelho como uma lagosta e despelava como uma serpente.

Entrou numa sala ampla mobiliada com mesas. No seu interior reinava um pandemônio. Alguns sujeitos liam jornal enquanto um deles brincava com os botões do rádio. Meyers entregou a um dos homens um pedaço de papel com o nome "Geraldo Andrade" escrito nele. O sujeito lhe apontou uma mesa vazia no meio do corredor, próximo ao único ventilador.

— Geraldo está lá — disse o homem. — Você está vendo o casaco dele na cadeira?

Algumas horas se passaram antes que um sujeito alto aparecesse. Meyers se aproximou de sua mesa e entregou-lhe a nota para o equipamento.

Geraldo examinou o material cuidadosamente.

— Isto é complicado. Você tem multas a pagar, além de taxas de importação. — Ele coçou a cabeça com a longa unha na ponta do dedo mindinho. — Também vejo algumas irregularidades na documentação...

Meyers mexeu nervosamente com o maço de notas no bolso. Vou resolver isso o quanto antes, pensou. Num movimento brusco, ele puxou o dinheiro e o colocou em cima da mesa.

— Precisamos dos equipamentos já — disse ele nervosamente. — Aqui estão quatrocentos mil-réis.

Meyers notou o olhar surpreso de um dos sujeitos na mesa vizinha. Por um instante, Geraldo fixou o olhar no dinheiro e então se levantou, indignado:

— Esta é uma tentativa de suborno? Fora daqui com seu dinheiro sujo.

Os olhos ameaçadores de Geraldo o fitavam numa raiva incontida. Meyers pegou o dinheiro e o colocou de volta no bolso enquanto o homem continuava berrando:

— Fora daqui. Tentando subornar um funcionário público.

Ao caminhar pelo corredor, a imagem de Esch permanecia presente na cabeça de Meyers. Ele não vai me perdoar. Estou acabado. Subitamente, sentiu uma incontrolável vontade de urinar. Entrou num amplo banheiro em cujo fundo havia uma longa calha na qual pingava água. Enquanto se aliviava, alheio ao penetrante fedor de urina, ele ouviu uma voz abafada ao seu lado.

— Por que você me constrange no meu escritório? Na frente dos meus colegas... — Geraldo se voltou para Meyers, sacudiu o pinto algumas vezes e sorriu. — Claro que posso ajudá-lo. — Olhou furtivamente ao redor. — Passe-me o dinheiro. Quatrocentos mil é um preço especial. Apenas para meus bons amigos da Belgo.

Meyers entregou o maço a Geraldo, que embolsou o dinheiro rapidamente. Com a outra mão, ele girou o pinto algumas vezes como uma hélice antes de enfiá-lo na calça, sorrindo.

— Você à noite tem festa, garoto.

Meyers sacudiu a cabeça enquanto Geraldo disparava para fora do banheiro, após sussurrar em seu ouvido:

— Os documentos ficarão prontos em três dias. Apronte os caminhões.

Esch não vai me ferrar depois de tudo isso, pensou Meyers com um suspiro de alívio. Mas será que algum dia aprenderei a ser brasileiro?

27

• • •

Rio de Janeiro, 1945

A avenida Rio Branco tinha sido decorada com milhares de bandeiras verde-amarelas. Os confetes choviam dos edifícios enquanto os comboios sucessivos de tropas marchavam em direção ao oceano. Do palanque reservado às autoridades civis, Esch e Leontina acenavam com pequenas bandeiras verde-amarelas para a multidão embaixo.

— Getúlio Vargas decretou feriado de dois dias. Teremos carnaval depois do desfile — disse Leontina.

— Os brasileiros sempre acham uma desculpa para festejar — disse Vanhoeck.

— Você não acha que o dia V merece alguma celebração? — Esch estava visivelmente aborrecido. — Nossos pracinhas lutaram heroicamente na Itália. Você deveria me agradecer por estar no palanque oficial.

— Ah, sim? Pensei que todos nós tínhamos contribuído para o esforço de guerra.

— Nós laminamos os trilhos. Meus engenheiros, os operários e eu mesmo. Conseguimos o aço para os canhões Bofors. Não o fato de você estar no Rio vendo o tempo passar — disse Esch, o rosto corando. Sua paciência estava acabando.

— Quem lhe dá o direito de falar comigo dessa maneira? Sou o presidente desta empresa. Você se nomeou diretor geral durante a guerra, quando fomos isolados da matriz em Luxemburgo. Isso tudo será reavaliado.

Esch pensou por um momento. Esse flamengo não irá estragar meu feriado. Em seguida, virou-se para o ministro da Fazenda brasileiro, Galotti, ao seu lado:

— Então, quando os senhores iniciarão a construção da estrada ligando Belo Horizonte a Monlevade? Precisamos de uma boa estrada para exportar nosso aço. Já tive uma briga feia com o governador de Minas por causa disso.

— Paciência, Esch, paciência. Os ianques prometeram o dinheiro. Perdemos mais de mil soldados na Itália, e nossas tropas fizeram a diferença. Eles não nos esquecerão.

— Ministro, com todo o respeito, devo lhe dizer que temos muitos senadores com dedos compridos aqui no Rio. Sobrará alguma coisa para a construção da estrada?

Galotti colocou o braço sobre os ombros de Esch e o puxou para o lado.

— Você tem a minha palavra. Os recursos serão enviados para o governador Valadares. — Ele parou e sorriu. — Naturalmente ele quererá sua comissão de vinte por cento. E quanto ao meu irmão, que trabalha para a Belgo Mineira? Já é tempo de promovê-lo a diretor comercial.

Esch sorriu.

— Não se preocupe. Será feito no mês que vem.

João Monlevade, 1945

— Conte-me. Você tem um problema. — Leontina observou com ironia sua empregada Conceição. Depois de três semanas em Monlevade, ela parecia mais magra e desolada. As olheiras escuras não mentiam. — Você odeia este lugar, não é verdade?

Leontina esperou por uma indicação na expressão de Conceição.

— Madame, está tudo bem...

— Não está, Conceição, e você tem de me dizer.

Leontina levantou sua xícara de chá, olhando para fora do segundo andar da fazenda e vendo a fileira de palmeiras na direção do outro lado do rio Piracicaba, distante do zunido da usina. A varanda, as árvores, o gramado estavam cobertos por uma fina poeira preta. Todas as manhãs, Leontina ordenava às empregadas que limpassem as mesas e cadeiras na ampla varanda que circundava todo o casarão colonial, mas à noite uma camada de poeira voltava a cobri-las. A confusão de uma tarde de quinta-feira a invadiu. Esch estava ocupado aprontando a usina para uma visita de Antoine Reinisch, o diretor geral da ARBED em Luxemburgo. Era sua primeira visita depois da guerra.

— Conceição, exijo que você me diga. Isto é uma ordem.

Leontina olhou para a empregada com sua expressão mais severa. Ela sabia como se impor. Como acalmar e como montar estratagemas. Suas palavras tinham a clara intenção de obter informações. Quero saber exatamente o que está acontecendo abaixo de mim, nos alojamentos dos empregados, pensou ela enquanto analisava atentamente o rosto de Conceição.

— Bem, madame, não é nada, apenas algo entre nós empregadas.

— Você é minha empregada pessoal, e quem quer que a maltrate estará maltratando a mim — disse ela. Estou quebrando a resistência dela. Está pronta para falar.

Conceição gaguejou.

— Dona Francisca e a filha Isaura. Elas administram a fa
zenda, nomeadas pelo Doutor Esch.

— Eu sei disso, mas elas estão sob meu comando. O que
elas fizeram?

— Não é nada, madame. Apenas a comida... elas não me
dão nenhuma carne.

Leontina ficou irrequieta na poltrona. Quem é essa Francisca para estabelecer regras para minha empregada? E essa
Isaura? Duas mulatas insolentes.

— Você tem o direito de comer carne uma vez por dia, no
almoço. Essas são minhas ordens. O que mais?

— Bem, a senhora sabe, não gosto de negros...

— Eu sei. Mamãe tampouco. — Não posso ser tolerante
com os empregados, pensou ela. Mamãe sempre dizia que os
mulatos são piores. Mais ardilosos que os negros. Não consigo
entender Jacques, ele trata todos com a mesma bondade. —
Então, o que aprontaram? — insistiu Leontina.

— A senhora conhece a Sebastiana, aquela faxineira gorda
e fedorenta? Elas puseram ela no meu quarto; ela fuma ca-
chimbo toda noite e canta macumba. Tô com medo que ela vai
rogar praga pra cima de mim.

Leontina pulou subitamente.

— Irei até a cozinha agora mesmo.

Quando entrou, encontrou Dona Francisca ativando o fogão de lenha.

— Chama a Isaura. Quero mudar as regras aqui. Agora.

Isaura saiu de seu quarto pressurosamente.

— Madame, o que..

Leontina a interrompeu:

— Eu quero que a Conceição seja tratada com mais respeito. Tirem aquele tiziu do quarto dela. — Notou a bèleza e a elegância naturais de Isaura. Já tinha reparado como Esch às vezes olhava para ela. Fitou-a com ódio. — Daqui em diante, você fica na cozinha.

Isaura tentou protestar:

— Mas o Doutor Esch sempre me pede para servir ele. Já venho...

— Cala a boca. Não ouviu? Se eu te ver lá em cima, mando arrancar seus dentes!

— Minha Santíssima Virgem! Mas que maldade, madame — interveio Dona Francisca.

— E você também, escuta. Quem manda aqui agora sou eu. E daqui em diante vocês vão chamar o Doutor Esch de "patrão". Patrão, ouviram?

Ao sair da cozinha, Leontina sentiu um arrependimento súbito. A raiva havia passado. Às vezes, o espírito de sua mãe penetrava nela. Tenho que ser melhor, pensou. Como papai. Mas ninguém vai tirar o Jacques de mim.

Naquela noite, durante o jantar, quando Esch percebeu o quanto as empregadas estavam silenciosas e prestativas, Leontina lhe disse:

— Eu as coloquei no lugar delas.

Algumas semanas depois, estavam sentados na varanda do segundo andar da fazenda.

— Jean de Monlevade construiu esta fazenda no século dezenove — disse Esch, olhando para o teto feito de taquara finamente trançada em um padrão geométrico. — Eu a reconstruí por inteiro. Você não acha que ficou bom?

— Apropriado para um *seigneur* — disse Leontina. Ela pegou uma sineta da mesa e a tocou.

Um garçom uniformizado surgiu, trajando jaqueta branca e gravata preta, um guardanapo branco fino dobrado sobre o braço direito. Leontina notou com satisfação o olhar de surpresa nos olhos de Esch.

— Nosso novo garçom, o Messias — disse ela, a mão acenando graciosamente para que ele entrasse. — De hoje em diante, as empregadas ficarão na cozinha.

Ela levantou seu copo afetadamente.

— Sirva-me outro gim.

Leontina observou o profissionalismo com o qual Messias entornou a garrafa, serviu a bebida, apanhou os cubos de gelo com pinças de prata e finalmente completou o copo com água tônica.

— Uma lasca de limão, madame?

Leontina balançou a cabeça, concordando.

— Ele é um excelente garçom. Lembra da recepção na Fazenda Quilombo? Eu o havia contratado lá. Já trabalhou na Força Aérea.

— Como você fez para que ele viesse para Monlevade?

— Liguei para o Kaiser, o gerente do Cassino de Sabará. — Leontina saboreou seu gim. Ela tocou o sino novamente. Um homem alto e atraente apareceu, trajando um *smoking* preto. Seus cabelos negros estavam penteados para trás com brilhantina.

— Wellington, que surpresa! — disse Esch, levantando-se. Eles se abraçaram fortemente. — Kaiser mandou você também?

— Wellington treinará todos os outros garçons e cozinheiros em Monlevade.

— Um dia, você será o gerente do Cassino em Sabará — disse Esch. — Eu conheço as pessoas competentes e as coloco nos lugares apropriados.

— Gentileza sua, Doutor — disse Wellington, servindo-lhe uma travessa com castanhas de caju numa tigela de prata. — Já tenho alguns cozinheiros, que estamos treinando para preparar refeições de acordo com as rígidas regras francesas de seu Debortoly. Então, Messias assumirá como chefe dos garçons.

— Kaiser é um homem bom — disse Esch. — De Bianey o trouxe de Luxemburgo, junto com Debortoly, o cozinheiro.

— Debortoly até já abriu um restaurante em Belo Horizonte, o Bico de Lacre.

— Mas ele esqueceu como se cozinha a boa comida francesa — Esch brincou.

— Jacques, você deve ter cuidado em Monlevade — disse Leontina depois de acenar para que o *maître* e o garçom se retirassem. — Enquanto você trabalha, algumas pessoas estão roubando. Você sabe, nós, os brasileiros...

— Eu sei, mas estou tão ocupado preparando transações financeiras, lançando novos projetos, recebendo autoridades — disse Esch.

— Eu o ajudarei. Quando estiver pronto para o jantar, me avise.

— Estou morrendo de fome. Vamos.

Leontina tocou a sineta novamente. Messias surgiu.

— Diga às empregadas para trazer a comida para a copa.

Eles se levantaram e foram para a sala de jantar. As grandes portas estavam abertas e o zunido da usina penetrava o ambiente. O céu acima das construções sombrias da usina subitamente iluminou-se por uma auréola vermelha à medida que um esturro invadiu a sala, como se a terra desse um derradeiro berro antes de ser sacrificada pelos deuses do fogo. Esch olhou para fora e observou um dos altos-fornos vomitando fogo e rugindo na noite.

— Parece um dragão, cuspindo todas essas chamas para o céu — disse Leontina.

— Outra corrida de ferro-gusa. Noventa toneladas. Este e o alto-forno inaugurado pelo príncipe Jean durante a guerra. Temos três outros. Nossos quatro dragões. — Esch foi para a sala de jantar e parou, surpreso. — Porcelana inglesa de alta qualidade! Como você conseguiu isto?

— Wellington trouxe com ele a meu pedido. Também trouxe um jogo de copos de vinho francês, em cristal d'Arques.

Eles se sentaram à mesa. Leontina percebeu a expressão de satisfação no rosto de Esch. Messias trouxe uma terrina.

— *Coq au vin, mon cher* — disse Leontina enquanto a tampa era levantada, exalando em toda a sala um agradável aroma de galo cozido.

— Traga-nos o vinho — disse Leontina depois de tocar a sineta por duas vezes.

Wellington entrou com uma garrafa e ofereceu a rolha a Esch, que a cheirou, tomando um gole e acenando a cabeça em sinal de aprovação.

— Um Bourgogne de primeira — disse ele. — 1939. Wellington também trouxe o vinho?

— Eu o mandei ao Bico de Lacre, do Debortoly. Agora temos uma adega. Para recebermos nossos convidados com estilo. — Leontina saboreou o vinho. — Chega de arroz, feijão e farofa por aqui. — Ela fez uma pausa por um instante e, em seguida, continuou: — E nada de empregadas da cozinha em torno da mesa.

Esch correu o dedo ao longo do copo de cristal e sorriu quando a vibração emitiu um zunido profundo.

— Às vezes você me surpreende.

— Sempre, Jacques. Você merece o melhor. Espere pela sobremesa.

Nesse momento, ela mostrou a língua por um breve instante, imitando o movimento de uma serpente. Esch corou.

Passeavam pelo jardim. Leontina segurava o braço de Esch e sentia o cotovelo dele roçando o bico de seu seio, o que lhe dava uma sensação agradável pelo corpo. Ele falava com inteligência e entusiasmo:

— Esta árvore aqui é um carvalho. Eu a trouxe de Luxemburgo. Perde as folhas todo ano durante o outono, o outono luxemburguês.

— Então o que há de errado?

— O outono em Luxemburgo é em setembro. O outono daqui é em março. Mas olhe para a pobre árvore. Está perdendo as folhas em setembro. Está seguindo as estações de Luxemburgo. Deve ter saudade de sua terra natal.

Leontina ficou calada por um instante.

— Você também vai começar a sentir saudade de sua terra natal, sentindo falta dela a cada outono?

Esch parou.

— Minha vida está aqui, ao seu lado. Serei enterrado ao lado de João Monlevade.

Leontina o estreitou contra si com mais força e sentiu um tremor pelo corpo. Faltavam poucos dias para a sua menstruação, o que a deixava ainda mais sensível. Esch ainda estava sob o efeito da noite passada. Ele lhe tinha dado prazer com a língua, e ela retribuíra com *feuille de rose*, um de seus melhores truques, provocando nele um turbilhão de prazer que o lançou a penetrá-la com uma fúria poucas vezes demonstrada antes. Em seguida, abraçados na cama e prestes a adormecer, ele lhe perguntara pela primeira vez sobre sua vida de caftina. Ela lhe confidenciara que frequentemente sentia-se como uma enfermeira, uma enfermeira da alma, acalmando os egos e saciando as fantasias dos clientes.

Curioso, Esch lhe perguntara quais tinham sido suas experiências mais exóticas, e ela descrevera um cliente, um banqueiro de sucesso que tinha lhe pedido para ser pisoteado por ela usando salto alto. Inicialmente ela recusara, mas, diante de sua insistência, finalmente concordara. Ela observara fascinada como o homem atingira o orgasmo sem se tocar, seu prazer disparado pelos saltos afiados no estômago. Outro, um velho solteirão de 74 anos, trazia para ela seus brinquedinhos, pênis artificiais de vários tamanhos, que ela inseria nele. Depois disso, ele brindava, saboreando um uísque de vitória e sentava ao lado dela, contando lembranças de sua infância. Mas a maioria era formada por clientes mais comuns, que pediam somente uma rápida relação sexual. Ela não dissera a Esch que nunca tinha atendido a qualquer cliente negro; seu desdém por negros lhe havia sido transmitido pela mãe. Leontina ficou preocupada em ter revelado demais. Ambos estavam relaxados depois do Cointreau servido por Wellington. Talvez não completamente bêbados, mas inebriados pelo momento. Mas o entusiasmo de Esch, a seu lado, demonstrava que a noite estava ali para revelações, para renovação e descoberta.

Leontina acordou de seus pensamentos pela voz grave de Esch:

— Jean Dissandes de Monlevade, ou João Monlevade, como o chamamos aqui, era um politécnico francês graduado pela elitizada École Polytechnique, fundada por Napoleão. Sua história é de fato fascinante. — Ele parou no meio da fileira de palmeiras. — Observe a simetria. Lógica francesa. O jardim geométrico. As proporções do edifício, um quadrado perfeito, vinte metros por vinte.

— Eu percebo que é um pouco diferente de nossas fazendas brasileiras, mais imponente — disse Leontina.

— Olhe a escada de pedra levando até a entrada. Era um nobre, do povoado francês de Monlevade. Esse é o motivo pelo qual o nome dele leva o de Jean de Monlevade.

— Jacques, você é aristocrata?

Ele se voltou para ela e fixou profundamente nos olhos. Leontina notou que ele tinha corado.

— De alguma maneira, sou.

Continuaram caminhando, e Leontina percebeu que o humor de Esch tinha mudado para um estado mais introspectivo. Ela o abraçou, sentindo os peitos sensíveis que ele havia acariciado ao ponto de transformar em dor, um sentimento complexo que a levara ao clímax.

— E o que é isso? — Leontina perguntou, parando ao lado da parede de pedra do jardim, onde havia uma pedra grande, de aproximadamente dois metros de altura, em posição vertical e com dois anéis de ferro.

— Este é o lugar onde os escravos eram amarrados para serem punidos. Sob a vista do patrão e dos outros escravos.

Esch se posicionou contra a pedra, mostrando como os braços eram atados aos anéis.

— Tempos terríveis — disse ele, balançando a cabeça. Pegou Leontina pela mão. — Venha, vou lhe mostrar um outro lugar onde os escravos eram amarrados.

Caminharam em direção à lateral do edifício principal. Um dos grandes blocos que formavam o chão de pedra tinha dois buracos com acesso através do fundo.

— As mãos dos escravos eram enfiadas pelos buracos, as algemas atadas ao fundo. Isto aqui era destinado aos escravos domésticos.

— Pena que não podemos usá-las mais. Eu colocaria a Isaura nelas por alguns dias.

— Pare com isso, Lelê — disse Esch. — Isaura é tão boa. E o que é isso de me chamar de patrão?

— É para respeitá-lo mais, Jacques. Ela estava ficando muito assanhada.

Esch sacudiu a cabeça, depois franziu os lábios.

— Às vezes, tenho vontade de amarrar alguns de meus engenheiros ao tronco quando erram de forma clamorosa.

Eles riram enquanto subiam as escadas de pedra que levavam à entrada principal. Esch parou por um instante.

— Você vê estas grandes caldeiras de ferro fundido?

Leontina olhou para os dois caldeirões, um em cada lado da escada.

— Foram encontradas atrás da cozinha. Eram usadas para alimentar os escravos.

— Porco e feijão-preto, ouvi dizer...

— Sim, eles eram bem alimentados. Os descendentes de Monlevade me dizem que ele era um patrão bondoso, muito mais tolerante do que os latifundiários vizinhos.

— Vocês europeus são bondosos demais com essas pessoas. Vocês não conhecem as manhas delas... suas traições.

— Você não ouviu falar do rei Leopold, da Bélgica? Fez muitas maldades no Congo, na África. Assim, não somos tão bonzinhos...

— Mamãe me levou, criancinha, a ver seu filho, Alberto.

— Em vez de surrá-los, Monlevade os treinava como mordomos e depois os vendia aos barões da época com grande lucro. Dizem que lhes ensinava o francês.

— Que inteligente — disse Leontina, admirada.

— Realmente, muito esperto fazer isso — disse Esch. — Bom sentido de negócios. Valor agregado.

— Você preste atenção, Jacques. É isso o que está acontecendo em Monlevade, bem embaixo do seu nariz. Esse sujeito alemão...

— O Johann Breslau, eu o estou observando com atenção.

— Esse Breslau vem para Monlevade a cada dois meses e contrata nossos melhores trabalhadores, aqueles treinados pelos contramestres luxemburgueses. Não podemos expulsá-lo daqui? Uma boa surra o fará ir embora para sempre...

Esch riu.

— Lelê, adoro os seus métodos. Mas eu não poderia fazer isso. É gente insignificante do Sul.

Leontina insistiu:

— Hoje ele é pequeno, mas poderia crescer... Não confio nele. Ouvi falar que ele se hospeda no hotel Siderúrgica, senta por aí bebendo cerveja e alicia nossos trabalhadores. Ele lhes oferece o dobro do salário da Belgo. Por que você não manda alguém dar um susto nele?

Esch pegou as mãos de Leontina e olhou para ela.

— Meu amor feroz. Monlevade é como... como poderia dizer? — Ele levantou os braços, procurando inspiração. — Uma universidade do aço. E daí se ele roubar alguns de nossos operários? É tudo para o benefício do Brasil.

— Jacques, não seja tão crédulo. Você precisa de alguns espiões em Monlevade, pessoas confiáveis que lhe contarão tudo de que precisa saber.

Eles entraram em casa. O teto alto os protegia do calor externo, e uma brisa agradável os recebeu.

— Jacques, hora do coquetel — disse Leontina conforme eles entravam na varanda do segundo andar.

— Temos tanto para celebrar. A noite de ontem, nosso amor, o futuro. Tanto por fazer — disse Esch, puxando a cadeira de vime e convidando-a a se sentar.

João Monlevade, 1947

Leontina caminhava orgulhosamente pelo meio da multidão, Esch radiante a seu lado. Era o terceiro clube que eles criavam para atender às necessidades sociais dos cidadãos de Monlevade. Um para os trabalhadores humildes. Um para os contramestres e técnicos. O terceiro, que estavam inaugurando hoje, o Clube Social, seria destinado a doutores, engenheiros e todos os estrangeiros. As piscinas já estavam sendo escavadas, e as quadras de tênis estavam cobertas com pó de argila vermelha, que era compactada por um grande rolo compressor puxado por dois operários. Duas longas fileiras de tijolos no chão, formando uma churrasqueira, estavam cheias de brasas de carvão incandescente e prontas para o churrasco. Os garçons se apressavam no local, com bandejas cheias de cerveja, champanha e guaraná. Seu primo João Ribeiro passou em roupas de tênis.

— Estou na final com Janusz — disse ele, enxugando a mão com uma toalha e saudando-a. Ela havia conseguido um emprego para ele em Monlevade alguns meses atrás.

— Parabéns, Joãozinho — disse ela, abraçando-o. — Onde está o Oliveira?

— Lá em cima, comandando a turma do churrasco — disse Ribeiro, apontando uma área cheia de gente.

Ela gentilmente guiou Esch para o local onde o churrasco estava sendo preparado.

— Jacques, quero lhe apresentar o Oliveira — disse ela ao entrarem na caramanchão. — Ele é o homem de que você precisa. — Esch observou o homem de pele clara e olhos azuis calçando botas de montaria e calças de equitação. Ele segurava um chicote curto na mão esquerda e dava ordens em voz alta. A turma do churrasco, um grupo de cinco, preenchia os longos espetos, do tamanho de espadas, com carne de boi, porco e frango e os empilhava separadamente.

— Que energia, que organização. — Esch o cumprimentou. — Enquanto todo mundo se diverte, você está aqui trabalhando.

Oliveira se voltou, deu uns passos para a frente, chicote sob o braço. Ele tinha uma seriedade e uma presença militares que faziam lembrar um oficial da cavalaria.

— Doutor Esch, às suas ordens — disse ele, batendo os calcanhares. — Madame Esch — continuou ele, com uma leve saudação.

— Geraldo, eu preciso que você me ouça por alguns minutos — disse Esch.

Oliveira berrou algumas ordens, diante das quais os trabalhadores responderam disparando para todos os lados em ritmo acelerado, depois seguiu Esch, que pediu licença a Leontina. Ela observava a distância enquanto eles conversavam. Estão roubando da Belgo Mineira, ela pensou ao ver Oliveira sacudir a cabeça vigorosamente. Conceição esteve me contando tudo a respeito dos truques deles. Espero que Oliveira possa dar um basta nisso tudo. Leontina refletiu sobre as revelações de sua empregada, feitas através do irmão dela, que trabalhava na trefilaria. Acontecia na balança, onde o aço era pesado antes de sair. O chefe da expedição recebia a parte dele em todos os pedidos que deixavam a usina. Também estava acontecendo com os dois maiores empreiteiros. Quem estaria recebendo as comissões lá?

Um garçom passou, e Leontina levantou a mão graciosamente. Ele se virou, como se alguém lhe tivesse dado um choque elétrico.

— Madame, como poderia me esquecer da senhora?

— Sirva-me um gim-tônica, Messias — disse ela firmemente enquanto via Esch e Oliveira trocando um forte aperto de mãos. Ele será o demolidor de Jacques em Monlevade. Ninguém jamais roubará dinheiro da Belgo. Somente Jacques e eu.

Marianne Meyers passou segurando um bebê. Eu gosto dessa senhora, pensou ela. Tão calorosa, tão elegante. A primeira a me cumprimentar no cassino.

— Madame Esch, como vai? Deixe-me mostrar-lhe meu pequeno Soto. Não é bonitinho?

Leontina afagou a pequena criança vestida com uma camisola branca. Ela sabia, pela fina textura, que era do Valentim. Eu gostaria que Ciro e Maristela pudessem ter tido roupas do Valentim, pensou ela. O bebê debateu-se nos seus braços, mas mesmo assim ela o abraçou, roçando o nariz na sua barriguinha. O cheiro de talco misturado ao perfume da criança trouxeram de volta um turbilhão de pensamentos. Ciro, meu pequeno garoto, como o tempo voou.

— Soto? Que nome mais engraçado.

—Ah, esse é o apelido. O nome verdadeiro é Marc-André.

— Muito francês. É uma pequena beleza.

— Já estou grávida do segundo. Henri quer que ele tenha um nome bem brasileiro.

— Então será José ou Pedro — disse Leontina sorrindo e se virando. — Ah, meu marido está de volta. Tenho de ir com ele.

Messias a interceptou enquanto ela se juntava a Esch:

— Madame, aqui está seu gim. Duas lascas de limão, como a senhora gosta. Trouxe também um para o doutor.

Esch chegava nesse instante.

— Oliveira ajudará a dar um basta no abuso — disse ela.

— Ele vai arranjar dois homens, que serão seus ouvidos, para reportar sobre qualquer irregularidade em Monlevade: Licurgo e Orlando.

— Bom trabalho, Jacques. Mas vamos falar sobre coisas mais agradáveis. O Copacabana Palace está construindo um anexo. Não seria interessante ter um apartamento no Rio?

— Quanto é? — perguntou Esch. — Você sabe, os salários da Belgo Mineira são bastante modestos.

Leontina sorriu.

— Você não está orgulhoso de ter uma esposa tão esperta? — Ela se atirou nele e murmurou em seu ouvido: — Eles precisam de aço para a construção. Um prédio de dez andares.

Esch a olhou com desconfiança.

— Onde vão conseguir tudo isso?

— João Ribeiro, meu primo — disse ela, terrincando seu copo. — Agora, escute isso: se você lhes vender quinhentas toneladas por ano, compramos o apartamento por um terço do preço. Três senadores e dois ministros já compraram apartamentos lá. Baby Pignatari está fazendo encomenda de uma cobertura.

— Você é uma diabinha — disse Esch, levantando o copo.

28

• • •

João Monlevade, 1948

As pernas de Acrísio moviam-se como se estivessem separadas do corpo. Os braços voavam pelos ares, possuídos pelo ritmo dos tambores. Nesse dia de verão escaldante, as roupas cobertas com lantejoulas refletiam o sol em milhares de estilhaços de luz. As calças de seda branca dançavam sobre o calçamento de pedra. Atrás dele, o grupo Vedetes Unidas avançava em formação vibrante. Era Carnaval, uma terça-feira, à tarde, em Monlevade. Do palanque, Esch aplaudia enquanto o grupo desfilava na praça do cinema.

Por um breve momento, Acrísio parou e fez uma reverência a Esch, que ergueu o chapéu Panamá branco em apreço. Pegando um lenço, limpou o suor que fazia brilhar a testa.

— É genial. Por trezentos e sessenta dias, Acrísio é um operário raso nos serviços de laminação. Então, por quatro dias, ele lidera as Vedetes Unidas.

— Depois disso, esse tiziu provavelmente dorme por três dias — disse Leontina, demonstrando desagrado. — Está no sangue deles. Eles entram nesses transes.

— Eles sonham, minha querida, em ser príncipes, rainhas ou generais. — Esch sorriu. — Não temos o monopólio da felicidade.

O grupo continuou sua evolução rua abaixo.

—Vamos para a União Operária — disse Esch, descendo. — Estou pronto para uma cerveja bem gelada.

Atravessaram a praça, guiados pela música da banda. A multidão na porta se abriu enquanto Oliveira, marchando na frente deles, berrava ordens. Ao entrarem no salão, o cheiro forte de suor e perfume barato misturado com lança-perfume penetrou em suas narinas.

— Como fede essa gente — Leontina sussurrou ao ouvido de Esch. — Não posso suportar.

— Isto é o Brasil — interrompeu Esch, levantando um braço, agarrando Leontina com o outro e juntando-se à multidão que dançava. — E eu adoro tudo isto!

Uma mulata, rebolando os quadris largos, passou dançando e esguichou Esch com seu lança-perfume. Ele torceu o corpo de prazer enquanto o éter gelado se evaporava. A embriaguez da música e do éter tomou conta dele, fazendo com que cantasse junto com os dançarinos, "Linda pastora, morena, da cor de Madalena...". Alguém lhe passou um saco de confete, e ele se juntou à guerra. Serpentinas de papel cruzavam o salão numa batalha festiva. Eles se aproximaram do bar, onde Esch caiu fora. Ele reconheceu os rostos e os saudou um por um. Negros, mulatos, alguns brancos. Estes são os meus soldados.

— Uma cerveja! — gritou ele, e um copo cheio apareceu. Tomou-a de um só gole e depois pediu mais. A cerveja estava morna. Alguém lhe passou um copo de traçado, uma mistura de cachaça e Cinzano. Ele o entornou na boca de um gole só, realizando em seguida a tradicional pantomima, movimentando e distorcendo o rosto. A multidão rugiu. Isto é bonito, pensou ele, relembrando a quermesse de Luxemburgo e os bailes de *Fasching*, em Aachen. Muito mais vibrante do que na Europa. Eles trabalharam juntos durante todo o ano, quebrando recordes e desafiando todas as probabilidades. Agora eles dançam juntos. À sua direita e à esquerda, rostos negros e sorridentes, dentes faltando, se aproximavam dele e o abraçavam. Ele podia sentir suas mãos duras e calosas ao apertá-las.

— Vamos ao Clube Ideal — disse Leontina. — Não aguento mais ficar aqui.

Eles saíram e andaram pela praça. A entrada do Clube Ideal estava vinte metros adiante. Subiram a escada ao som de outra orquestra, esta contando com mais cornetas e menos tambores. A multidão estava animada, mas com menos energia. Sem rebolado frenético, sem recorrer a contorções de transe, mais evoluções melodiosas e cordões de salão de baile coordenados. Leontina puxou Esch para o salão de dança, cantando com a multidão.

— Ó jardineira, por que estás tão triste, mas o que foi que aconteceu, foi a camélia que caiu do galho, deu dois suspiros e depois morreu...

Eles pararam no bar e tomaram outros três copos de cerveja, bem gelada dessa vez. Novamente, rostos sorridentes e abraços os cercaram. Esch cumprimentou vários deles pelos nomes. Meus eficientes trabalhadores de escritório e contramestres. Ele tinha se acostumado aos calorosos abraços brasileiros e retribuía com seu abraço de urso.

Passou um cordão, cantando:

Fui namorar no Jacuí,
Veio uma turma para nos amorretar
Me empurraram, eu e ela

Quebrei o braço, a cabeça e a costela
Sou casado bancando solteiro
Sou metido, mas não tenho dinheiro
Mas eu prometo não voltar mais aqui
Nem no sonho não vou mais no Jacuí...

Esch caiu na gargalhada.

— Que história é essa?

— Uai, foi um caso acontecido, Doutor. Lá no Jacuí. Deram uma surra no namorador de fora. Morava no hotel Siderúrgica, mas era da capitar.

— Esse Jacuí fica do lado da Pedreira, não?

— Isso mesmo, Doutor. Eta nome engraçado.

— É de índio?

— Que índio nada, Doutor. Nome capiau mesmo.

— Me conta.

— Uai, quando os tropero passava por lá, tinha uma casa onde eles parava. Pedia pra muié, que era a dona, pôr café. Aí ela gritava pra dentro: Já coou o café? O filho, muito inguinorante, gritava lá da cozinha: já cuí! Aí os tropero danava a rir e repetir: Já cuí, Jacuí! As gozação virô o nome do bairro.

— É por isso que eu gosto desta terra, Januário — disse Esch, dando-lhe um forte abraço.

— Eta gente dreque, esses capiau do Jacuí.

Esch notou que ele havia empregado a expressão "dreque". A seu lado, Leontina o cutucou.

— Eles copiaram o "*dreck*" que vocês luxemburgueses usam sempre para dizer que as coisas estão sujas e malfeitas. Agora incorporaram isso à linguagem de Monlevade. É uma espécie de gozeira aos gringos. Uma grande falta de respeito a nosso vernáculo. Ô gente ignorante.

— Genial, querida — disse Esch com um grande sorriso. — Agora, em direção ao Clube Social. — Rodopiaram rapidamente pelo salão de baile e se aproximaram da entrada. — Temos de manter felizes nossos luxemburgueses rabugentos.

No Social, a atmosfera festiva era compartilhada entre brasileiros e gringos, que dançavam em harmonia, os diferentes sotaques se mesclando nas melodias das marchinhas e sambas. Lá estava de Bianey, mais gordo que nunca, com a esposa. Já estava encharcado de cerveja e veio gritando:

— Viram o Siderúrgica? Os jornais tinham nos apelidado de tartaruga, mas quase fomos campeões estaduais de novo. Demos uma surra no Galo e vamos repetir 1937!

Esch deu-lhe um forte abraço.

— Você é o maior, Leopold. A ideia de arranjar um técnico profissional deu resultados.

— Mas olha só — disse de Bianey. — Fui eu que trouxe o novo goleiro, o Codorna. Ele fechou o gol no jogo contra o Atlético. Todo mundo pensa em contratar atacantes, mas o segredo é ter um bom goleiro.

Enquanto os homens falavam, Leontina observava a esposa de de Bianey dançando com um atraente piloto. Então deviam ser verdadeiros os boatos de que de Bianey era um chifrudo daqueles. Mas o importante é que estava feliz. Esta noite, pelo menos.

João Monlevade, 1949

Meyers e Tesch seguraram as rédeas dos cavalos e deixaram que Esch tomasse a dianteira. Ele finalmente tinha aceito o convite deles para uma cavalgada, mostrando que superara o incidente com Petróleo. Esch controlava Guarani, um campolina alto e bem temperamental, com surpreendente facilidade. Tesch conduziu seu cavalo até o pampinha de Meyers e disse:

— Você viu a reação do Guarani quando Esch o montou?

— Cem quilos lhe deram algum respeito.

— Esch realmente engordou um pouco. Deve ter sido a comida da Lelê.

— A mulher é realmente surpreendente. Ela está ligada a muitas obras de caridade.

Seguiram Esch a distância, cavalgando ao longo de um canal aberto através da mata que levava água a Monlevade. De repente, ouviram a voz soberana de Esch:

— Que diabo vocês estão fazendo aí? Parem imediatamente com isso.

Eles galoparam até Esch, depois pararam. Meyers não podia acreditar nos próprios olhos. Esch tinha pegado um garoto fornicando uma cabra. Congelado no ato, arregalou os olhos para eles enquanto uma garota segurava a cabra pelo pescoço, imobilizando-a.

— Cavaca, Juca, que a cabrita é nossa — disse ela, olhando ameaçadoramente para os cavaleiros.

Enquanto Esch, assim como Meyers e Tesch, disparavam a rir, o garoto fugia, embrenhando-se na mata. A garota permaneceu impassível, olhando para eles de maneira desafiadora.

— Juca é meu irmão, e eu estava ajudando.

— Vá, menininha, vá — disse Esch. — E não peque mais.

Eles riram enquanto a menina ia andando, puxando a cabra a passo lento, demonstrando orgulho e desprezo.

— Este deveria ser o lema de Monlevade. "Cavaca, Juca, que a cabrita é nossa" — rugiu Esch, esporeando o cavalo.

Meyers o ouviu repetindo a frase algumas vezes enquanto galopava ao longo do canal.

Uma mesa longa havia sido montada para o almoço no cassino. O *maître*, trajando *smoking* preto, convidou os convivas para que tomassem os lugares.

— Doutor Esch, madame Esch, por favor, sentem-se no meio. Doutor Meyers, o senhor se sentará à direita. Madame Meyers, a senhora se sentará à esquerda.

Esch olhou para a mesa, levantou-se e fez um brinde:

— Hoje, eu vi uma garota corajosa. Ela nos deu um exemplo da alma de Monlevade. Gostaria de repetir suas palavras... mas não posso. — Ele riu novamente. Meyers e Tesch cochicharam nos ouvidos dos engenheiros. Ele podia vê-los caindo em gargalhada incontida. — Portanto, aqui está um brinde a essa garota.

Todos brindaram. Esch continuou e anunciou a construção da nova rodovia pavimentada.

— Será iniciada no fim de 1950, daqui a seis meses. O tempo de viagem será reduzido de quatro horas para apenas uma hora e meia. Vocês poderão passar os fins de semana em Belo Horizonte.

Os engenheiros deram vivas.

— Sem poeira, sem buracos. Apenas asfalto macio. — Esch sorriu. Se eles soubessem que eu estive negociando para ter essa rodovia nos últimos cinco anos. Valadares tinha recebido seus vinte por cento de comissão do governo federal e, em seguida, abandonara o projeto. Mas Juscelino tinha sido eleito governador, e o velho sonho estava finalmente se tornando realidade. — Eu também tenho algumas boas notícias técnicas. Testaremos o novo carvão de eucalipto em nossos altos-fornos no mês que vem. Como é de seu conhecimento, através do trabalho de Laércio, tivemos a possibilidade de plantar eucaliptos, cortá-los e produzir carvão em cinco anos. Caso essa tecnologia funcione, construiremos um quinto alto-forno e aumentaremos nossa produção para quatrocentas mil toneladas de aço por ano.

Os engenheiros comemoraram novamente. Trabalhavam por longas horas e sacrificavam sua vida a milhares de quilômetros de Luxemburgo. Mas havia uma expectativa de melhores tempos. Meyers pensou nos irmãos em casa, nos três filhos crescendo em Monlevade sem leite decente. Marianne está certa. Temos de voltar um dia.

Os últimos vestígios do sol estavam desaparecendo do céu quando o Cadillac preto penetrou na nuvem de poeira.

— Ultrapasse-o, Arcendino, ou sufocaremos todos — ordenou Leontina.

Arcendino acelerou o Cadillac, tocando sua buzina. Conforme ultrapassavam o caminhão, eles viram a mão do motorista acenando em sinal de aprovação.

— É a vez de ele comer poeira, o danado do caminhão — disse Leontina, olhando para seu rosto no retrovisor. — Eu odeio esta estrada.

Duas luzes vermelhas no meio da rodovia brilharam diante dos faróis dianteiros.

— Esses pássaros estúpidos, por que se sentam justamente aí?

— Curiangos, madame. Corujinhas — disse Arcendino, mostrando os grandes dentes brancos num largo sorriso.

— Passe por cima deles — ela berrou.

— Será que estamos de mau humor? — disse Esch. — Deve ter sido o pneu furado meia hora atrás.

— Olhe para meus sapatos — Leontina disse, o rosto ruborizado de raiva. — Todos vermelhos por causa da poeira da estrada. Por que você me pediu para descer?

— O calor, meu amor, você se esqueceu? E o perigo de tombar o carro. — Esch acendeu um cigarro e sorriu. — Eu lhe disse, Juscelino promete levar asfalto até Monlevade. A construção já foi iniciada. Isso tornará a viagem muito mais agradável.

— Eu não volto mais para esta cidade de carro. Da próxima vez, você toma um avião se quiser que eu venha junto.

Um estampido grave, seguido por uma forte guinada à direita, a interrompeu.

— Outro pneu furado — avisou Arcendino, manobrando o carro para o lado da estrada. Seu sorriso tinha desaparecido.

— Oh, não! — gritou Leontina. — Você não pode consertar os pneus antes da viagem?

Arcendino pegou uma lanterna e saiu, seguido por Esch. Alguns minutos depois Esch voltou.

— Más notícias, minha querida. O pneu está rasgado. Acho que deve ter sido por causa da escória de alto-forno triturada que temos espalhado pela estrada, misturada com pedaços pontiagudos de ferro.

— Então isso é coisa sua, Jacques. Não aguento mais isso.

— Arcendino tentará remendar a câmara de ar do outro pneu. Isso poderá levar uma hora ou mais. Nada fácil à noite.

— Não pisarei nesta estrada suja. Vá ajudá-lo se quiser.

Esch balançou a cabeça.

— Eu seria um estorvo para ele. — Acendeu um cigarro. Deu uma tragada profunda, batendo de leve na perna de Leontina. — Paciência, querida. Vamos dar um jeito.

Deu nova tragada, olhando a noite de maneira sonhadora e prosseguiu:

— Outro dia você me perguntou sobre o Oliveira. É verdade que ele não tem tanto trabalho assim. Passa os dias colecionando imagens religiosas de igrejas e administrando sua fazenda de porcos em Sabará. — Ele sorriu. — Mas ele compensa tudo isso de duas maneiras: com seus discursos e a espionagem.

— Ouvi dizer que as pessoas em Monlevade estão aterrorizadas com ele — disse Leontina, espreguiçando-se no assento de couro vermelho.

— Ele descobriu uma quadrilha que fraudava a balança.

— Não lhe disse? É exatamente isso o que Conceição me disse.

— Bem, alguns motoristas de caminhão estavam de conluio com os caras da balança, que pesam o caminhão vazio na entrada para a usina e quando sai, carregando o aço.

— E o sujeito na balança coloca um número inferior. Aha, esse é um truque velho. Eu o conheço bem, em todos os detalhes, desde nossa loja em Caratinga.

— Não, eles são mais espertos do que isso. O motorista entra na usina com um caminhão carregado de pedras em um compartimento secreto. Ele as retira do caminhão em algum lugar já dentro e, em seguida, o caminhão é carregado com aço.

Leontina sentiu seu interesse despertar.

— Pense nisso, é muito inteligente, porque eles não têm que modificar os números na balança.

— Demitimos José Nogueira, o contramestre, e estamos de olho nos motoristas de caminhão.

— Eu lhe disse, Jacques. Muito cuidado com nós brasileiros. Isso de roubar já está no sangue.

— Nós também temos este tipo de problema no Luxemburgo, bem.

Arcendino surgiu.

— Isto vai demorar um pouco mais, talvez algumas horas.

Esch colocou as mãos gentilmente na boca de Leontina antes que ela iniciasse seu ataque. Então ele levantou a cabeça.

— Atenção, querida. Posso ouvir o som de um motor. Um caminhão! Pode ser a nossa salvação.

— É o caminhão que ultrapassamos na poeira — disse ela. — Eu aposto que não vai parar.

Os faróis amarelos do caminhão se movimentavam colina acima na direção deles. O caminhão International Harvester estava carregado e lutava para subir. Buzinou ao passar por eles.

— É a sua hora da vingança, seu filho da puta! — berrou Leontina.

Então o caminhão reduziu a velocidade, balançou algumas vezes e parou. A porta se abriu, e um motorista de boa aparência desceu. Ele deu um sorriso largo, como se tivesse entendido tudo.

— Alguma coisa em que possa ajudar, Doutor Esch? — perguntou, ao se aproximar.

Esch ficou surpreso por ter sido reconhecido.

— Sou um de seus motoristas. Carregando aço para Belo Horizonte. Maciel Mello, de Nova Lima, às suas ordens.

Esch apertou a mão forte dele e notou o corpo atlético. O nariz era largo, mas longo e reto. Tinha os lábios finos e o queixo pronunciado. O cabelo era ondulado, com corte encarapinhado.

— O senhor podia dar uma chepa pro Doutor Esch mais a madame? — perguntou Arcendino. — Terei de brigar com este pneu por um bom tempo.

— Será uma honra — disse Mello.

— Por que você não vem conosco, Arcendino? — sugeriu Esch. — Podemos levar o pneu conosco e enviar o mecânico amanhã.

— Não posso deixar este Cadillac aqui, Doutor — disse ele, batendo no capô. — Eu me tranco no carro se não puder consertar o pneu. O senhor sabe, onça gosta de preto...

Eles riram da piada. Havia um ditado da época dos escravos que dizia que as onças preferiam carne de preto. Provavelmente isso servia para desencorajar os escravos a fugir.

— Vamos jogar sua bagagem lá atrás — disse Mello, indo em direção ao caminhão.

— Só se for sobre o meu cadáver. — Leontina finalmente saiu do carro. — Os cofres ficam no carro. Não foi à toa que o fizemos à prova de poeira. — Leontina olhou para Mello. — Vamos, motorista! O que estamos esperando?

Esch subiu no caminhão e ajudou Leontina a subir. Ela passou as mãos sobre a cabina.

— Oh, merda. Cheio de poeira.

— Vamos torcer para chegar em casa esta noite — disse Esch. Ele se virou para Mello. — Há quanto tempo você carrega aço de Monlevade?

— Dois anos, Doutor. Meu caminhão está quase totalmente pago. Agora, vou começar a ganhar algum dinheiro. Tenho sete filhos.

Mello deu a partida e já se moviam. O caminhão cheirava a óleo, gasolina, poeira e suor. Eles pulavam no assento duro todas as vezes em que passavam por um buraco. No entanto, Esch estava satisfeito, à vontade. Se ao menos ele pudesse evitar que Leontina se comportasse de modo tão rude, pensou. Tão temperamental. Ela deve estar naqueles dias do mês novamente.

— Quantas toneladas? — perguntou ele, olhando através da janela de trás.

— Doze toneladas de barras de aço de construção para os novos projetos do Juscelino no lago da Pampulha. — Mello hesitou por um instante e, em seguida, prosseguiu: — Obrigado por demitir José Nogueira. Eles tentaram me aliciar para o esquema deles, mas eu nunca concordei. Por isso, eles tentaram de todas as maneiras se livrar de mim.

— São pessoas como você que fazem a Belgo Mineira — disse Esch, olhando fixamente para Mello. Eu gosto deste sujeito. — Por que você não compra mais caminhões? Monta uma frota?

Mello coçou a cabeça.

— Já passei por todos os tipos de problemas, já pedi emprestado a todos os meus amigos em Nova Lima, isto tudo para um único caminhão, imagine para três ou quatro...

— Calcule cinquenta, cem. Pense grande.

— É bom sonhar, Doutor, mas...

— Conseguirei um empréstimo para dez caminhões, só para começar. Procure-me amanhã em meu escritório.

Esch observava Mello olhando para a frente. Havia força e determinação em seu sorriso. Ele começou a cantarolar *Asa branca*. Os brasileiros são como pássaros, pensou Esch. Quando são felizes, cantam.

— Bonita música — disse Esch.

— É do Norte. Eu a aprendi durante minhas viagens por lá. Tem a ver com viagens — disse Mello. — Aceito sua oferta, Doutor.

— Por que não chama a empresa de Asa Branca?

— Vou pintar uma asa-branca nas portas de todos os meus caminhões — disse Mello.

Esch também cantarolava, e logo os dois cantavam a plenos pulmões, para desgosto de Leontina.

29

•••

João Monlevade, 1950

Leontina estava em pé no meio da quadra, atrás de uma mesa grande. Havia uma longa fila de escolares com camisas brancas e calções ou saias azuis posicionada diante dela. À sua direita estava Dona Mercês, a diretora da escola. Marianne Meyers e Dona Bela, uma loira peituda cujo marido era o diretor social de Monlevade, estavam à esquerda. De bela só tinha o nome e a bondade. Elas passavam os brinquedos para Leontina enquanto Dona Mercês, uma mulher alta de pele escura com uma mistura de feições brancas, indígenas e negras, chamava as crianças pelos nomes em tom autoritário.

— Um carrinho para os meninos, uma boneca para as meninas — disse Leontina, ao acariciar o cabelo lustroso de uma menina com feições indígenas.

— Muitos deles têm a barriga inchada — disse Marianne.

— Vermes e desnutrição — disse Dona Bela. — Este é o nosso Brasil.

— Nos Estados Unidos, as crianças bebem um litro de leite por dia. Nunca vi pessoas mais fortes — disse Marianne. — Até mesmo nós, as mulheres dos engenheiros, não conseguimos encontrar leite bom por aqui. Eu o fervo, mas então fica com um gosto tão esquisito que meu filho o vomita toda vez. Ele é tão magro que eu tenho de esconder suas pernas com calças compridas.

— Leite... tenho uma ideia. Qual é a idade de seu filho mais velho? Soto, se me lembro bem.

Marianne sorriu.

— Gentil de sua parte lembrar-se. Quase quatro. Ele nasceu em 1946.

O remorso de Leontina por não ter sido capaz de engravidar voltou, e um véu de tristeza a envolveu. Várias incidências de doença venérea tinham afetado suas trompas de Falópio. Ficou pensativa por um instante. Apenas Marianne estava do lado dela agora, as outras senhoras organizando as filas das crianças. Ela precisava falar:

— Eu gostaria de poder dar um filho ao Doutor Esch. É um pai tão amoroso para meus meninos...

Dona Bela e Dona Mercês caminharam na sua direção. Ela rapidamente livrou-se da tristeza e voltou ao assunto:

— Não deveria ser assim, senhoras. Temos de fazer algo a respeito.

Ao entregar um brinquedo a um menino bochechudo, Leontina o abraçou, levantando-o nos braços e apertando seu rosto gorducho:

— Temos de ajudar estas crianças.

— Madame, muitas pessoas tentaram — disse Dona Mercês. — Mas, como a senhora sabe, o nosso pessoal é duro de ser domado.

Leontina se voltou para ela.

— Como uma criança faminta pode aprender? Eu me lembro das crianças pobres em Caratinga. Eram fracas demais para se concentrar.

— Os pais daqui não sabem nada a respeito de nutrição — disse Dona Bela.

— Mas, vamos continuar distribuindo os brinquedos. Tenho uma ideia, senhoras. Deixem-me primeiro esclarecer com o Doutor Esch. Depois que ele voltar da usina. Eles estão fazendo um teste novo hoje.

Já eram 3 horas da tarde quando Esch e um grupo de engenheiros caminharam da fazenda para a usina.

— Eu sei que é uma ideia maluca — disse ele. — Mas sempre me ocorreu, desde meus primeiros dias em Dudelange, que o processo convencional de produzir aço envolve operações demais.

Meyers concordou. Um alto-forno monstruoso tinha de ser carregado a partir do seu topo com minério de ferro e carvão. O resultado era o ferro-gusa, que tinha de ser solidificado em grandes blocos. Em seguida, tinha de ser refinado nos fornos elétricos. A partir daí eram fundidos os lingotes. Isso era apenas o início da provação. Em seguida os lingotes tinham de ser trabalhados em grandes forjas para transformar-se em *blooms*, tarugus ou placas. Estes tinham que ser laminados e finalmente trefilados ou usinados para transformação em tamanhos utilizáveis. Mas esse Merle é maluco, realmente excêntrico, pensou Meyers.

Entraram na usina e se encaminharam ao forno Siemens-Martin. Um engenheiro baixo e atarracado já estava na área, instruindo os operários. Ele parou por um instante e, em seguida, explicou seu plano a Esch:

— Este é um momento histórico. — Ele balançou as mãos no ar. Um tufo de cabelos vermelhos no topo de sua cabeça

oblonga realçava o olhar enlouquecido de seus olhos azuis. —
A fabricação de aço será modificada para sempre.

Heinen, o gerente da usina, balançou a grande cabeça camponesa.

— Desde que não danifique o forno...

— Extrairemos o aço líquido e o faremos circular por aqui — disse Merle, pulando sobre os canais entrecruzando o piso. Apontou para um molde longo. — Em seguida, fundimos diretamente um lingote, em um único estágio. O líquido se solidificará dentro do lingote à medida que circular por esta fôrma.

— E como você o resfria? — perguntou Esch enquanto inspecionava o molde.

— O sistema é esfriado usando água. Nós a fazemos circular fora da fôrma. — Ele parou por um instante, o rosto dramaticamente ruborizado exposto contra o fundo do forno aquecido e avermelhado. — Senhores, estão prontos?

— Vamos recuar alguns metros — disse Heinen, cético a respeito de todo o procedimento. Ele era um engenheiro elétrico, e a complexidade na fabricação do aço estava além de sua mente singela.

Eles recuaram. À ordem de Merle, um operário abriu o canal do forno Siemens-Martin. De início, o aço fluiu perfeitamente, formando um rio avermelhado. Então, penetrou no molde fechado.

— Deverá sair já sólido do outro lado — anunciou Merle.

De início nada aconteceu. De repente, uma explosão enorme fez tremer o chão. Peças de metal voaram para todos os lados.

Milagrosamente, ninguém se feriu. Heinen acenou com as mãos grandes, berrando:

— Fora da minha usina. Agora! Basta de experiências.

Esch sorriu.

— Não vamos considerar isso uma falha. Precisamos desenvolver novos processos. Precisamos criar tecnologia.

Ele apertou as mãos de Merle e agradeceu pelos seus esforços. Em seguida, dirigiu-se ao grupo:

— Precisamos de um departamento de pesquisa para trabalhar com problemas semelhantes. Assim poderemos fazer experiências sem paralisar a produção.

Um dos engenheiros, um jovem e alto polonês de porte atlético, se adiantou:

— Sr. Esch, eu me formei nos Estados Unidos, em Carnegie...

— Eu sei — Esch o interrompeu. — Você obteve seu mestrado lá. A partir de hoje, você é o gerente do novo Departamento de Pesquisas da Belgo Mineira.

— Esse é o estilo de Esch — disse Meyers, em pé ao lado de Tesch. — Transforma derrota em vitória.

— Janusz, quero que você estude um novo processo de fabricação de aço, insuflando oxigênio no lingote fundido — disse Esch. Em seguida, voltou-se para os engenheiros: — Foi desenvolvido na Áustria por Lintz e Donavitz. Meu antigo professor Durrer, em Aachen, já falava a respeito dele em 1918.

— Já ouvi falar a respeito — disse Janusz. — Os americanos furtaram o processo e o denominaram Forno de Oxigênio Básico, BOF, na sigla em inglês. Exige um alto investimento. Precisaríamos construir uma fábrica especial só para produzir oxigênio.

— Bem, mande-me por escrito um relatório de viabilidade. Vou a Luxemburgo dentro de três meses e gostaria de apresentar a ideia ao presidente Antoine Reinisch.

— O senhor terá o relatório em três semanas.

— Ótimo. — Ele se encaminhou até Merle, que permanecia ali, olhos avermelhados pelo calor e pela desilusão, as mãos coçando os cabelos ruivos, a personificação da derrota. — Não se sinta mal. Seu processo tem grande potencial. Quem sabe, em vinte anos o mundo inteiro o estará usando.

— Eu... não sei o que deu errado. Acho que a água entrou... no molde... produziu vapor e tudo explodiu.

— Vamos para o cassino — disse Esch, pegando-o pelo braço. — Você deve estar com muita sede.

Ao voltarem, Esch não pôde evitar dizer a si mesmo, com um sorriso ruidoso: "Cavaca, Juca, que a cabrita é nossa!" De fato, ele tinha transformado uma derrota em vitória.

Já estava escuro quando deixaram o cassino. Esch respirou profundamente o ar frio. Sentia-se refrescado por causa das cervejas. O Cadillac preto estava lá, Arcendino segurando a porta traseira aberta.

— Não estamos com pressa. Vá com calma — disse Esch.

— É mais fresco dirigir à noite, Doutor. Podemos fechar as janelas, e aí nenhuma poeira entra no carro. O senhor pode dormir sossegado. — Ele tirou do bolso um relógio banhado em ouro e o olhou. — Chegaremos lá por volta da meia-noite. Sabará ou Belo Horizonte?

— Para a nossa casa nova em Belo Horizonte, Arcendino — disse Leontina. Ela pegou a mão de Esch e a acariciou ao entrarem no carro. — Ponha sua cabeça no meu colo. Vou lhe fazer cafuné.

Esch descansou a cabeça nas pernas dela, sentindo sua maciez cálida. Ela está de bom humor. Conforme os dedos dela tocavam em seu couro cabeludo, Esch pensou na mãe por um instante. Não, nunca mais a veria. Ela havia morrido durante a guerra.

— Sabe de uma coisa, acho que cumpri a promessa que fiz à minha mãe. Eu me tornei um *seigneur*.

— Você tem feito tanta coisa boa por aqui. Todo mundo o adora em Monlevade. Eu tive uma ideia hoje — disse Leontina. — As crianças em Monlevade são tão magras. Poderia construir uma fábrica de pasteurização de leite lá? — Ela parou por um instante, em seguida continuou cuidadosamente, esperando uma negativa categórica: — Poderíamos distribuir o leite gratuitamente para as crianças.

Leontina parou por um momento com o cafuné e olhou para fora. Dois olhos brilhavam no meio da estrada.

— Cuidado com o curiango, Arcendino. Reduza a velocidade para que ele possa voar.

E, de fato, o pássaro voou.

— Que me diz do cafuné? — Esch perguntou, levantando a cabeça. — Você já se esqueceu de mim? A fábrica de pasteurização. Você me ajudaria?

Leontina beijou a cabeça dele repetidamente. Jacques é tão bondoso. O que será que fiz para merecer tudo isso? Retribuirei com generosidade, pois é tudo o que eu posso lhe oferecer e às pessoas da Belgo Mineira.

— Você sabe o que nós também precisamos em Monlevade? — perguntou Esch. — Um novo hospital.

— Temos recursos suficientes?

— Bem, agora eu oficialmente sou o chefe. Vanhoeck foi até a ARBED para me prejudicar. Mas Antoine Reinisch me apoiou e me deu a procuração para administrar os aspectos financeiros. Investiremos o lucro na leiteria e no hospital.

— Que nome lhe daremos?

— O hospital? O nome de alguém especial, tal como...

— Sua mãe — interrompeu ela. — Margarida.

— Arcendino, espero que os pneus aguentem desta vez — ele resmungou.

Então, enquanto adormecia lentamente, a imagem de sua mãe voltou.

O suor escorria pelo rosto levemente efeminado e belo de Roberto Mona Lisa ao movimentar a batuta. A banda atacou o hino nacional com fúria. Os instrumentos brilhavam ao sol resplendente, e os ternos azul-marinho estavam em brasa sob o calor. Os escolares em seus uniformes branco e azul cantavam em uníssono. Os aplausos se seguiram quando Leontina se adiantou com uma tesoura e cortou a fita. Mais aplausos quando ela entrou no novíssimo edifício. Esch sorriu para ela enquanto a banda tentava tocar uma *Cavalleria Rusticana* quase irreconhecível.

— Juscelino tem de nos mandar um maestro decente, semelhante àquele tenente de Diamantina — disse Esch entre dentes, segurando uma garrafa de leite e levantando-a para a multidão. — Esses sujeitos precisam de mais treino.

Um discurso inspirado de Oliveira se seguiu.

— Ele sabe discursar como um senador — disse Leontina. — Que prolixidade, que eloquência. Daria um grande oficial das SS.

— Psst. — Esch colocou o dedo indicador sobre os lábios dela, mal conseguindo disfarçar o sorriso.

Oliveira acenou com os braços energicamente, olhando para Esch. O louvor continuou por dez minutos, exaltando as virtudes do grande homem e de sua zelosa dama.

— Me faz lembrar Mussolini — murmurou Leontina, e Esch teve de sinalizar com a mão na boca novamente.

O discurso se desenvolveu num crescendo que atingiu o fim trazendo uma fúria de aplausos da multidão aglomerada ao redor do edifício. Os gritos de "Viva a Mãe Belgo" pontuavam as saudações. A banda iniciou uma nova canção.

— O que é isso? — perguntou Leontina, olhando para Esch de maneira estranha.

— Não pode ser... é a *Hemescht*! — O sorriso dele se dissipou à medida que seguia a melodia, timidamente de início e depois com cada vez mais segurança. — Lêtzeburg, Lêtzeburg... — Era de fato o hino nacional de Luxemburgo. Como eles sabiam? A melodia trouxe de volta pastagens verdes, o Attert, melros entoando suas canções melodiosas. Lá estava ela, sentada diante da porta, sua mãe. Um nó formou-se em sua garganta, e ele sentiu uma pressão forte no peito. De repente, seus olhos queimaram. Ela havia desaparecido. Mami, eu a tratei bem.

— Pegue meu lenço, Jacques — disse Leontina, segurando o braço dele e tentando alcançar seu rosto.

A canção tinha terminado. Leontina o abraçou, tirando seus óculos e enxugando suas lágrimas. Calafrios atravessaram o corpo dele, que se sentiu impotente. As lágrimas continuaram. A multidão berrou:

— Doutor Esch! Doutor Esch!

— Muito obrigado — disse ele simplesmente. Nesse momento, ele se deu conta de que o amavam, de que nunca mais deixaria Monlevade. Leontina tentou, mas não conseguiu detê-lo, ao vê-lo dirigir-se até a multidão, abraçando todos que podia.

Era domingo de manhã. Após um bom desjejum no cassino, ele conseguira driblar os engenheiros e puxa-sacos que o esperavam no saguão. Arcendino o havia levado a vistoriar a Vila Tanque, o novo bairro no alto do morro. O vale já estava todo ocupado pela usina e pelo plano urbanístico que o jovem e brilhante arquiteto Lúcio Costa havia desenvolvido. Agora precisava explorar as montanhas ao lado do estreito Vale do Piracicaba. O jipe subiu a estrada sem problema.

— Adoro este sentimento de liberdade desses jipes. Quantos temos?

— A Belgo comprou uma porção, mais ou menos duas dúzias, Doutor. São americanos; sobraram dos pracinhas.

— Sabe de uma coisa? Vamos para o campo de aviação. Adoro aquela estradinha.

— É trilha, Doutor. Num tem estrada ainda não.

Guinaram para a esquerda ao passarem pela barragem da Vila Tanque e subiram em direção ao novo hospital, que já estava para ser inaugurado.

— Eta beleza, Doutor. O Hospital Margarida vai ser o prédio mais bonito de Monlevade.

— Homenagem à minha mãe, que tudo sacrificou por mim. — Parou por um momento, pensativo. — Não pude fazer muito por ela em vida, mas agora eu pago todo seu sofrimento. E sua mãe, Arcendino?

— Nasceu escrava, lá em São Pedro dos Ferros. Aí veio a alforria. Nós ficamos na fazenda.

— Minha mãe também foi escrava, mas do trabalho e... — Não continuou. Os pensamentos tristes entraram, e por um momento veio a visão de seu pai inebriado.

— É, Doutor, alguns homens só querem saber de beber. A cachaça matou meu pai.

Esch sentiu nesse momento a proximidade entre os dois, caminhos distantes, mas paralelos.

303

— Aí eu saí por este mundão besta de tropeiro. Até que o dono da tropa comprou um caminhão. Eu ficava lá, admirando aquele caminhão bonito. Mas ele nunca me deixou encostar nele. Costumava dizer, rindo: "Isso não é pra preto." Mas o senhor acreditou neste negão.

Para Arcendino, aprender a dirigir tinha sido uma grande vitória. A estrada estava cada vez mais estreita. Um bando de jacus passou correndo na frente deles. Não sabia por quê, mas lembranças de Luxemburgo lhe vinham hoje. Quem sabe pelo Hospital Margarida?

— Que pena que o senhor não trouxe a espingarda, Doutor.

— Não sou muito caçador. Meu tio, este sim.

— Igual ao Doutor Maia e Tesch. Os meninos são ativos. Eles têm uns cachorros lindos, Marujo e Rex.

— São muito arteiros também, Arcendino. Você deve saber a história do Petróleo.

Veio uma risada fina da frente.

— E tem mais, Doutor. A história do cachorro policial.

— Essa eu não conheço. Conte-me.

Outra risada fininha.

— Esta é melhor ainda. O senhor conhece o Doutor Schlach? Ele tinha um cachorro policial que mais parecia um lobo. Brabo igual alemão.

— Pois ele é alemão. Eu sei. Ele chegou em meu escritório um dia, dizendo que os "*einheimisch*", como ele chama os brasileiros, tinham dado sumiço no cachorro dele.

— Mas o Doutor Schlach soltava o lobão todos os domingos, e um dia ele entrou no jardim do Doutor Maia. Parece que ele saiu atrás do menino, o Jaqui. O Doutor Maia, que é muito decidido e bom atirador, decidiu dar um susto no danado e deu um tiro de flobé no rabo dele.

— Bem certo, pois se o cão tentou morder seu filho.

— Morder é brincadeira, Doutor. Aquele animal do demônio mata o menino se pega ele. Só que o tiro pegou um pouco mais alto, na suã. Parece que o cachorro não conseguia mais caminhar. As costas despencou. Aí o Doutor Maia viu que não tinha outra solução. Meteu um tiro na cabeça do danado.

— Como é que você sabe dessa história?

— Uai. Eu tava na casa de meu compadre, o Carlos Calixto. Ele é jardineiro do Doutor Maia. Chegaram ele e o Doutor Tesch bem de mansinho e chamaram o Carlos pra fora. Eu fiquei quietinho lá dentro, Dona Sebastiana me preparando um café com rapadura. O Carlos agarrou uma enxada e uma pá e se foi com eles. — Outra risada. — Parece que foi enterrado por aqui.

Esch também riu.

— Pois agora entendo tudo. O Meyers me telefonou, pedindo que liberasse a turma que faz a capina da cidade para procurar o cachorro. Sei que eles passaram todas as matas em torno de Monlevade pelo pente-fino e nada!

— Pois é, Doutor. Esta é a história do cachorro.

— Então ele sabia de tudo. Que esperto.

O jipe parou. Arcendino meteu a tração nas quatro.

— Eta trenheira. Este jipe parece mula. Não tem estrada ruim que ele não enfrenta.

— Vamos parar, Arcendino. Se não parar, não vou fazer nenhuma caminhada. É bom para o coração.

Esch abriu a porta de lona e saltou. À frente, a picada era agora uma trilha estreita. Arcendino pegou o facão que estava atrás e cortou uma vara.

— Pau-mulato. Faz o melhor cabo de foice. Aqui, pro senhor afastar as teia de aranha. Se ver alguma cobra, deixa pro negão.

Entraram pela trilha estreita, Arcendino cortando os galhos que haviam crescido e rompendo as teias de aranha que ainda estavam peroladas de orvalho. Parou por um instante.

— Me dá uma dó de rebentar essas teias — disse, olhando uma aranha.

Com um movimento rápido, agarrou uma mosca que os estava azucrinando. Lançou-a sobre a teia, e observaram a aranha, de porte apreciável, agarrar e desmembrar a mosca.

— Vamos deixar essa teia inteira — disse Esch, contornando-a.

Arcendino cortou um cipó e o torceu.

— Cheira, Doutor.

Esch o levou ao nariz. O cheiro acre de alho encheu-lhe as narinas.

— Cipó-alho. E muito bom pra construção. — Olhou em torno. — Aqui, a gente encontra tudo que é preciso pra viver. — Apontou para o alto, onde grandes vagens pendiam dos galhos. — Angá. Muito bom de comer. — Puxou um galho e arrancou uma vagem, abrindo-a com o canivete. Dentro, sementes cercadas por uma carne branca. — Come, Doutor. É gostoso. — Agarrou uma e chupou-a com prazer.

Esch pegou um caroço, de uma consistência macia, e levou-o à boca. Era de um doce algo azedo, um paladar fino.

— Onde você aprendeu isso tudo?

— Na fazenda onde fui criado, com os Puri.

— Puri?

— Tinha muito lá. Puri e nego. De branco, só o fazendeiro e sua família. Eles têm o cabelo lisinho e não são muito alto. A cor é de jambo. Preguiçosos de dar dó! Seu Quirino dizia que pra trabalhar é só os nego mesmo.

— Devem ser índios.

— Isso mesmo. Lá nós chamava eles de Puri. Conhece tudo do mato. De vez em quando eles sumia por duas semana e depois reaparecia. Mas têm a saúde fraca. Qualquer gripe, e eles despenca.

Seguiram caminhando, Esch admirando a variedade infinita da mata. Arcendino ia à frente, apontando as árvores: braúna, peroba, jacarandá. Agarrou um talo e cortou a folha.

— Embaúba. Muito boa pra fazer alçapão e gaiola. A gente usa esta parte pra fazer a caixa e taquara pras grades.

Urros vindos de longe.

— Macaco bugio. São os mais grandes daqui. Fazem um esturro dos diabos. Com certeza, já estão sabendo que tem gente aqui.

— Parece um monstro.

— São grandes mesmo, do tamanho de uma criança. Os Puri comem, mas seu Quirino não deixava a gente caçar eles. Brincava que eram escravos que tinham fugido e Nosso Senhor tinha castigado. É como comer carne de gente. Deus me livre.

Já tinham caminhado boa meia hora. A trilha era cada vez mais íngreme. Esch sentiu a fisgada no peito. O Doutor disse que tenho angina. Tenho que me cuidar mais.

Gradualmente, a vegetação tornava-se mais rala. Entre as árvores já podiam ver o vale abaixo. Finalmente, desembocaram em um campo.

— Como é que avião vai aterrissar aqui, Doutor? — perguntou Arcendino, perplexo.

— Vamos fazer um grande trabalho de terraplenagem. — Apontou para um morrinho à frente. — Esse vai ser cortado, e a terra vai ser despejada lá. — Apontou para um buraco à frente. — Serão mil metros de pista. Os agrimensores já mediram.

Quando estiver pronto, pode-se ir de Belo Horizonte a Mon-levade em menos de uma hora.

— Menos de uma hora, Doutor? De teco-teco?

— De Cessna. De Comanche é menos ainda, trinta minutos.

Arcendino coçou a cabeça.

— É, este mundo tá virado mesmo, Doutor.

30

• • •

Belo Horizonte, 1952

Esch abriu o telegrama. No texto:

DOLOROSO DEVER PARTICIPAR FALECIMENTO NOSSO DIRETOR GERAL ANTOINE REINISCH 3 MAIO 1952.

CONSELHO ADMINISTRAÇÃO ARBED

Desabando na cadeira, sentiu o mundo desmoronar a seu redor. Antoine Reinisch era o sucessor de Gaston Barbançon. Ele entendia meus ímpetos, me apoiou contra as acusações de Vanhoeck. O que vai acontecer agora?

Ele pegou no telefone e ligou para casa.

— Lelê, preciso ir a algum lugar. Para pensar. Antoine Reinisch acabou de falecer. Que tal irmos para Várzea de Palma neste fim de semana?

— Espero que você esteja bem, Jacques. Sinto muito pela notícia. Deixe-me verificar aqui.

Ele aguardou alguns minutos, em seguida ela respondeu:

— Tudo bem. Ciro e Maristela podem ir?

— Naturalmente. Diga ao Ciro para levar a espingarda. Ele gosta de caçar.

* * *

Eles galopavam pela estradinha. À frente, Ciro e, em seguida, Esch, Leontina e Maristela. Era uma manhã fria no sertão de Minas Gerais. Ao chegarem ao córrego, Ciro desceu do cavalo.

— Você se tornou um exímio cavaleiro — disse Esch. — Na verdade, todos vocês.

— Bem, papai, o senhor passa a maior parte do tempo no escritório. Por que não vimos aqui com mais frequência?

— De fato, eu deveria. Você sabe, acho que a vida passa rápido demais. Todos esses novos projetos, responsabilidades. Eu me sinto como se pesasse duzentos quilos.

— Você está quase chegando lá — disse Maristela.

—Ah, seja gentil com seu pai — disse Leontina. — E chame-o de senhor. Os adolescentes não têm piedade. E, se ele está um pouco rechonchudo, é minha culpa.

— De qualquer maneira, preciso de sua ajuda para descer do cavalo — disse Esch.

Ciro agarrou a sela.

— Apenas segure meu ombro. Muito bem, o senhor conseguiu.

— Estou feliz por vocês terem vindo aqui comigo. É uma viagem tão longa, sete horas de estradas poeirentas.

— Quilombo parece um sitiozinho comparado a esta fazenda. Quantos alqueires? — perguntou Ciro. Seu interesse em fazendas parecia óbvio.

— Aproximadamente dez mil. Quilombo tem seiscentos. Temos mais de três mil cabeças de gado aqui.

— Mais os milhares que possuímos nas terras da Belgo Mineira — disse Leontina.

— Essa foi sua ideia, Lelê. Você e Olívio.

— Bem, está funcionando, não é verdade? — Leontina sorriu orgulhosamente. — Quanto dinheiro estamos ganhando com aquele gado?

— Aproximadamente três vezes o meu salário. Nada mal. Só de pensar que tenho mais gado do que todo o país de Luxemburgo. Mas está na hora de voltarmos para casa. O churrasco deverá estar pronto ao chegarmos à sede da fazenda.

Eles voltaram, alternando passos lentos, galopes e trotes. Os campolinas que ele havia trazido da Quilombo eram excelentes, e Esch brincava com as rédeas, colocando sua montaria em marchas diferentes. Ele gostava em especial da guinilha macia, agradável para o seu corpo, enquanto Ciro preferia a marcha picada, um trote especial no qual o cavalo dava passos curtos em alta velocidade.

— Você parece preocupado — disse Leontina quando as crianças saíram na frente. — Diga-me, é a morte do seu chefe?

— Mais do que um chefe. Um amigo de confiança. Um mentor. Tenho a sensação de que muitas coisas vão mudar — disse Esch. — Contabilizar os pequenos lucros vai ser muito mais importante. Você sabe, desde o início, quase não transferimos nenhum dinheiro para Luxemburgo. Nos primeiros anos, estávamos construindo; em seguida veio a guerra e atualmente a nova expansão e as obras sociais.

— É cedo para se preocupar. Vamos esperar para ver o que irá acontecer — disse Leontina, acariciando a perna dele.

— De qualquer forma, temos bastante dinheiro para nós. A AASA, a nova fábrica de componentes de aço que estou construindo para Ciro...

— Pare de pensar assim. Você tem sido tão generoso conosco. Vamos conseguir. Você vai ver.

— Espero que esteja certa. Mas se Toni Hoffman for o novo chefe, teremos problemas pela frente.

— Por quê?

— Primeiro, porque ele é advogado. E, segundo...

— Segundo o quê?

— Não se preocupe — disse Esch. — Estou sentindo o cheiro do churrasco. Vamos nos apressar.

Eles galoparam para dentro do curral, botando para correr um bando de vacas zebu. Ao descer do cavalo, ajudado pela mão de um vaqueiro, a dor aguda embaixo do braço voltou.

Alguma coisa está errada comigo, pensou ele, gesticulando.

31

• • •

Rio de Janeiro, 1952

Vanhoeck andava pelo seu apartamento, no décimo andar da avenida Atlântica, em Copacabana. Das janelas de frente ele podia ver todo o oceano se abrindo, as ondas perfeitamente simétricas quebrando na praia, a linha de arranha-céus formando um semicírculo e uma lua cheia. As paredes do apartamento estavam cobertas por sua coleção de mestres holandeses: um Vermeer, dois Van Dykes e pintores flamengos menos conhecidos. Ele os colecionava com paixão. Não tinha esposa para compartilhar seu dinheiro, nem filhos para incomodá-lo ou pedir-lhe favores. Apenas algumas paixões fortes, e colecionar quadros era uma delas. A outra paixão era o edifício que ele estava construindo no Leblon, o Antwerp, cujos apartamentos seriam os mais suntuosos do Rio de Janeiro, trezentos metros quadrados cada um. Mas a construção avançava a passos lentos. Desde o momento em que Esch tinha lhe cortado o suprimento de aço, ele não podia mais trocá-lo por negociações vantajosas com empreiteiros e fornecedores de material de construção. Assim sendo, ele tinha que depender exclusivamente de seu salário. Tudo isso tinha acontecido depois de ter revelado a Antoine Reinisch os excessos e erros de Esch. Em vez de ser premiado, ele tinha sido punido.

Sentou-se à mesa e olhou nervosamente para a pilha de documentos. Tudo estava documentado dessa vez. As 4.869 cabeças de gado que Esch tinha nas fazendas da Belgo Mineira. Mais as 1.869 cabeças que Olívio tinha. Os 375.600 hectares comprados por Olívio para a Belgo Mineira e a fazenda recebida por Esch em troca. As 15.000 toneladas de aço vendidas pela Belgo Mineira para a Artefatos de Aço Sociedade Anônima (AASA) e revendidas após pequenos retoques de acabamento pelo dobro do preço. A casa construída no alto da avenida Afonso Pena usando a Magalhães, Cardoso & Pelton, uma empreiteira que trabalhava para a Belgo Mineira, numa situação flagrante de conflito de interesses. O apartamento no anexo do Copacabana Palace Hotel comprado por um quarto do preço de mercado do senador Alves, que recebeu uma quota de aço de 500 toneladas por ano. A lista era extensa. Dessa vez, ele tinha garantido a documentação nas transações. Vanhoeck pegou uma página separada e acrescentou todos os números. Quando chegou a um valor total de 350 milhões de réis, ele o converteu em dólares. Assim chegara à importância de 3,5 milhões. Isso, sobre um salário de 2.300 dólares por mês. A maior parte do dinheiro tinha aumentado nos últimos cinco anos, desde seu casamento com aquela prostituta.

Toni Hoffman, o novo diretor geral, chegaria em alguns dias. Era advogado e compreenderia o significado das ações de Esch. Vanhoeck esfregou as mãos, levantou-se e foi até a cozinha. Olhou para os frascos de remédios alinhados sobre o balcão. Hoje à noite eu preciso de algo para me excitar. Ele fez saltar a tampa e engoliu uma pequena pílula vermelha. Logo sentiu uma energia estimulante invadindo o corpo. Teve vontade de chamar um acompanhante, mas se conteve. Tenho de me concentrar em Hoffman e Esch. Em tempo integral.

Ele desligou as luzes na sala de estar e foi até a janela. Um telescópio apontava para fora. Sentou-se no braço da poltrona, ajustou-o e perscrutou os edifícios em frente do parque. Era uma noite quente, com a maioria das janelas abertas. Olhou para o relógio. Onze da noite. Tempo de caçar alguns amantes. Ele conhecia os hábitos de seus vizinhos. Do décimo andar, podia entrar na privacidade de mais de cem apartamentos. O casal no terceiro andar fazia amor toda sexta-feira. Vamos verificar os trepadores. Ele focalizou num apartamento do quinto andar de um prédio localizado a um bloco da praia. Dois homens andavam pelo quarto. Um era totalmente calvo, de porte atlético. O outro tinha cabelos lustrosos e compridos. Estavam completamente nus. O careca puxou o de cabelos compridos para si e o beijou. As mãos do cabeludo deslizaram para baixo. Vanhoeck sentiu uma onda de excitação invadindo sua virilha. Ele abriu a braguilha e começou a se masturbar. Agora, o cabeludo estava de joelhos e chupava o pau do careca. Eles pararam por um momento. De quatro, o calvo subiu na cama. O cabeludo veio por trás e o sodomizou. Vanhoeck planejou cuidadosamente seu tempo. Assim, quando o cabeludo atingiu o orgasmo, Vanhoeck também conseguiu o seu.

A ligação telefônica do gerente da fábrica tinha sido clara: "Limpar o laminador. O novo diretor geral de Luxemburgo está chegando em três dias." A equipe tinha retirado toda a sucata, e as máquinas tremeluziam sob uma demão fresca de tinta. A alta administração da ARBED só visitara Monlevade uma vez, passados alguns anos, e essa era uma oportunidade especial. Toni Hoffman a estava visitando pela primeira vez. Ninguém sabia muito a respeito desse Hoffman, e o clima era de preocupação. Se Tesch não tivesse ido embora de Monlevade, Meyers saberia mais. Por ser primo de altos executivos da ARBED, ele sempre estava bem informado. Mas voltara a Luxemburgo depois que sua segunda esposa tinha ido embora. Meyers necessitava urgentemente de bons serviços de inteligência. O quarto filho deles estava para nascer a qualquer dia, e Marianne insistia em voltar para casa. Ele lhe prometera que passariam no máximo três anos em Monlevade, e sete anos já haviam transcorrido. Uma pergunta inicial para Esch tinha resultado na seguinte resposta: "Meyers, eu preciso de você aqui. Você será o próximo chefe do laminador e, em seguida, gerente da fábrica."

Que tipo de emprego ele conseguiria em Luxemburgo? Provavelmente um rebaixamento, uma vez que a ARBED tinha tantos engenheiros. Ou, pior, ele poderia acabar num cargo administrativo atrás de uma mesa.

Sendo assim, Meyers caminhava pelo escritório nervosamente, esperando pelo grupo de visitantes. Teria a oportunidade de falar com Hoffman? Ele se lembrou de Marianne, cercada por três garotos quando ele saíra hoje pela manhã: "Certifique-se de falar com ele. Peça-lhe uma transferência para Luxemburgo. Você já passou quatorze anos neste buraco."

O telefone tocou. Meyers correu até ele.

— Eles estão a caminho.

Ele saiu e viu o grupo vindo na direção do laminador. Esch se apresentou. Hoffman não causou qualquer impressão especial em Meyers. De estatura mediana, não possuía o carisma de Esch, embora tivesse traços normais. No entanto, suas roupas eram caras. Ele estava vestido para uma reunião do conselho, não para um passeio através de uma usina poeirenta. Parecia desligado e indiferente em seu terno cinza-antracite conforme

Meyers guiava o grupo através da usina, começando pelo trem desbastador e passando pelo laminador de vergalhões de ferro. Ao passarem por um operário musculoso segurando uma barra aquecida com linguetas, ele parou e congelou, como um perdigueiro durante a caça. O grupo atrás dele parou. Todos se entreolharam, chocados, quando Hoffman disse, fitando aquele homem como se fosse uma peça de arte:

— Olhem para este belo homem. Que músculos. Você poderia fazer uma escultura dele.

Que tipo de executivo do aço é esse?, Meyers pensou. Onde está o amor pela tecnologia? Ele sacudiu a cabeça e prosseguiu, dirigindo-se à fábrica de tubos. Ao seu lado, Hoffman secava a testa com um lenço fino de renda à medida que continuava, indiferente a tudo e a todos, com uma tarefa das mais monótonas porém necessária.

Vanhoeck andava nervosamente pela pérgula do Hotel Copacabana Palace, cego à beleza clássica dos arredores, à piscina onde um casal de quase celebridades se divertia, aos garçons subservientes circulando entre as mesas. A maleta de couro Hermès balançava a seu lado ao mexer nervosamente os braços. Alto e elegante, ele estava impecavelmente vestido com um terno cinza-claro encomendado ao Aquino, o alfaiate de presidentes e senadores. Era o mesmo Aquino que começara em Belo Horizonte, bem humilde, mas se havia enobrecido e transferido para o Rio quando Juscelino se tornara presidente.

Ele tinha se preparado para essa reunião pessoal com Hoffman por dois dias. E justamente agora, quando estava a dez minutos do início, dúvidas o invadiam. Seu caso contra Esch era forte, muito mais forte do que alguns anos atrás. A documentação justificando suas acusações tinha sido obtida. Será que ele vai me expulsar de seu apartamento? Vai me demitir sumariamente? Talvez Antoine Reinisch o tivesse advertido enquanto era vivo.

Olhou para o relógio, um fino Jaeger-LeCoultre de ouro. Hora de subir. Tomou o elevador para o terceiro andar. Na suíte presidencial, ele bateu, depois de ajustar sua gravata. Uma voz respondeu:

— A porta está destrancada.

Ele abriu uma das portas duplas e entrou num quarto amplo. A voz anunciou novamente:

— Estarei aí em alguns minutos.

Vanhoeck colocou a pasta sobre uma mesa de mármore e deu alguns passos para a frente. A praia de Copacabana inteira, em todo seu esplendor, podia ser vista de trás das portas francesas, que se abriam para uma varanda particular. A quebra rítmica das ondas na praia misturada com os ruídos dos vendedores tagarelando e das buzinadas de automóveis o acalmou. Este era o mundo que ele amava, o universo que se tinha aberto para ele, com todos os seus prazeres exóticos, proibidos na sua Antuérpia chuvosa. Ele ouviu um ruído e se virou.

— Ah, *monsieur* Vanhoeck — disse Hoffman, vestido num roupão de algodão amarrado na cintura. Seu cabelo ainda estava úmido do banho e o corpo exalava a colônia francesa fina, reconhecida imediatamente pelas narinas refinadas de Vanhoeck como sendo Moustache. — Desculpe-me... acabei de tomar banho. Eu transpiro muito por aqui. — Ele afrouxou o cinto e abriu o roupão. Os olhos de Vanhoeck não conseguiam parar de olhar para a abertura. Ele ficou mais nervoso.

— Senhor, tenho algumas revelações importantes que preciso discutir. É a respeito de...

— Jacques Esch — Hoffman o interrompeu. Vanhoeck ficou surpreso pela percepção de Hoffman. Ele é um sujeito muito esperto.

— Houve inúmeras impropriedades... como deveria dizer... financeiras cometidas...

— Quanto? — Hoffman o interrompeu novamente. Vanhoeck sentiu um turbilhão de emoções. Pegou a pasta, retirou o dossiê e leu o resumo financeiro.

— Fazenda Várzea da Palma, um milhão...

— Simplesmente o total.

Vanhoeck estremeceu.

— Pelas minhas estimativas, três milhões e meio de dólares.

— Está tão ofuscante aqui — disse Hoffman, piscando. — Meus olhos doem. Poderia puxar as cortinas?

Vanhoeck aquiesceu pressurosamente. Quando se voltou, Hoffman estava diante dele, o roupão todo aberto.

— Jules, agrade-me aqui.

O coração de Vanhoeck disparou. Ele olhou para a entreperna de Hoffman, onde havia um início de ereção. Um choque de energia correu por seu corpo. Isso é uma cilada?

— Mas, senhor...

— Apenas faça-o, Jules. De agora em diante, chame-me Toni. Eu cuidarei do resto.

Vanhoeck se ajoelhou e pegou o pênis em suas mãos. Era pequeno, rosa e vivo. Eu o agradarei quantas vezes você quiser e da maneira que você quiser. Apenas ferre o Esch para mim. Ele chupou com toda a intensidade armazenada por anos, com uma intensidade carregada de inveja e frustração. Quando sentiu o estremecimento de Hoffman anunciando o orgasmo, ele chupou mais forte ainda. Em seguida, engoliu todo o sêmen, o sêmen de sua nova vida, o sêmen da vingança.

32

• • •

Rio de Janeiro,
20 de agosto, 1953

Esch parou por um instante e contemplou os vastos murais que compunham os lados do majestoso saguão do Aeroporto Santos Dumont. À sua direita estava o passado, começando com Ícaro subindo aos céus com asas de pássaro; a seu lado, um balão comandado por Montgolfier. Mais adiante, um dirigível, já com a forma charutada e hélice na traseira, manobrando em torno da Torre Eiffel. No centro, o famoso 14-bis de Santos Dumont. Quatro mil anos de história.

À sua esquerda, o futuro: modernos aviões a reação, um Comet com as turbinas na base das asas, helicópteros, foguetes e caças. Pilotos eficientes e aeromoças elegantes caminhavam pela pista, pressagiando um novo mundo de movimento.

Leontina, a seu lado, deu um sorrisinho maroto.

— Esse Santos Dumont, parece que era...

— Ô Lelê, isso é mineirice mesmo. Já me disse meu amigo Benedito Valadares que todo político que se preze é acusado ou de ladrão ou de veado. Alguns, das duas coisas.

— Uai, mas ele era mineiro, Jacques.

Esch tornou-se pensativo por um breve momento.

— De qualquer modo, querida, só Deus sabe quais demônios o perseguiram, que torturas o atormentaram. Uns dizem que foi a guerra, quando viu sua criação usada como arma. É difícil julgar. Mas o Sebastião já vem aí, bem.

Um sujeito alto e magro acercou-se pressurosamente.

— Mil desculpas, Doutor. Temos tido um problema de trânsito na frente do aeroporto. Construção e preparo para o desfile do dia Sete. Doutor Heuwert já está chegando.

— E o Vanhoeck?

— Infelizmente, já partiu para Luxemburgo. Mas vem aí o senhor Chatô. O maior jornalista do Brasil.

Um homem de meia-idade, vestindo chapéu e terno muito largo para seu físico franzino, abanou as mãos nervosamente e aproximou-se deles a largas passadas. Aquele corpo franzino era um feixe de energia e exsudava nervosismo gálico.

— Senhor Chateaubriand, que prazer! — disse Esch, dirigindo-se a ele. — Agradeço-lhe muito os artigos elogiosos publicados nos maiores jornais da nação: os Diários Associados.

Chatô sorriu.

— Ora, Doutor. O senhor pertence à nobre estirpe dos grandes empreendedores industriais, vindos de longínquas terras, a quem nossa nação tanto deve: Alexander Mackenzie, Percival Farquhar e Jacques Esch!

— Bondade sua, Senhor Chateaubriand. De onde vêm os outros dois?

— Inglaterra e, sei lá, Estados Unidos, Cuba ou Turquia. Mackenzie foi feito cavaleiro pelo rei. E sei que o senhor acaba de receber a mais alta comenda brasileira, a Ordem do Cruzeiro do Sul.

Esch enrubesceu, mas sentiu prazer ao ser lembrada esta honra. Isso iria sair no *Luxemburger Wort*. O primeiro filho de Luxemburgo a ser agraciado.

— Nossa, eu não sabia, Jacques — disse Leontina. — Que bonito! Quando vai receber?

— Assim que regressar de Luxemburgo. Getúlio Vargas vai entregar pessoalmente. No Palácio do Catete.

Leontina lhe deu um caloroso abraço.

— Que bom, Jacques.

Esch acariciou-lhe as costas e virou-se para o jornalista:

— Sou um siderurgista, e tivemos imensa sorte de realizar meu sonho em Monlevade. Sabe de uma coisa? Podemos repetir este feito pelo Brasil. Usinas médias tocadas a carvão vegetal, cada uma produzindo entre duzentas e trezentas mil toneladas por ano. Não precisamos copiar o modelo norte-americano de megassiderurgias.

— Muito bem, Doutor. — Retirou um *carnet* do bolso. — Posso anotar?

— É melhor esperar um pouco. Estarei em Luxemburgo em breve e vou pedir recursos para novos investimentos. — Sentiu uma cutucada no lado. Era Lelê.

— Mas primeiro temos que ir ao hotel, depositar nossas malas e nos refrescar.

— Que tal visitar o museu amanhã de manhã?

Esch aquiesceu.

— Perfeito, Senhor Chateaubriand. Estaremos no saguão do Copa às nove.

O Cadillac conversível branco de Chatô passou pelo portão após este ser aberto por dois empregados que foram apressados por vigorosas buzinadas. Entraram por uma estrada calçada que subia para a entrada de um belo palacete no Alto da Boa Vista. Já os aguardavam duas empregadas uniformizadas e um garçom. Ao sair do carro, Esch aceitou o copo d'água que lhe foi oferecido. Encheu os pulmões com o ar puro e bem mais fresco que o de Copacabana. Belas árvores centenárias envolviam a casa.

— Vamos entrar, Doutor. Esta é minha modesta residência quando estou no Rio — disse Chatô. Virou-se para as empregadas: — Vamos abrir a sala de quadros.

Entraram pela porta principal da residência, projetada por um famoso arquiteto modernista ao estilo de Frank Lloyd Wright. Blocos retilíneos, grandes áreas fartamente iluminadas e ambientes que se fusionavam à medida que caminhavam pela peculiar residência.

— Eu às vezes me perco aqui — disse Chatô. — É difícil relaxar neste lugar. Tempos modernos.

A empregada abriu uma porta dupla que deu em uma sala monumental recoberta com painéis de madeira. Alinhados nas paredes, dezenas de quadros. Ao lado de cada um pendia uma pequena moldura com a explicação. Esch foi imediatamente atraído por uma bela cena campestre. Um céu, de um azul-acinzentado, emergia de um lago rodeado de campos verdes.

— Um Sisley, o maior paisagista inglês — disse Chatô. — Mas não é isso que quero lhe mostrar, mas os dois Frans Hals que adquirimos, com apoio do banqueiro Walter Moreira Salles. Eles nos deu quatrocentos e cinquenta mil dólares. Será que a Belgo nos pode ajudar um pouco?

Esch mirou os pequenos quadros com admiração, explicando a Leontina como o grande retratista flamengo se inseria na evolução da pintura na Europa.

Leontina escutou com interesse, complementando:

— Jacques, você me surpreende todos os dias. Não sabia que era apaixonado pela pintura.

— Sempre me interessei pela arte, Lelê. Quando formos à Europa, mostrar-lhe-ei o Louvre.

— Teremos uma exposição em homenagem ao Museu de Arte de São Paulo no Orangerie, ao lado do Louvre, dia nove de outubro. Por que não se juntam a nós?

Esch lhe estendeu a mão:

— Negócio feito. Lá estaremos, Lelê e eu. E, por sinal, podemos dar-lhe vinte e cinco mil dólares. É pouco, mas ajuda. Nós mineiros gostamos, como dizia Napoleão, de "adotar todas as glórias".

Entusiasmado, Chatô respondeu:

— Estas obras estão destinadas ao novo Museu de Arte de São Paulo. O projeto da nova sede foi lançado, e teremos um magnífico prédio.

— Diga-me, o senhor é relacionado com o poeta francês Chateaubriand? — perguntou Leontina.

Chatô a fitou por um instante, com admiração:

— Infelizmente, não. Meu pai era grande admirador do bardo francês. Colocou seu nome em uma escola que fundou. O povo da Paraíba passou a apelidá-lo por esse nome, sabe como somos. Ele gostou e usou o Chateaubriand como sobrenome de dois de seus filhos. Assim, de certo modo, há um vínculo entre nós.

— Lembro-me do poema "L'albatros". Compara o poeta com este pássaro. Sabem voar muito alto, mas na terra são desengonçados e impotentes. As grandes asas os impedem de caminhar.

— Isto não sou, madame. Não somente caminho, mas tenho de correr e lutar diariamente.

Esch abraçou sua esposa, e saíram caminhando.

— Muito bem, Lelê. Que inteligência.

Ela correspondeu a seu abraço, e ele não lhe disse, para não decepcioná-la, que o poeta era Baudelaire, e não Chateaubriand.

33

• • •

Suíça, 28 de agosto, 1953

Os raios de luz penetrando através das cortinas grossas acordaram Leontina. Ela acariciou o travesseiro macio e cheirou os lençóis de seda. Onde estou? Então se lembrou. Gstaad. Eles tinham chegado de trem na noite anterior, depois de três dias em Paris. Três dias maravilhosos. Os sonhos de sua infância, os sonhos de seus pais tinham sido realizados. Caminhando pela Champs Elysées, observando uma massa cosmopolita de pessoas passeando na frente dela, testando seu francês provincial com as pessoas sofisticadas do local. Jacques, devo tudo isso a você. E hoje eles visitariam os Alpes, outro sonho dela. Leontina acariciou o bico dos seios enquanto contemplava um raio de luz vindo das cortinas e desenhando uma linha brilhante sobre o tapete vermelho-escuro. Ela seguiu a linha através das cortinas em direção ao céu azul. Mãos cálidas a tocaram por trás, e ela se virou. Beijou-o levemente e, em seguida, deslizou as mãos para baixo. Jacques, vou abusar de você. Puxando-se suavemente para cima, deslizou sobre ele num gemido incontido. Ela sentia Esch respondendo com a preguiça da manhã. Eu sei como fazê-lo feliz. Somente eu destranquei a porta para seu corpo. Acrescentando suas carícias, ela controlava o próprio prazer. Só se entregou totalmente depois que sentiu as fortes pulsações dele. Em seguida, ela o beijou na testa e acariciou-lhe o peito rechonchudo, farejando o tabaco. Também estou engordando, mas somos felizes juntos.

Leontina pulou fora da cama e se vestiu com o *peignoir*.

— Eu prefiro você nua — disse Esch, apanhando no criado-mudo seus óculos de tartaruga.

— O que você me diz disso? — Lelê abriu a frente e revelou seu corpo, ainda atraente, apesar dos quilos a mais.

— Marilyn Monroe, a Marilyn brasileira — disse Esch, ajustando os óculos e se levantando.

Leontina puxou as cortinas, e os Alpes inteiros invadiram o quarto. As montanhas cobertas de neve surgiam na frente deles, no fim do pasto. Ela ficou ali em admiração enquanto Esch ria.

— Bem diferente do sertão brasileiro.

— Oh, Jacques, olhe para esses chalés nas montanhas. As vacas. O pasto. Isto deve ser um sonho.

— Aproveite tudo o que você puder, partiremos amanhã para Luxemburgo, onde faz frio e chove.

— Mesmo em setembro? — Leontina perguntou.

— Depende da nossa sorte. Eu vi o melhor e o pior. Mas *carpe diem*, vamos curtir o momento. Se você não tivesse sugado toda a minha energia, eu teria gostado de ter ido numa boa caminhada.

Leontina pulou de volta para a cama.

— Bem, levante-se, senão eu começo de novo. Hmm...

— De onde você conseguiu todo esse apetite?

— Meu sangue brasileiro. Você sabe, todos temos uma gota da África em nós.

— É por isso que sua bocetinha é roxa?

Leontina pegou o travesseiro e o atirou em Esch, que riu enquanto protegia o rosto com as mãos, evitando a pancada.

— Vamos tomar o café da manhã, minha pretinha, estou faminto. Tenho saudade do bom queijo suíço.

34

• • •

Luxemburgo,
9 de setembro, 1953

Quando Esch entrou no Jaguar preto, estacionado na frente do Hotel Brasseur, observou o motorista usando um quepe e segurando a porta para ele com mãos cobertas por luvas brancas. Um quarto de século se havia passado desde a primeira reunião com Barbançon. Embora esse fosse um modelo recente, o automóvel proporcionava a mesma sensação daquele primeiro passeio de volta a Dudelange. O mesmo cheiro, uma mistura de tabaco caro e couro. Olhou para o painel de madeira em seu interior, tão diferente do seu Cadillac no Brasil. Um quarto de século havia se passado como num piscar de olhos, anos cheios de aspirações, trabalho, vitórias e, no fim, amor. Eles seguiram a Grousgas e viraram à esquerda no Boulevard Royal. Ao olhar para os edifícios cinzentos e as pessoas sombrias acelerando através da garoa nas calçadas, uma vida inteira voltou à tona, seus sofrimentos e atribulações cheios de incerteza. O veículo cruzou a Pont Neuf e ultrapassou os portões da ARBED. O imponente edifício neoclássico havia sido construído no auge da indústria do aço, antes da Primeira Guerra Mundial. Isto é o que preciso construir no Brasil, pensou. Uma sede que durará séculos. Toda a viagem tinha durado apenas cinco minutos.

— Não se esqueça de apanhar *madame* e mostrar-lhe as principais atrações da cidade.

— Não se preocupe, *monsieur*. Estaremos de volta na hora do almoço.

Esch saiu do veículo e entrou no prédio, a mente tomada de assalto por lembranças. A primeira reunião com Barbançon. Os sonhos que nutria na ocasião tinham se tornado realidade. A Belgo Mineira produzia 400.000 toneladas de aço por ano. Mas ainda era uma anã comparada com a ARBED, que produzia três milhões de toneladas. Mas meu dia virá, pensou ele. Meus planos para o Brasil são grandiosos. Construiremos Monlevades por todo o Brasil. Produziremos dez milhões de toneladas por ano.

Ele repassou seus números pela mente mais uma vez. Precisarei de investimentos pesados da ARBED. Olhou para cima, na direção do céu cinzento. Seu rosto estava umedecido pela garoa. Uma preocupação o invadiu repentinamente, mas ele a afastou. Esse Toni Hoffman é bastante diferente de seus predecessores Gaston Barbançon e Antoine Reinisch. Nenhum amor pela fabricação de aço.

Quando Esch entrou no escritório do diretor geral, guiado por uma secretária pressurosa, ele deu uma boa olhada nas paredes cobertas com retratos em tamanho natural antes de cumprimentar Hoffman. Já estive aqui antes, com homens maiores que você. O que se passa pela sua cabeça?

— Então, Jacques, estive lendo seu relatório para uma nova linha de produção. Quanto custará todo o projeto? — O tom de voz de Hoffman era desagradavelmente agressivo. Mais parecia um professor cínico questionando um estudante rebelde. Esch se sentiu desconfortável nessa posição subordinada.

— Ainda não recebemos os lances. Essa será a primeira usina de aço Lintz-Donavitz na América Latina. Os Estados Unidos copiaram o processo LD e estão construindo essas usinas já por alguns anos. Seremos os pioneiros mais uma vez. Iremos...

— Não me preocupo com pioneirismo — Hoffman o interrompeu. — Aqui estão os números dos lucros que recebemos. É um quadro deplorável. 1951: 18.153.000 francos. 1952: 15.297.000 francos.

Esch ofendeu-se com a interrupção. Como ousa?

— Você sabe como é difícil remeter dinheiro do Brasil. Todas as normas governamentais. Galotti tem dado o melhor de si para transferir o dinheiro por baixo do pano.

— Ache outros meios, Jacques.

— Estamos criando uma empresa fantasma no Uruguai. Teremos condições de remeter lucros para lá e então para a Banque Internationale de Luxembourg.

— Ouça bem, Jacques, sou uma pessoa de resultados. Por este motivo fui escolhido para o cargo. Não porque finjo ser um visionário. — Ele apontou para os quadros nas paredes. — Estes foram os pioneiros. E a ARBED está quase falida. Portanto, aqui está a minha última palavra: basta de riscos, e mais lucros remetidos para Luxemburgo.

Esch levantou-se subitamente, o rosto em chamas.

— Nós nos sacrificamos lá embaixo, trabalhando dia e noite. Como ousa nos transformar em contadores de centavos?

Um sorriso perverso atravessou o rosto de Hoffman.

— Bem, você deveria comprar as ações da ARBED. Elas pularam cinquenta por cento desde que assumi.

Esch esmurrou a mesa de Hoffman com os punhos.

— Tenho grandes planos para a Belgo Mineira, e você não vai me atrapalhar. Aumentaremos a produção para dez milhões por ano. O Brasil é um gigante adormecido.

— Quer se acalmar, por favor? Você não tem autoridade para iniciar a expansão, nem recursos para fazê-lo.

— Eu tenho a autoridade legal, a procuração da ARBED para decidir conforme desejar. Isto me foi outorgado por Antoine Reinisch.

Hoffman sorriu.

— Você se esqueceu de que é apenas o diretor técnico? De que Vanhoeck é o diretor geral da Belgo Mineira?

Ele abriu a gaveta da mesa e retirou um documento.

— Aqui, leia isto. Os papéis já foram trocados. A procuração foi revogada. Vanhoeck é a única pessoa autorizada legalmente a tomar decisões financeiras importantes. A festa acabou.

Esch pegou o documento, leu-o e o amassou, jogando-o sobre a mesa de Hoffman.

— Você não tem o direito. Eu criei a Belgo Mineira.

Em seguida, sentiu uma pressão no peito, a mesma dor que vinha sentindo. Exceto que dessa vez era maior, mais apertada. Como respirasse com dificuldade, desabou na cadeira. Segurando o peito, respirou profunda e dolorosamente.

Hoffman abriu outra gaveta e puxou um dossiê.

— Tenho esta pasta cheia de documentos relatando suas improbidades financeiras. Você desviou mais de três milhões de dólares da Belgo Mineira para seus bolsos. Isto é mais do que todo o lucro transferido para a ARBED desde que a Belgo Mineira foi fundada. — Ele encarou Esch por um instante com um sorriso vitorioso. — Você fará exatamente o que eu determinar. Ou se considere demitido. — Então, sorriu mais uma vez. — A partir de agora, toda a administração da Belgo Mineira está sendo informada quanto ao novo *modus operandi*. Tudo vai passar pelo crivo de Vanhoeck. Novamente.

A dor aumentara, e agora era como um torno de bancada apertando seu peito. O médico o havia alertado no Brasil: "Você terá um enfarte qualquer dia se não reduzir o ritmo." Era isso que estava acontecendo. Esch se levantou e cambaleou para fora. Antes de abrir a porta, ele se voltou e berrou:

— É isso aí. Estou me demitindo.

— Não, você está sendo demitido — acrescentou Hoffman em tom sarcástico. — Agora, deixe-me só. Estou ocupado.

A porta se abriu, e a secretária entrou, fazendo mesuras.

— Peça um táxi para ele, Josi — ordenou Hoffman.

Enquanto o táxi o levava pela Pont Neuf, virando à direita na Grousgas, Esch agarrou o colarinho e abriu a camisa. Estava molhada de suor, que também escorria pelo rosto. A dor se irradiava para o braço esquerdo. Eu não vou para o hospital, pensou ele. Minha vida acabou. Ao sair do táxi, o porteiro o ajudou. Na recepção, ele pediu a chave.

— *Madame* ainda não voltou, *monsieur*.

O porteiro o ajudou a subir para o quarto. A empregada veio correndo.

— *Monsieur*, devo chamar um médico?

Ele a expulsou e trancou a porta. A dor não foi embora. Agora se espalhava por todo o corpo, até a perna. De repente, ele sentiu medo, lembrando-se dos tempos em que ficava doente quando menino. Imagens de sua mãe atravessavam seus pensamentos e se transformavam em Leontina. Voltou-se para a porta, esperando vê-la entrar. Onde está você, Leontina? Ele sentiu que poderia desmaiar a qualquer momento. Com o braço direito, puxou uma cadeira até a mesa e desabou sobre ela, pegando uma caneta e um pedaço de papel. Olhou mais uma vez para a porta e então começou a escrever:

Minha amada Lelê:

Está tudo acabado. Tenho que ir, já que não posso viver sem meu orgulho. Saiba que eu a amo, agora e para sempre. Você sempre estará comigo.

Jacques

Pegando outro pedaço de papel, ele escreveu:

Para: Albert Scharlé

Meu caro amigo de muitos anos:

Como o novo diretor geral, insisto em que leve adiante o projeto de expansão tão firme e decididamente como se eu estivesse aí agora. Ninguém poderá impedi-lo.

Jacques

O suor escorria por seu rosto, deixando manchas no papel. Ele dobrou as cartas com dificuldade, colocou-as em envelopes e os fechou. Depois, caminhou até a sua maleta, pegou uma pistola e a olhou por um instante. Coragem, Jacques. Você nunca foi um covarde. Mostre-lhes do que você é feito. Ele apontou para o peito, direto no coração, e apertou o gatilho. Seu corpo foi atirado violentamente para trás. O choque da bala arrancou-lhe a dor do peito. A pressão deu lugar a uma sensação de queimadura. Eles me mataram, mas não podem matar a Belgo Mineira. Então, gradualmente, as cores se diluíram e tudo ficou branco.

35

• • •

Monlevade, 18 de setembro, 1953

Os alunos do grupo escolar estavam postados nos dois lados da escadaria de pedra que levava ao cemitério de João Monlevade. Nós, do segundo ano, estávamos bem no meio. Era um bom lugar, perto do topo da colina. Abaixo de nós estavam os alunos do primeiro ano. Podíamos ver todo o caminho desde a rua até a entrada do cemitério acima. A fila de pessoas se estendia até a estação de trem, três quilômetros abaixo. Eles nos disseram que sete mil pessoas ao todo se aglomeravam nas ruas. Os altos-fornos, a sinterização e todos os laminadores tinham sido paralisados, e a cidade toda estava envolta num silêncio lúgubre, algo que só acontecia na Sexta-Feira Santa. Essa ausência triste de som sempre me apavorara. Significava a morte de Jesus. Naquele dia, significava a morte de Jacques Esch.

A diretora da escola, Dona Mercês, nos tinha dito que o cortejo havia começado no Rio de Janeiro, onde o carro fúnebre fora embarcado num vagão. Em Belo Horizonte, houve uma cerimônia especial. Senadores, o governador e autoridades de alta patente faziam parte da comitiva do trem funeral que tinha partido de Belo Horizonte na noite anterior e deveria ter chegado em Monlevade nas primeiras horas da manhã.

Boatos se espalhavam pelas fileiras dos estudantes para serem desmentidos um pouco mais tarde.

— O caixão está deixando a estação de trem.

Nossas professoras patrulhavam as filas, exortando-nos a permanecer em pé. Não era permitido sentar. Minhas pernas finas e pés doíam. Vestíamos nossos uniformes, camisa branca e calça azul-marinho. O sol já atravessava o denso nevoeiro que se levantava a partir do rio Piracicaba todas as noites. O calor queimava meu rosto. Acima de mim estava Jeanette, do quarto ano ginasial. Sua fina pele luxemburguesa já estava vermelha e sentia o ardor do sol.

— Estou queimado? — perguntei a Verinha a meu lado. Eu invejava sua compleição oliva e olhos escuros.

— Tal como aquele beberrão de cerveja — disse ela, sorrindo. — Roger Grosh.

Pus-me furioso e belisquei Vera, torcendo sua pele.

Os alunos do ginásio usavam calças cáqui compridas, camisas brancas e jaquetas. Silvério estava entre os meninos mais velhos, o mais bonitão de todos. Meu coração bateu quando Jeanette acenou para Silvério, seu sorriso brilhante trocando olhares com o belo rosto esculpido em oliva. Os cabelos lisos e negros de Silvério brilhavam ao sol. Jeanette nem me olhou.

Outro boato se espalhou pela fila.

— Eles estão chegando.

Espiamos e vimos o caminhão vermelho chegando. Era o único carro de bombeiros em Monlevade. O caixão coberto de flores estava depositado em seu topo. Atrás do caminhão havia um grupo de gente humilde em ternos escuros, a velha guarda de Esch, composta de operários que tinham trabalhado mais de 25 anos na Belgo Mineira. Eles descarregaram o esquife e o transferiram para o último grupo de carregadores. Albert Scharlé, Georges Heinen e Henri Meyers de um lado. Estes eram os sucessores indicados por Esch, nessa ordem. Leopold de Bianey encerrava a direita. Do outro lado, os brasileiros leais a Esch: Geo, Brum, Arcendino e seu filho Ciro. Ao subirem a escadaria com tristeza, lembrei-me de Jesus Cristo subindo para o calvário. Em seguida vinha a viúva, toda de preto, cabeça coberta por um longo véu, com sua filha. Ela estava sendo confortada por um grupo de senhoras. Era uma trágica imagem do desespero. Podíamos escutar suas lamentações ao levantar os braços para o céu. As meninas choravam e se amparavam umas nas outras: Vera, Conceição, Domitila, Zulmira e, lá em cima, Jeanette.

Em seguida vinham os engenheiros, técnicos e finalmente a velha guarda. O cheiro do funeral, eu nunca o esquecerei. Algo estranho, lívido, flutuava no ar enquanto o féretro passava por nós. Seriam as flores amarelas, lilás e laranja espalhadas nas escadas? Seria o corpo de Esch? Ficamos nos nossos lugares, mas podíamos ouvir os discursos dos oradores do funeral que se prolongavam pelas horas afora. Um sussurro percorreu a fila. Não havia um padre. Nada de bênção no túmulo, nada de funeral cristão.

— Isso porque ele casou com uma puta — cochichou Vera ao meu lado.

— Não seja idiota, Deus perdoa — repreendeu Domitila. — Você não conhece a história de Madalena?

Eu escutava aquilo sem entender. Sabia que puta era palavrão e que elas moravam no Bela Vista ou em Carneirinhos. Mas a Dona Lelê era senhora elegante e bonita. Por que os adultos faziam todo aquele segredo? Por que papai e mamãe cochichavam coisas em luxemburguês que eu não podia compreender?

Outro boato. Ele cometeu suicídio. Atemorizados, olhamos uns para os outros. Aquilo era pecado mortal. Como ele pôde ter feito isso? Um homem tão poderoso, tão rico?

Mais tarde, caminhamos em procissão para dentro do cemitério. Haviam feito um furo no chão, e no fundo estava o caixão coberto de flores. Cada um de nós jogou uma flor no buraco. Isso durou horas, Monlevade inteira rendendo seus últimos tributos.

Alguns dias mais tarde, meus pais e eu fomos visitar o túmulo. Estava ao lado do de Jean Monlevade. O furo tinha sido fechado. Tal como irmãos, separados por um século, dois engenheiros vindos da Europa, ambos enterrados nesse solo rico em ferro do qual tanta riqueza seria extraída um dia. O túmulo de Monlevade era um grande bloco de granito. Para Esch, um bloco de aço do mesmo tamanho tinha sido colocado sobre o túmulo. Olhei em torno do pequeno cemitério cercado por um velho muro construído pelos escravos. Um vento manso brincava com os bambus plantados nos quatro cantos. Nas laterais, pequenas cruzes.

— Esses eram os escravos — disse meu pai. — Próximos ao patrão, tanto na vida quanto na morte.

Para mim, não havia tempo para tristeza. Meus amigos já estavam esperando no Social Clube, e era a hora da aula de natação.

Epílogo

Sendo um professor de engenharia de materiais em uma renomada universidade americana, vivo pesquisando e explorando novas teorias, materiais esotéricos, mas também lugares e sentimentos distantes. Nunca me esqueci de Jeanette e Monlevade. É como se minha infância caminhasse comigo: Maruja, meus pais, Alaíde, todo o universo de pássaros e peixes, Silvério e todos os amigos. E, por mais longe que vá, esses espíritos comigo estão. Tudo o que veio depois é decorrência desses anos e emoções.

Meu trabalho fundamenta-se na microestrutura e nanoestrutura de materiais, que incluem os metais. E, como o aço é um metal, Monlevade continua bem presente em mim e me guia os passos. Continuou por muitos anos forte a relação entre a companhia luxemburguesa ARBED (Aciéries Réunies Burbach-Eich-Dudelange, um dos primeiros acrônimos), e a antiga Belgo Mineira e isto muito ajudou o desenvolvimento da fabricação moderna de aço no Brasil. Os acrônimos todos mudaram, mas não os laços. Visito regularmente Luxemburgo em decorrência de meu trabalho e para rever a família.

Em uma de minhas viagens, passeando pela cidade de Luxemburgo, passei diante da Bibliotèque Nationale. Uma forte lembrança de Jeanette tomou conta de mim. É aqui que ela vivera seus dias. Parei na frente do antigo prédio. Entrei. Uma sala elegante levava a um escritório, no qual estava escrito *Administration*. O coração aos pulos, bati na porta. Será que Jeanette vai estar? Será que a reconhecerei?

Ouvi uma voz:

— *Entrez, monsieur.*

Não era a voz de Jeanette. Abri a porta. Sentada à mesa, uma rechonchuda senhora de meia-idade me fitou.

— O que deseja, senhor? — perguntou-me em francês, olhando-me com aquele ar típico de funcionária que não quer ser incomodada.

Respondi em luxemburguês e vi de imediato que suas feições rabugentas se adoçaram. Era um deles, luxemburguês legítimo.

— A senhora conhece, por acaso, Jeanette Jacoby? Soube que trabalha aqui.

Ela parou por um minuto, tirou os óculos, olhou compenetrada para mim, como se quisesse descobrir meu motivo, e em seguida disse:

— O senhor é um membro da família?

Eu lhe expliquei que vinha de Monlevade.

— Ah. Ela sempre falava dessa cidade. Foi onde viveu seus dias mais felizes. — Parou, fitou-me de novo e continuou, após hesitar: — O senhor não sabe? Ela faleceu.

Senti um peso no coração, como se uma pedra tivesse caído sobre ele.

— Uma tarde, pouco antes de sua aposentadoria, ela saiu num estado de perturbação. Às vezes ela se comportava dessa forma, e nós passamos a aceitá-la assim. Mas onde estava eu? — ela continuou: — Ela nunca mais voltou depois dessa noite.

Dois dias depois, o *Luxemburger Wort* trazia uma matéria sobre o terrível acontecimento.

— Que triste — disse eu. — Cheguei tarde.

— O senhor não sabe a história? Horrível. Ela caminhou até a linha férrea, através da Pont Adolphe, e deitou-se sobre os trilhos. A cabeça foi... — A senhora parou por um instante, continuando em seguida: — ...achada no fundo do vale.

Ela começou a chorar convulsivamente, e achei por bem abraçá-la, mas não consegui. Faltou-me sempre a espontaneidade, a coragem da emoção. Como no distante dia em que Jeanette fora lançada ao chão diante da igreja.

— Ela tirou o casaco e o dobrou cuidadosamente ao lado dos trilhos. — Lágrimas corriam dos seus olhos. — Eu gostaria que pudéssemos...

Eu me senti impelido a consolá-la:

— Essas coisas são trágicas, mas acontecem. — Eu não sabia o que dizer.

— Ela... ela sempre contava sua história no Brasil.

Senti um aperto no coração. E eu, o professor famoso, não havia feito nada. Seu amor por Monlevade havia sido, no fim, mais profundo que o meu.

— Ela falava muito de Monlevade. O senhor é mesmo de lá?

Tirei meu passaporte brasileiro e o mostrei a ela. Lá estava, bem clara, a cidade de nascimento.

A senhora colocou os óculos e leu:

— João Monlevade. — Fitou-me por um momento. — O senhor é a primeira pessoa de lá que pergunta por ela.

Titubeou um pouco e tirou uma chavinha da bolsa, com a qual abriu a gaveta de sua escrivaninha.

— Ela... ela deixou uma carta. — Olhou-me de novo no fundo dos olhos, e vi lágrimas que vinham novamente à tona. Dessa vez, abracei-a.

— Tome, *monsieur*. Abra. Creio que fala sobre sua vida. Quem sabe é uma despedida. Ai, minha Notre Dame de la Miséricorde.

De repente, algo me ocorreu:

— O casaco dobrado com cuidado. Era a sua maneira de dizer que estava plenamente consciente, que não se tratava de um ato de desespero.

A senhora me olhou.

— Obrigada, *monsieur*. Essas são palavras tão gentis. Não sabe o bem que me fazem. Sempre penso que...

Não pude mais e abri o envelope. Lá estava a letra de Jeanette, uma mistura de palavras bem torneadas e ásperos traços. Trôpego, comecei a ler:

"Caro monlevadense,

Espero que um dia virás (ou que você virá? Perdoe-me, padre Henriques, pelo português), que não fui totalmente esquecida. Será como um pedaço de mim que se junta ao todo. Tens que ter alguma paciência, pois tenho muito que contar. Esperei muito tempo, agora você terá que esperar um pouco. Sempre gostei de fazer um pouco de mistério. Quero primeiro compartilhar com você um pouco de minha tristeza. Olhando pela janela do meu escritório na biblioteca, aguardando a aposentadoria que logo colocará uma pedra sepulcral em minha vida, sinto-me forçada a contar esta história. A história de Maria Leontina Ribeiro e Jacques Esch — não a minha. Sim, existe amor lá fora, e tem o poder de transformar coisas, de criar felicidade.

Após o enterro de Jacques Esch, uma tristeza infinita tomou conta de mim, uma tristeza que estremeceu minha alma inteira. Então, de repente, estava tudo acabado.

Logo depois disso, em dezembro de 1953, terminei o quarto ano ginasial. Tinha quinze anos na época e não havia como continuar meus estudos em Monlevade. Uma noite meu pai me disse que eles tinham decidido que o melhor para mim seria voltar para Luxemburgo. 'Planejamos juntarmo-nos a você daqui a um ano. Lá é o nosso lugar.'

Olhei para o rosto triste de minha mãe. Ela devia a vida ao Brasil. Caso estivesse em Luxemburgo, teria sido enviada para um campo de concentração. E eu também. Todavia, não disse nada. Simplesmente fui para meu quarto e chorei a noite inteira. E por muitas noites ainda.

Silvério era bastante indiferente quanto a tudo isso. 'Você tem apenas quinze anos, Jeanette, e tenho certeza de que nos reencontraremos', disse ele. Em seguida, com um sorriso, ele continuou acariciando minhas partes mais íntimas.

Parti para Luxemburgo em março de 1954 e fui para o pensionato. Estudei obedientemente até alcançar o nível dos luxemburgueses. Tive de me esforçar bastante para aprender francês e alemão simultaneamente. Meus pais retornaram não em um, mas em dois anos. Eu contava meus dias para concluir meu terceiro e último ano e voltar para Monlevade. Toda semana eu escrevia para Silvério. De vez em quando recebia suas cartas. Ele gostava de jogar futebol, tênis e, tenho certeza, da companhia de mulheres. Seu primo Bebeto era seu amigo inseparável, seu parceiro constante.

Um dia recebi uma carta de Dona Bijou. Deixei-a de lado por um dia inteiro com medo de que contivesse alguma notícia ruim. Como, por exemplo, de que ele tinha fugido com alguma prostituta de Carneirinhos. O que me esperava nesse fatídico envelope era muito pior. Na véspera do Natal, Bebeto e Marreco — essa era a maneira pela qual todos o chamavam, exceto a mãe dele e eu — andaram bebendo. No caminho de retorno de Carneirinhos — a mãe não teve de dizer mais nada

—, Bebeto fez uma curva rápido demais e o lado do carro colidiu com um poste de luz, esmagando a cabeça de Silvério. Ele morreu no local. A única consolação foi a de que não tinha sofrido.

As notícias me penetravam gradualmente, em ondas. De início, fiquei entorpecida. Andava sem rumo pelas ruas, observando as pessoas. Como podem ser tão felizes? Eu olhava ao redor e não compreendia o absurdo, a completa impossibilidade de tudo aquilo. Esta é outra vida, do outro lado do mundo. Então, implorei que meus pais me comprassem uma passagem. 'Para quê?', disse minha mãe. 'Não há mais nada em Monlevade.'

O sentimento experimentado no cemitério tomou conta de mim. Caí numa profunda depressão. Por fim, descobri o vinho. De início, apenas alguns goles. Gradualmente, eu me embebedava mais. O lenitivo de minha alma foi esse estado de animação suspensa. Algum tempo depois comecei a fumar. O ato de fumar dava às minhas mãos algo para fazer quando estava muito nervosa para falar com pessoas nos bares. O álcool e o cigarro tornaram-se meus companheiros de confiança.

O trabalho na Biblioteca Nacional foi minha salvação. Você poderia argumentar que é o trabalho mais monótono, mas ele estava bem para mim. A tarefa de classificar documentos, colocar todos os livros na ordem correta e exata tem uma qualidade de acalmar e entorpecer. Isso me dava a impressão de que, pelo menos nesse aspecto, o mundo ao meu redor podia ser coerentemente organizado até a última letra.

Cinquenta anos se passaram numa sucessão de eventos tristemente ligados a desejos ardentes, depressão e bebedeira. A noite virá brevemente, antes de eu ir embora. Olho para as longas filas de livros que foram minha vida por todos esses anos. Eu documentei, classifiquei, organizei e restaurei livros de todos os tipos por demasiados anos.

Eu mantinha contato com Monlevade através de seu jornal, *O Pioneiro*. A cidade que Jacques Esch tinha criado produziu engenheiros, médicos e advogados. Seu sonho havia se concretizado. O Brasil é hoje um importante produtor e exportador de aço. A Belgo Mineira esforça-se para ser uma parte importante da ARCELOR, a maior fabricante de aço no Brasil e uma das maiores do mundo. Os favores que Esch aceitou, as fazendas e casas que recebeu eram faltas bastante leves quando comparadas ao apetite financeiro dos magnatas atuais, cujas posses são avaliadas em centenas de milhões de dólares e cuja riqueza deve-se, em grande parte, a complexos investimentos em bolsas de valores e outros intricados estratagemas que canalizam dinheiro para contas ilícitas em países estrangeiros.

Os anos se passaram, e as feridas nunca cicatrizaram. Meu pai usufruía a aposentadoria. Cerveja com os amigos, futebol e piadas eram sua vida. Quando estava aborrecido, ele pintava e bem. Minha pobre mãe nunca conseguiu se livrar da depressão. E eu? Às vezes a tristeza é tão grande que chega a doer fisicamente. Então eu entro em devaneio, abandonando tudo. Nesses momentos, nem mesmo o álcool pode aliviar a dor. Os médicos dizem que eu sofro de esquizofrenia nervosa, e que mais provavelmente tem origem genética. Eu não posso concordar inteiramente com eles, mas quando me olho no espelho vejo a tristeza da minha mãe. Tenho uma explicação mais simples. Algumas pessoas possuem almas mais frágeis. Tal qual uma porcelana fina chinesa, quebramos mais facilmente. Estas fraturas nunca se curam. Assim foi com a minha mãe. E assim está sendo comigo.

Eu nunca voltei para Monlevade. Na verdade, nunca voltamos, porque os lugares somente existem através de nossos corpos e mentes, que estão continuamente em mutação. As paisagens apenas estruturam nossos pensamentos e vidas. Portanto, minha Monlevade está morta, tão morta como Silvério. Caso um dia retornasse, eu veria apenas edifícios e pessoas transformadas e seria perseguida por lembranças que me fariam ainda mais infeliz. Aqui, a hora da libertação está próxima, e a tortura de manhãs escuras, de chuvas frias e inúmeras horas arrumando e reorganizando livros está chegando ao fim.

Ontem, durante o almoço, saí da biblioteca e entrei na catedral vizinha pela milésima vez. Ajoelhei-me ao lado da estátua minúscula de Nossa Senhora de Luxemburgo e novamente pedi para ser livrada das minhas aflições. Ela me olhou silenciosamente através dos mantos ricos da epifania. Ela sabe que colecionei todas as informações que pude. Não sou escritora, sou catalogadora. Notre Dame entende que meu sofrimento logo acabará.

Em seguida, atravessei a rua sob uma garoa fina até a beira da fortaleza. O Alzette, cem metros abaixo, me tentava do fundo do vale. Depois de cruzar a Pont Adolphe, fui para o edifício da ARBED, um monumento esplêndido erguido para todas essas pessoas que criaram um mundo novo de fogo, aço e vontade. De alguma maneira, podia sentir as almas de todos esses grandes homens, bem como daqueles não tão grandes, nos corredores ao entrar no prédio. Quando voltei para a Biblioteca, os minúsculos cristais de gelo açoitando meu rosto ao vento eram uma lembrança de que Notre Dame estava me vituperando pelo que eu ia fazer.

Jacques e Maria Leontina Esch demonstraram a força do amor, embora no fim tivessem sido vítimas das circunstâncias que criaram e alimentaram. O presente oferecido um ao outro, sua total e indivisível devoção, não deveria ser jamais esquecido. Porque as palavras de São Paulo dizem tudo: 'E no fim existe o amor, e somente o amor conta.'

Esta história, eu a carreguei no meu íntimo por muitos anos em pequenos pedaços de papel, em recortes de jornal, em anotações soltas e impressões escritas às pressas. Depois de catalogá-la, eu a coloquei na Seção TN360 da biblioteca, a parte tecnológica relativa à fabricação de aço. Algum dia alguém a achará. Espero que seja um conterrâneo meu. Alguém de Monlevade. As coisas nunca se perdem numa biblioteca. Rogo-te, a tu que virás e lerás esta carta, que faças disto um livro, uma memória. Assim, meu trabalho está concluído."

Levantei os olhos. Eu era essa pessoa. O covarde que não a tinha defendido na quinta-feira da Semana Santa. O ausente que não a havia salvado da tortura que finalmente a levou. Não poderia fugir agora. Caminhei para a janela e olhei para onde uma majestosa castanheira começava a se cobrir de folhas de um verde-claro. A natureza renascia após o inverno. Mas você, Jeanette, só sofreu o frio, sem primavera. Por quê, Jeanette, por quê? Voltei-me para a senhora, que me fitava com curiosidade.

— Por que cheguei tão tarde? Por quê?

— *Monsieur*, isto são coisas que só Deus sabe...

Olhei para a carta longamente. Sim, ela realmente amara Silvério. Eu era apenas um menino.

— A senhora poderia me levar à Seção TN360? Jeanette diz na carta que deixou lá uma pasta.

— Eu me lembro que ela passava horas revendo recortes de jornais. Depois, vinha e me contava as histórias de Monlevade. Um certo *monsieur* Esch e *madame* Marie.

— Maria Leontina, sua esposa. Eu os conheci. Estive no enterro dele.

Com a ajuda da senhora, localizei um documento, embalado num envelope de cartolina com elástico nos cantos. Retirei os elásticos, abri o envelope e encontrei uma coleção de recortes de jornal, páginas soltas, anotações e fotos.

A meu pedido, ela me guiou até uma copiadora. Com sua ajuda, passei algumas horas copiando tudo. Ao deixar a biblioteca, eu a abracei. Havia algum remorso em nosso aperto, como se pensássemos que poderíamos ter feito algo.

Segurando a cópia nas mãos, saí. A primavera florescia nas folhas verde-claras, nos botões de rosas prontos para explodir em cor e perfume. Olhei para o rejuvenescido Collège des Jésuites, que abrigava a Bibliothèque Nationale. O edifício tinha sido limpo de todo o seu aspecto acinzentado, e a pedra bege brilhava ao sol da manhã. Ao atravessar a rua, os sinos da catedral anunciavam as rezas das Oitavas. Somente a mureta de pedra me separava do vale profundo abaixo. O gorgolejo feliz do Alzette misturado aos feitiços melodiosos de melros surgia do fundo, um hino à primavera. Na minha frente erguia-se a Gêle Fra, a moça dourada no topo da coluna, celebrando o heroísmo dos luxemburgueses na Primeira Grande Guerra. Sentado por um momento num banco, fui atraído irresistivelmente pelo documento. Onde ela só via cinza eu via luz e esperança. Onde ela via desespero eu podia sentir a vibração da manhã. Continuei minha caminhada e atravessei a ponte, passando por bandos de turistas japoneses fotografando freneticamente. Lá estava ele, o prédio da ARBED, exibindo todo seu esplendor, uma senhora elegante. Indianos, franceses e russos haviam-na cortejado com ofertas de bilhões de dólares, mas ela não se deixava seduzir. Ela estaria ali ainda pelas próximas centenas de anos, abrigando a sede da maior companhia siderúrgica do mundo, observando as negociatas sigilosas de seus executivos como tinha feito durante o último século.

No decorrer do ano passado, meu fascínio pela história de Jeanette cresceu ainda mais. Pesquisei mais profundamente a história, conversando com pessoas que os conheceram, desde o garçom que os servira em Monlevade, um bondoso professor Edílio que os conheceu, até a casa em Rédange, onde nasceu. Sua certidão de nascimento tem a assinatura de de Bianey, constando como padrinho. Não existe mais a Belgo Mineira, ou a Mãe Belga, como os operários carinhosamente a chamavam, construída com os sonhos, suor e sangue de pessoas humildes do Brasil, Luxemburgo e outros países. A ARBED já se foi, substituída por um novo acrônimo, ARCELOR, em uma contínua evolução de fusões e aquisições. A sombra e o poderio financeiro de um ganancioso empresário indiano se estenderam sobre tudo e agora se trata de ARCELOR MITTAL.

Uma certeza gradualmente me invadiu. A história da Belgo tinha de ser contada através do amor entre Jacques Esch e Maria Leontina. Mergulhei nos documentos de Jeanette com um desespero nascido da frustração de meu amor perdido. Eis o resultado, leitor.

Agradecimentos

Todos nós carregamos uma história, um livro, e disso não há como se esquivar. As lembranças, não por acaso, visitam-nos e, ao serem contadas, acontecem. Meu convencimento não se impôs de forma arbitrária, mas usei filtros da poesia, confesso. Este livro conta a história de um grande amor, mas isso não basta; conta histórias de pessoas que trabalham, que se divertem, que usam renda, abrem caminhos e lidam com o poder. Conta também do espírito do homem, vário, inquieto, dúbio. Fala de todos nós, nossos amores e nossos espinhos.

Tenho que agradecer a muitos que me ajudaram a tecer esta colcha de retalhos, feita de lembranças e imaginação. Meus pais trocaram sussurros que consegui, com curiosidade doentia, algumas vezes desvendar. Professor Edio Vieira da Silveira, ouro-pretano que viveu a epopeia da Belgo Mineira, trocou minhas fraldas e me recebeu em seu Laboratório de Metalurgia Física como monitor. Aos oitenta anos, compartilhou comigo suas memórias que anotei. Meu irmão Pedro teve a magnanimidade de me encorajar nesta aventura. Messias, chefe dos escoteiros de Monlevade, dos quais furamos as panelas na infância, nos perdoou e desvendou alguns segredos. Evando Mirra, cientista e literato, me encorajou, teceu elogios desmerecidos e me ajudou no processo de publicação. Os três Sérgios: o primeiro, Mudado, escritor e médico, guiou meus titubeantes passos por versões preliminares do livro e me deu força de expressão; o segundo, Neves, metalurgista e professor, me encorajou e fez contatos essenciais; o terceiro, Leite, também metalurgista, mediante o qual obtive a apoio da Usiminas. Guiomar de Grammont, editora extraordinária, dirigiu a publicação e acreditou neste projeto. Alaíde, minha mãe brasileira, me contou os causos da época. Meus amigos do C.J.C. de Belo Horizonte, Luis Carlos Las Casas, Jacques Levy, João Francisco e Monica Figueiró, e Clayton e Leda Nogueira, me apoiaram nas diferentes fases deste livro. A Secretaria de Cultura de Minas Gerais aprovou este projeto. O Instituto Cultural Usiminas apoiou este projeto financeiramente.

Mas meu maior agradecimento é para você, monlevadense. Eu o admirei no laminadouro quando entrei sorrateiramente pela usina aos sete anos de idade. Você agarrava com imensa coragem a barra incandescente que serpenteava pelo solo, usando somente a tenaz. Eu o vi, boeiro descalço, subindo o morro do Geo ou descendo da Vila Tanque carregando marmitas; eu pesquei traíras, timburés e cachaços com você e escutei suas piadas escatológicas nas lagoas da Barra e Aguapé; eu cavalguei com você pelas trilhas talhadas na terra vermelha, erguendo airosamente a cabeça e acicatando a mula assustadiça. Trepado na grade do Pronto Socorro, eu o vislumbrei sendo atendido no hospital, seus gritos de dor cortando os ares, seu sangue e sofrimento testemunhas das máquinas cruéis.

Este livro foi composto na tipologia Joanna MT Std,
em corpo 10,5/15,3, e impresso em papel offwhite
no Sistema Cameron da Divisão Gráfica
da Distribuidora Record.